Joseph Roth

# Rechts und links

Roman

Joseph Roth: Rechts und links. Roman

Erstdruck: Gustav Kiepenheuer, Berlin 1929.

Vollständige Neuausgabe
Herausgegeben von Karl-Maria Guth
Berlin 2015

Umschlaggestaltung von Thomas Schultz-Overhage unter Verwendung
des Bildes: Eugene de Blaas, Die junge Schönheit, 1882

Gesetzt aus Minion Pro, 11 pt

Die Sammlung Hofenberg erscheint im
Verlag der Contumax GmbH & Co. KG, Berlin
Herstellung: BoD – Books on Demand, Norderstedt

ISBN 978-3-8430-7707-1

Bibliografische Information der Deutschen Nationalbibliothek

Die Deutsche Nationalbibliothek verzeichnet diese Publikation in der
Deutschen Nationalbibliografie; detaillierte bibliografische Daten sind
im Internet über www.dnb.de abrufbar.

# Erster Teil

## 1.

Ich erinnere mich noch an die Zeit, in der Paul Bernheim versprach, ein Genie zu werden.

Er war der Enkel eines Pferdehändlers, der ein kleines Vermögen erspart hatte, und der Sohn eines Bankiers, der nicht mehr zu sparen verstand, aber vom Glück begünstigt wurde. Pauls Vater, Herr Felix Bernheim, trug ein sorgloses und hochmütiges Angesicht durch die Welt und hatte viele Feinde, obgleich ihn ein normaler Grad von Torheit befähigt hätte, von seinen Mitbürgern geschätzt zu werden. Sein ungewöhnliches Glück erweckte ihren Neid. Als hätte es das Schicksal darauf abgesehen, sie vollends zur Verzweiflung zu bringen, bescherte es ihnen eines Tages einen Haupttreffer.

Einen Haupttreffer pflegen die meisten geheimzuhalten wie einen Schandfleck in der Familie. Herr Bernheim aber, als hätte er Angst, man würde sein Glück nicht mit der nötigen Gehässigkeit zur Kenntnis nehmen verdoppelte seine demonstrative Geringschätzung für die Mitwelt, verringerte die ohnehin kleine Zahl der Grüße, die er täglich auszuteilen pflegte, begann, jenen, die ihn grüßten, mit verletzender und gleichgültiger Zerstreutheit zu erwidern. Nicht genug an all dem, ging er, der bis jetzt nur die Menschen herausgefordert hatte, auch daran, die Natur herauszufordern. Er bewohnte das geräumige Haus seines Vaters, nicht weit von der Stadt, an der großen Landstraße, die zum Tannenwald führte. Mitten in einem alten Garten lag das Haus, zwischen Obstbäumen, Eichen und Linden, gelb gestrichen, mit einem steilen, roten Dach und von einer mannshohen, grauen Mauer umgeben. Die Bäume, die am Rande des Gartens standen, überragten die Mauer, und ihre Kronen überwölbten die Landstraße bis zur Mitte. Seit alten Zeiten lehnten an der Mauer zwei breite, grüne Bänke, auf denen die Müden rasten konnten. Schwalben nisteten im Hause, in dem Laub der Bäume zwitscherte es an Sommerabenden – und die lange Mauer, die Bäume und die Bänke waren im heißen Staub der sommerlichen Straße ein guter und kühler Trost und versprachen an bitteren Wintertagen zumindest eine menschliche Nähe.

Eines Tages im Sommer verschwanden die grünen Bänke. Entlang der Mauer und höher als diese erhob sich ein nacktes Holzgerüst. Im

Garten wurden die alten Bäume umgelegt. Man hörte, wie sie splitterten und krachten und wie ihre Kronen zum letztenmal rauschten, indem sie zum erstenmal die Erde berührten. Die Mauer fiel. Und durch die Löcher und Sparren des hölzernen Gerüsts sahen die Leute den kahl gewordenen Garten der Bernheims, das gelbe Haus, der brütenden Leere preisgegeben, und ein Unmut erfaßte sie, als wären es ihr Haus und ihre Mauer und ihre Bäume gewesen.

Einige Monate später stand an der Stelle des alten, gelben, giebeligen Hauses ein neues, weißes, strahlendes, mit einem steinernen Balkon, den ein Atlas aus Kalk auf seinen Schultern trug, mit einem flachen Dach, das an den Süden erinnern sollte, mit modischem Verputz zwischen den Fenstern, Engelsköpfchen und Teufelsfratzen abwechselnd unter dem First und einer geradezu pompösen Rampe, die würdig gewesen wäre, zu einem Oberlandesgericht, einem Parlament, einer Hochschule hinanzuführen. Statt der steinernen Mauer erhob ein dichtes Gitter aus weißlichgrauem Eisendraht scharf geschliffene Zinken gegen den Himmel, die Vögel und die Diebe. Langweilige runde und herzförmige Beete sah man im Garten, künstliche Rasen von einem dichten, kurzen, beinahe blauen Gras und dünne, hinfällige Rosenstöckchen, gestützt von hölzernen Latten. In der Mitte der Beete standen Zwerge aus gemaltem Ton, mit rötlichen Kapuzen, lächelnden Gesichtern, weißen Bärten, Spaten, Schaufeln, Hämmern, Gießkannen in den winzigen Händchen, ein ganzes Sagenvolk aus der Fabrik Grützer und Compagnie. Kunstvoll verschlungene Pfade ringelten sich wie Schlangen zwischen den Beeten, kiesbestreut und schon beim Anblick knisternd. Keine Bank weit und breit. Und obwohl man ohnehin draußen stand, wurde man in den Beinen müde vom Anblick dieser rastlosen Pracht, als wäre man stundenlang in ihr herumgewandert. Umsonst lächelten die Zwerge. Die dünnen Rosenstöckchen zitterten, die Stiefmütterchen sahen aus wie gemaltes Porzellan. Und selbst wenn der lange Schlauch des Gärtners zartes Wasser zerstäubte, verspürte man keine Kühlung, sondern wurde eher an die feinen und schwülen Flüssigkeiten erinnert, die der Billetteur im Kino über die entblößten Köpfe der Zuschauer rieseln läßt. Über dem Balkon ließ Herr Bernheim in goldenen, zackigen und schwer leserlichen Buchstaben die Worte »Sans souci« anbringen.

An manchen Nachmittagen sah man Herrn Bernheim zwischen den Beeten herumgehen und gemeinsam mit dem Gärtner die Natur vergewaltigen. Dann hörte man das zischende Schnappen der Gartenschere und das Krachen der kleinen Hecken, die frisch gepflanzt und kaum, daß sie zu wachsen begannen, schon ihr Dienstreglement kennenlernten. Niemals standen die Fenster des Hauses offen. Meist waren sie verhängt. An manchen Abenden sah man durch die gelben, dichten Vorhänge wandelnde und sitzende Schatten von Menschen, die Umrisse und die Lichtknoten eines Kronleuchters, und man ahnte, daß im Hause Bernheim ein Fest gefeiert wurde.

Die Feste der Bernheims verliefen in einer gewissen kühlen Würde. Der Wein, den man in ihrem Hause trank, verfehlte seine Wirkung, obwohl er von ausgewählter Herkunft war. Man trank ihn und wurde nüchtern. Herr Bernheim lud mit Vorliebe Gutsbesitzer aus der Umgebung ein, einige Herren vom Militär, immer Leute mit einem feudalen Einschlag und sehr gewählte Mitglieder der Industrie und der Finanz. Der Respekt vor seinen Gästen und die Angst, Haltung zu verlieren, hinderten ihn, fröhlich zu sein. Seine Gäste fühlten die Befangenheit ihres Wirtes und blieben den ganzen Abend, was sie beim Eintritt gewesen waren, nämlich korrekt. Frau Bernheim verstand Situationswitze nicht und fand Anekdoten nicht witzig. Sie war übrigens jüdischer Herkunft – und da die meisten Anekdoten, die unter ihren Gästen kursierten, mit den Worten begannen: »Ein Jude saß einmal in der Eisenbahn ...«, fühlte sich Frau Bernheim auch verletzt, und sie geriet, sobald jemand Anstalten machte, eine kleine Geschichte zu erzählen, in ein trübes und verwirrtes Schweigen – aus Furcht, es könnte die Rede auf einen Juden kommen. Von seinen Geschäften mit den Gästen zu sprechen hielt Herr Bernheim für unpassend. Sie wieder hielten es für überflüssig, ihm von der Landwirtschaft, dem Militär, den Pferden zu berichten. Manchmal spielte Bertha, die einzige Tochter des Hauses und eine gute Partie, Chopin auf dem Klavier, mit der üblichen Virtuosität eines besser erzogenen Fräuleins. Manchmal tanzte man im Hause Bernheim. Eine Stunde nach Mitternacht gingen die Gäste nach Hause. Hinter den Fenstern die Lichter erloschen. Alles schlief. Nur der Wächter, der Hund und die Zwerge im Garten blieben wach.

Paul Bernheim ging, wie es in Häusern mit guten Kinderstuben üblich war, um neun Uhr abends schlafen. Mit seinem jüngeren Bruder Theodor teilte er das Zimmer. Paul blieb länger wach, er schlief erst ein, als es im ganzen Hause still geworden war. Er war ein empfindsamer Junge. Man nannte ihn »ein nervöses Kind« und schloß aus seiner Sensibilität auf seine besondere Begabung.

Diese zu zeigen, bemühte er sich in jungen Jahren. Als der Haupttreffer zu den Bernheims kam, war Paul, der Zwölfjährige, mit dem Verstand eines Achtzehnjährigen ausgestattet. Die rapide Verwandlung des gutbürgerlichen Hauses in ein reiches mit feudalen Aspirationen erhöhte seinen natürlichen Ehrgeiz. Er wußte, daß Reichtum und gesellschaftliche Geltung des Vaters den Sohn zu einer mächtigen »Position« führen können. Er ahmte den Hochmut seines Vaters nach. Er forderte Kollegen und Lehrer heraus. Er hatte weiche Hüften, langsame Bewegungen, einen vollen, roten, halboffenen Mund und weiße, kleine Zähne, eine grünlich schimmernde Haut, helle und leere Augen, beschattet von langen, tiefschwarzen Wimpern und lange, aufreizende, sanfte Haare. Lässig, zerstreut, lächelnd saß er in der Bank. Seine Haltung verriet den ständig wachen Gedanken: Mein Vater kann die ganze Schule kaufen. Ohnmächtig und klein standen die andern da, der Übermacht der Schule ausgeliefert. Er allein setzte ihr die Macht seines Vaters entgegen, seines Zimmers, seines angelsächsischen Frühstücks, des Ham-and-Eggs mit ausgelöffelten Orangen, seines Hauslehrers, dessen Nachhilfestunden er jeden Nachmittag zugleich mit Schokolade und Keks einnahm, seines Weinkellers, seines Wagens, seines Gartens und seiner Zwerge. Er roch nach Milch, Wärme, Seife, Bädern, Zimmergymnastik, Hausarzt und Dienstmädchen. Es schien, daß die Schule und ihre Aufgaben nur einen unwichtigen Teil seines Tages einnahmen. Mit einem Fuß stand er schon in der Welt. Das Echo ihrer Stimmen im Ohr, saß er wie ein Gast in der Klasse. Er war kein ganzer Kamerad. Manchmal holte ihn sein Vater ab. Im Wagen und eine Stunde vor Schulschluß. Am nächsten Tag brachte Paul ein Zeugnis vom Hausarzt.

Dennoch sah es manchmal so aus, als sehnte er sich nach einem Freund. Aber er fand keinen Weg. Immer stand sein Reichtum zwischen ihm und den andern. »Komm heut nachmittag zu mir, wenn mein Hauslehrer da ist – und er macht uns beiden die Arbeit«, konnte er manchmal sagen. Aber nur selten kam einer. Er hatte »mein Hauslehrer« betont.

Er lernte leicht und erriet vieles. Er las fleißig. Sein Vater hatte ihm eine Bibliothek eingerichtet. Er sagte manchmal, wenn es überflüssig war: »Die Bibliothek meines Sohnes!« oder zum Dienstmädchen: »Anna, gehen Sie in die Bibliothek meines Sohnes!« – obwohl es im Haus keine andere gab. Eines Tages versuchte Paul, seinen Vater nach einer Photographie zu zeichnen. »Mein Sohn hat ein frappierendes Talent«, sagte der alte Bernheim – und er kaufte Skizzierbücher, Farbenstifte, Leinewände, Pinsel und Öl, nahm einen Zeichenlehrer auf und begann, einen Teil des Dachbodens in ein Atelier umzubauen.

Zweimal in der Woche, am Vorabend, von fünf bis sieben, übte Paul mit seiner Schwester auf dem Klavier. Man hörte sie vierhändig spielen – immer wieder Tschaikowsky –, wenn man am Haus vorbeiging. Manchmal sagte ihm einer am nächsten Tag: »Ich habe dich gestern vierhändig spielen gehört!« – »Ja, mit meiner Schwester! Sie spielt noch viel besser als ich.« Und alle ärgerten sich über das kleine Wörtchen »noch«.

Die Eltern nahmen ihn in Konzerte mit. Er summte dann Melodien, nannte Werke, Komponisten, Konzertsäle und die Dirigenten, die er nachzuahmen liebte. In den Sommerferien fuhr er in die weite Welt – damit er »nichts verlerne«, mit einem Hofmeister. Er fuhr in Berge, über Meere, an wildfremde Küsten, kam schweigsam und stolz zurück und begnügte sich mit hochmütigen Andeutungen, als setzte er die Kenntnis der Welt bei allen anderen voraus. Er hatte Erfahrungen. Alles, was er las und hörte, hatte er schon gesehen. Nützliche Assoziationen schuf sein flinkes Gehirn. Aus »seiner Bibliothek« bezog er überflüssige Details, mit denen er blendete. Sein Zettel mit »Privatlektüre« war der ausführlichste. Seine Lässigkeit wurde ihm »nachgesehen«. Sie warf keinen Schatten auf sein »sittliches Betragen«. Es wurde angenommen, daß ein Haus wie das Bernheimsche eine genügende Gewähr für gute Sitte böte. Widerspenstige Lehrer zähmte der Vater Pauls durch Einladungen zu einem »bescheidenen Abendessen«. Eingeschüchtert durch den Anblick des Parketts, der Bilder, des Dienstpersonals und der hübschen Tochter kehrten sie zurück in ihre kargen Behausungen.

Die Mädchen konnten Paul Bernheim keineswegs einschüchtern. Er wurde mit der Zeit ein flotter Tänzer, ein angenehmer Plauderer, ein wohldressierter Sportsmann. Im Laufe der Monate und Jahre wechselten seine Neigungen und seine Talente. Ein halbes Jahr galt seine Leidenschaft der Musik, einen Monat dem Fechten, ein Jahr dem Zeichnen, ein Jahr der Literatur und schließlich der jungen Frau eines Bezirksrichters, deren Bedarf an Jünglingen in dieser nur mittelgroßen Stadt kaum gedeckt werden konnte. In der Liebe zu ihr vereinigte er alle seine Talente und Leidenschaften. Für sie malte er Landschaften und weiße Kühe, für sie focht er, komponierte er, dichtete er Lieder über die Natur. Schließlich wandte sie sich einem Fähnrich zu, und Paul versenkte sich, um »sie zu vergessen«, in die Kunstgeschichte. Ihr beschloß er nun sein Leben zu widmen. Er konnte bald keinen Menschen sehn, keine Straße, kein Stückchen Feld, ohne einen berühmten Maler und ein bekanntes Bild zu zitieren. In der Unfähigkeit, etwas unmittelbar aufzunehmen und einfach zu bezeichnen, übertraf er schon in jungen Jahren alle Kunsthistoriker von Rang.

Aber auch diese Leidenschaft erlosch. Sie machte einem gesellschaftlichen Ehrgeiz Platz. Sie hatte vielleicht nur zu diesem übergeleitet. Sie war die Hilfswissenschaft einer gesellschaftlichen Karriere. Einen gewissen selig naiven, charmanten und fragenden Augenaufschlag mochte Paul Bernheim ganz bestimmten Heiligenbildern abgeschaut haben. Es war ein Blick, der halb den Menschen traf und ein wenig den Himmel streifte. Die Augen Pauls schienen das Licht des Himmels durch ihre langen Wimpern zu filtrieren.

Mit derlei Reizen ausgestattet, mit einem an der Kunst und ihren Kommentaren geschulten Geschmack stürzte er sich in das gesellige Leben der Stadt, das in der Hauptsache aus den Bemühungen der Mütter bestand, ihre heranwachsenden Töchter zu verheiraten. In allen Häusern, in denen Mädchen lebten, war Paul gerne gesehen. Er konnte jeden Ton anstimmen, der gerade verlangt wurde. Er glich einem Musikanten, der alle Instrumente des Orchesters beherrscht und der es versteht, mit Anmut falsch zu spielen. Eine Stunde lang konnte er gescheite (erdachte und erlesene) Dinge sagen. Eine Stunde später zeigte er einen warmen, lächelnden Plaudereifer, trug er zum zehntenmal eine platte Anekdote vor, stattete sie immer wieder mit einem neuen Zug aus, liebkoste er mit der Zunge einen banalen Aphorismus, hielt ihn noch eine Weile zwischen den Zähnen, schmeckte ihn mit den Lippen nach, brachte er mit leichtem Gewissen Witze vor, die andern gelungen waren, machte er sich schamlos lustig über abwesende Altersgenossen. Und die Mädchen kicherten, ein nacktes Kichern, sie entblößten nur ihre Zähne, aber es war, als enthüllten sie ihre jungen Brüste, sie schlugen nur die Hände zusammen, aber es war, als spreizten sie die Beine, sie zeigten ihm Bücher, Bilder und Notenhefte, aber es war, als schlügen sie ihre Betten auf, sie richteten sich das Haar, aber es war, als lösten sie es. Um jene Zeit fing Paul an, ins Bordell zu gehn, zweimal in der Woche, mit der Regelmäßigkeit eines alternden Beamten, um dann von der Köstlichkeit erfundener Mädchenkörper zu erzählen, die er natürlich mit berühmten

Bildern verglich. Er berichtete Geheimnisse von der und jener Haustochter und beschrieb Brüste, die er gesehen und gefühlt haben wollte.

Immer noch malte, zeichnete, komponierte und dichtete er. Als seine Schwester sich verlobte – mit einem Rittmeister übrigens, – machte er ein längeres Gelegenheitsgedicht, vertonte, spielte und sang es. Später – weil sein Schwager Interesse für Maschinen hatte – begann auch Paul, sich für die Technik zu interessieren und den Motor seines Autos – es war eines der ersten in der Stadt – eigenhändig zu zerteilen. Schließlich nahm er Reitstunden, um seinen Schwager in der Reitallee im Tannenwäldchen zu begleiten. Die Bürger der Stadt fingen an, nachsichtiger dem alten Herrn Bernheim gegenüber zu werden, weil es ihm gelungen war, der Heimat ein Genie zu schenken. Manch einer von den Feinden Bernheims, der sich lange Zeit verletzt gefühlt hatte, begann, weil in seiner Familie indessen eine heiratsfähige Tochter heranwuchs, Felix Bernheim wieder untertänig zu grüßen.

Um jene Zeit verbreitete sich das Gerücht, daß Herrn Bernheim eine große Auszeichnung bevorstehe. Einige sprachen von einer Erhebung in den Adelsstand. Es war lehrreich, zu beobachten, wie diese Aussicht auf den Adel Bernheims die Gehässigkeit seiner Gegner beruhigte. Der zukünftige Adel Bernheims erschien als eine ausreichende Erklärung für den Hochmut des Bürgerlichen. Man kannte nunmehr die wissenschaftliche Grundlage seines Stolzes und fand ihn also berechtigt. Denn nach der Meinung der Stadt war die Arroganz die Zierde des Adligen, des Geadelten und sogar noch desjenigen, der bald geadelt werden sollte.

Es ist unbekannt, welche wirklichen Grundlagen jenes Gerücht hatte. Vielleicht wäre Herr Bernheim nur ein Geheimer Kommerzienrat geworden. Aber da ereignete sich etwas Unerwartetes, Unwahrscheinliches. Eine Geschichte, die so banal ist, daß man sich schämen würde, sie zum Beispiel in einem Roman zu erzählen.

Eines Tages kam ein Wanderzirkus in die Stadt. Während der zehnten oder elften Vorstellung geschah ein Unfall: Eine junge Akrobatin fiel vom Trapez, gerade in die Loge, in der Herr Felix Bernheim saß – allein (denn seine Familie hielt Zirkusvorstellungen für vulgäre Spektakel). Man erzählte später, Herr Bernheim hätte die Künstlerin »geistesgegenwärtig« in den Armen aufgefangen. Aber das ist nicht genau festzustellen – ebensowenig, wie jenes Gerücht noch zu kontrollieren ist, das wissen will, er hätte sich seit der ersten Vorstellung für das Mädchen interessiert und ihr Blumen geschickt. Sicher ist, daß er sie ins Krankenhaus brachte, sie besuchte und sie nicht mehr mit dem Zirkus abreisen ließ. Er mietete ihr eine Wohnung und hatte den Mut, sich in sie zu verlieben. Er, der Stolz des Bürgertums, der Anwärter auf den Adelsstand, der Schwiegervater eines Rittmeisters, verliebte sich in eine Akrobatin. Frau Bernheim erklärte ihrem Mann: »Du kannst deine Mätresse ins Haus nehmen, ich fahre zu meiner Schwester.« Sie fuhr zu ihrer Schwester. Der Rittmeister ließ sich in eine andere Garnison versetzen. Das Haus der Bernheims war nur noch von den zwei Söhnen und den Dienstboten bewohnt. Die gelben Gardinen hingen monatelang vor den Fenstern. Der alte Bernheim allerdings veränderte sein Gehaben nicht. Er blieb hochmütig, er trotzte aller Welt, er liebte ein Mädchen. Von seiner Auszeichnung war keine Rede mehr.

Es war vielleicht die einzige mutige Tat, die Felix Bernheim in seinem Leben gewagt hatte. Später, als sein Sohn Paul eine ähnliche hätte wagen können, dachte ich an die des Vaters, und es wurde mir wieder einmal an einem Beispiel klar, wie die Tapferkeit sich im Ablauf der Geschlechter erschöpft und um wieviel schwächer die Söhne sind, als die Väter waren.

Das fremde Mädchen lebte nur ein paar Monate in der Stadt. Als wäre sie nur zu dem Zweck vom Himmel gefallen, um Felix Bernheim noch in den letzten Jahren seines Lebens zu einer mutigen Handlung zu verführen, ihm noch einen flüchtigen Schimmer Schönheit zu schenken und seine echte Erhebung in den natürlichen Adelsstand zu vollziehen. Eines Tages verschwand das Mädchen. Vielleicht – wenn man einen romanhaften Abschluß dieser romanhaften Geschichte will – kam der Zirkus wieder in die Gegend, und das Mädchen sehnte sich schon nach ihrem Trapez. Denn auch die Akrobatik kann eine Berufung sein.

Frau Bernheim kehrte zurück. Das Haus belebte sich mäßig. Paul, den das Abenteuer seines Vaters traurig gemacht hatte, weil die erwartete Auszeichnung ausgeblieben war und weil der Rittmeister verschwand, erholte sich später schnell und fand sogar eine Freude an der Tatsache, daß »sein Alter doch ein Kerl« sei.

Im übrigen bereitete er seine Abreise vor.

Bald durfte er ein neues Leben beginnen.


## 2.


Er bestand – wie vorauszusehen war – das Abitur mit Auszeichnung. Von nun an trug er ein paar neue Anzüge. Die alten Schülerkleider schienen ihm ungesund, wie Gewänder, die man während einer langen, epidemischen Krankheit getragen hat. Die neuen Anzüge waren locker, hell, von unbestimmter Färbung, weich und haarig, leicht und warm. Die Stoffe kamen aus England, dem Land, in das Paul Bernheim gehen wollte.

Keiner von all den jungen Leuten ging nach England. Ein einziger, der die zage Absicht äußerte, in Paris »perfekt Französisch« zu erlernen, erschien den andern verdächtig. Aber der alte Bernheim hatte einmal in einer Gesellschaft gesagt: »Meinen Sohn schicke ich in die Welt, sobald er das Abitur hat!« Und die Welt war für einen gewissen Kreis von gehobenen Bürgern England.

Diese Herren ließen schon seit einigen Jahren ihre Anzüge aus England kommen, waren Mitglieder von Flottenvereinen, rühmten die britische Politik und die britische Verfassung, trafen König Eduard den Siebenten oft und wie von ungefähr auf der Marienbader Promenade, machten Geschäfte mit Engländern, tranken Whisky und Grogs, obwohl ihnen Pilsner Bier schmeckte, schlossen sich in Klubs zusammen, obwohl sie sich lieber im Kaffeehaus getroffen hätten, simulierten Schweigsamkeit, obgleich sie beredt von Natur waren, wurden Sammler von verschiedenen nutzlosen Gegenständen, weil sie sich einbildeten, ein wohlgeborener Mann müsse einen »Spleen« haben, trieben Gymnastik in den Morgenstunden, verbrachten den Sommer an den Küsten und auf den Meeren, um eine salzluft- und windgerötete Haut zu bekommen, und erzählten Wunder vom Londoner Nebel, der Londoner Börse, den Londoner Polizisten. Manche gingen so weit, »well« statt ja zu sagen und englische Zeitungen zu abonnieren, die viel zu spät kamen, als daß man aus ihnen noch Neuigkeiten hätte erfahren können. Aber die Abonnenten nahmen Ereignisse, die sie noch nicht auf englisch gelesen hatten, vorläufig nicht zur Kenntnis. »Warten wir ab!« sagten sie, wenn etwas geschah, »morgen kommt die Zeitung.« Ihre Kinder lernten Englisch wie Deutsch sprechen. Und eine Zeitlang sah es aus, als wüchse eine kleine angelsächsische Nation mitten in der Stadt heran, um sich gelegentlich freiwillig dem britischen Imperium einverleiben zu lassen. Man mußte in dieser Stadt, die einen durchaus kontinentalen Charakter hatte, in der niemals die Spur von einem Nebel zu ahnen war, so essen, trinken, gekleidet sein wie an den meerumrauschten Küsten von England.

Sobald Paul seine englischen Anzüge ein paar Wochen getragen hatte, erklärte er, einige Jahre in England bleiben zu wollen. Und wahrscheinlich in der Angst, man könnte den Wert eines Studiums und eines Lebens in England leicht unterschätzen, erzählte er: »Die Bedingungen, in ein englisches College zu kommen, sind gar nicht so leicht, wie man sich einbildet. Ein Ausländer muß überhaupt von zwei repräsentativen Engländern empfohlen werden, sonst kommt er im Leben nicht hinein! Und vor allem muß man sich tadellos benehmen können, was bei uns ja leider so selten ist! Ich gehe nach Oxford! Nächste Woche übe ich mich noch im Schwimmen.«

Es klang, als hätte er die Absicht, das College schwimmend zu erreichen.

Da nach der Vorstellung, die er sich von den Engländern machte, mit Kunstgeschichte bei ihnen wenig auszurichten war und sie eine sozusagen praktische Veranlagung hatten, beschloß er, Staatswissenschaften zu studieren, Geschichte und Jurisprudenz. Von den Bildern und Malern war keine Rede mehr. Ehe man es sich versah, standen alle wissenschaftlichen Werke, die er brauchte, in seiner Bibliothek. Aus den Prospekten wußte er bereits, wie es in Oxford zugeht. Er erzählte Geschichten aus Oxford, als wäre er von dort hergekommen und nicht erst im Begriff, eben hinzugehen. Merkwürdiger aber noch als die Tatsache, daß er von den Colleges mit der Autorität eines langjährigen Kenners sprach, war das Interesse und die Gläubigkeit der Leute, die ihn fragten. Und nicht nur er, sondern auch sein Vater erzählte von Oxforder Studien, und alle Mitglieder des Klubs, dem der alte Bernheim angehörte, zitierten zu Hause den Stundenplan von Oxford. Und alle heiratsfähigen Mädchen erzählten einander: »Paul geht nach Oxford!« Sie sagten Paul, ebenso wie ihn eine ganze Schicht des Bürgertums nannte. Er war ihr Liebling. Es ist das Schicksal der liebenswürdigen Männer, von fremden Menschen beim Vornamen gerufen zu werden.

Paul fuhr nach Oxford, an einem schönen Junitag, von einigen jungen Damen zur Bahn begleitet. Seine Eltern hatten schon eine Woche früher die Stadt verlassen, waren in die Sommerferien gefahren, weil Pauls Mutter erklärt hatte: »Ich will nicht zurückbleiben, wenn Paul für so lange Zeit von uns wegfährt! Wenn ich unterwegs bin, fällt es mir leichter.« Paul trug einen seiner Anzüge von unbestimmter Färbung, hielt eine kurze Pfeife im linken Mundwinkel und stand, eine Figur aus einer Modezeitschrift, am Kupeefenster. Während der Zug aus der Halle rollte, warf er mit bewundernswerter Geschicklichkeit den drei schönsten Mädchen je eine Rose zu. Nur eine einzige fiel zu Boden, das Mädchen bückte sich, und als es wieder aufblickte, war Paul bereits außer ihrer Sichtweite. Er war endgültig fort, und die Stadt schien es an diesem stillen Sommerabend zu fühlen. Sie war traurig.

In gewissen Abständen kam an den und jenen ein Brief von Paul Bernheim. Es waren Musterbriefe. Gentleman-Briefe. Auf dreifach gefaltetem Papier, das an pergamentene Urkunden erinnerte und an dessen linkem oberem Rand in erhabenen Buchstaben Pauls Monogramm in dunkelbläulicher Tönung glänzte, marschierten die breiten Antiqualettern, ein wenig verwöhnt, ein wenig gespreizt, in großen Abständen und mit breiten Rändern. Der Absender nannte sich nie auf dem Umschlag. Ungefähr in der Mitte der Kuverts erhob sich in dunkelbläulichem Siegellack das Monogramm, ein P, das im Bauch des B kunstvoll eingelagert war wie eine Frucht im Mutterleib. In diesen Briefen herrschte meist ein sehr allgemeiner konventioneller Ton. Fachausdrücke aus dem Gebiete des Sports, erschütternd fremde Bezeichnungen für Ruder- und Segelboote wechselten mit vornehmen Familiennamen ab, und kurze, einsilbige Rufnamen der Kameraden, Bob, Tedd und Pitt, waren wie Knallerbsen in die Texte eingestreut.

Eines Tages ließ er sich in London von einem Konsulararzt in die Armee einreihen. Er bekam einige Jahre Aufschub. Selbstverständlich wurde er der Kavallerie zugeteilt.

Seine Aufnahme in den Soldatenstand teilte er folgendermaßen mit:
»Also, mein Lieber, nun ist es soweit! Kavallerie, hoffe Dragoner. Altem sofort telegraphiert. Zwei Jahre Aufschub, bis dahin reite ich echtes Wildwest. Habe hier Gaul gekauft, Kentucky getauft, leckt mir das Gesicht, hat Charakter wie ein Kater. Arzt war großartig, war auch der schönste Bursche da oben, Kunststück, die andern lauter Handelsangestellte, ein einziger Arbeiter. Armselige Rasse. Dennoch genommen. Als wäre Krieg. Dann zwei Tage London geblieben, rumgetrieben in finstersten Winkeln. Wieder mal Frauen gesehen, nach der langen Klostermoral im College. An den Katecheten gedacht, war doch ein famoser Mann. Lebt er noch? Also, mein Alter, noch ein Jahr, dann bin ich zwei Wochen zu Hause. Muß rasch hinaus, üben zur nächsten Woche! Monströs! Fechtturnier mit Ball anschließend. Habe Tanz fast ganz verlernt, muß neu ran. Du siehst, allerhand zu tun. Gut Glück und Prosit!«

Er schrieb ähnliche Briefe nach Hause. Es schien, daß er eigentlich gar nichts mitzuteilen hatte und daß seine Korrespondenz nur die unerbittliche Folge eines Stundenplans im College war, in dem das Schreiben an die Lieben daheim ebenso ein Gebot war wie das Fechten und Rudern.

»Ich möchte nur wissen«, sagte der alte Bernheim im Klub, »wann die Bengel Zeit haben zu lernen! Von der Wissenschaft schreibt er gar nichts.«

Der Fabrikant Lang, der die »besten Beziehungen« zu England hatte, ließ keinen Zweifel an der Unterrichtsmethode der Colleges zu und meinte, nicht ohne eine gelinde Indignation zu zeigen:

»Die Engländer werden schon wissen, was sie zu tun haben! Sehen Sie sich bitte die englischen Herren an, die wissen mehr als wir. Ein gesunder Geist in einem gesunden Körper, sehen Sie, das ist das Prinzip.«

»Mens sana in corpore sano«, riefen darauf hastig vier oder fünf Herren auf einmal, und sie riefen es so durcheinander, daß es nur einem gelang, das Zitat zu Ende zu sprechen. Der Herr Lang, dem es leid tat, daß er die klassische Weisheit nicht selbst in der Ursprache vorgebracht hatte, beeilte sich, die Karten auf den Tisch zu werfen und zum ersten Male seit Jahren wieder »Alea iacta est!« zu sagen. Somit war festgestellt, daß alle angelsächsisch orientierten Herren vollkommene Humanisten waren.

Und das Tarock begann.

Es ist vielleicht günstig, bei dieser Gelegenheit nachzutragen, daß jenes amouröse Abenteuer des alten Herrn Bernheim kaum ein paar Wochen nach dem Verschwinden der Künstlerin aus dem Gedächtnis der Menschen spurlos verweht war. Es war geradezu eine Leistung an Vergeßlichkeit, wenn man die immerhin noch beträchtliche Anzahl der Feinde und der Neider Felix Bernheims in Betracht zieht. Beinahe hätte man daraus schließen können, daß die Menschen es nicht gerne haben, wenn selbst eine ihrer ungeliebten Autoritäten Gefahr läuft, sich zu blamieren. In der Tat hatte die Geschichte keine anderen Folgen von Dauer gehabt als die Versetzung des Schwiegersohnes und die Übersiedlung der Tochter. Frau Bernheim residierte längst wieder in ihrem rechtmäßigen Heim. Vielleicht behielt sie noch eine Bitterkeit gegen ihren Mann in ihrem Herzen. Aber sie verhielt sich »musterhaft«, wie man damals von ihr sagte, und sie verriet gar nichts. Sie hatte einen beschränkten, aber innerhalb seiner engen Grenzen sehr gut funktionierenden Verstand. Allerdings war sie oft geneigt, ihn zu überschätzen. Es kam vor, daß sie eine Meinung über einen Minister äußerte, über einen Dichter, über die Renaissance und über die Religion – – und über alles in der gleichen geringschätzenden Weise, mit der sie vom Hauspersonal zu sprechen gewohnt war. Es kam vor, daß sie mit verwöhnter Stimme eine Torheit sagte, die man gewiß sympathisch und sogar charmant gefunden hätte, wenn sie dreißig Jahre jünger gewesen wäre. Ja, es schien, daß ihr hübscher, kräftiger Mund einmal so lange alle Welt mit Dummheiten entzückt hatte, daß seine Besitzerin allmählich den Glauben gewann, es wäre charmant, sich in alles zu mischen, was sie nicht kannte. Sie vergaß, daß sie eine alte Frau geworden war. Sie vergaß es so sehr, daß immer noch, trotz ihrer ergrauenden Haare, die sie sachte nachzufärben begann, in den Augenblicken, in denen sie einen törichten Satz aufsagte, ein alter mädchenhafter Glanz in ihre schlaff gewordenen Züge kam, wie durch ihre Vergeßlichkeit heraufbeschworen, und daß man für die Dauer einer Sekunde den lieben Schatten ihrer Jugend über ihr Angesicht wehen sah. Aber der Schatten verschwand sehr schnell, und der Klang der Dummheit schwebte lange im Zimmer. Die Bestürzung der Zuhörer dauerte und wuchs noch, sobald Herr Bernheim den vergeblichen Versuch machte, die Situation durch einen geschmacklosen Witz zu retten. Seit wie vielen Jahren geriet er immer wieder in die gleiche Verlegenheit! Er allein unter allen Anwesenden wußte, wie erschreckend der Unterschied zwischen dem naiven Wort war, das einmal die blühenden Lippen seiner Frau geboren hatten, und demselben naiven Wort, das jetzt den erblaßten entfuhr. Er erschrak und machte einen Witz, wie einer einen Schrei ausstößt, wenn er erschrickt. Die Frau Bernheim aber wurde bei solchen Gelegenheiten »indigniert«. Sie schmollte, wie sie es einst in der Jugend mit soviel Erfolg getan haben mochte, und sie erschien infolgedessen um weitere zehn Jahre gealtert. Übrigens glaubte sie, ein gutes Recht auf weise Meinungen zu haben. Sie war überzeugt, daß die »Bildung« – von der sie sehr viel hielt – nicht nur ein Vorrecht der besseren Stände wäre, sondern auch ihr Erbteil und daß es genügte, einen reichen Mann zu haben und einen Sohn, der »eine Bibliothek« besaß, um über gebildete Themen sprechen zu können.

Sie war einmal hübsch gewesen, und man hatte sie verwöhnt. In ihrem breiten, sauber geschnittenen Gesicht – sie hatte das gleiche Haar und die gleiche Hautfarbe wie ihr Sohn Paul – lag eine unerschütterliche Ruhe, die kalte, unzugängliche Ruhe, die an ein geschlossenes Tor erinnerte, nicht etwa an die freie eines einsamen Landes. Ihr Gesicht kannte keine Sorgenfalte, schien schon die Falten des Alters als eine Beleidigung und als fremde, ungebetene Gäste zu empfinden. Ihre blanken, grauen, koketten Augen blickten werbend und feindselig zugleich. Man hätte ihren Blick für einen »königlichen« halten können – und dafür hielt sie ihn selbst –, wenn er nicht so deutlich verraten hätte, woran er sich übte: an Vorhängen, Kleidern, Ringen und Kolliers, sogenannten »Interieurs«, und an den Gegenständen des Haushalts. Ja, an den Gegenständen des Haushalts. Denn die Frau Bernheim hatte neben dem Ehrgeiz, »fürstlich« zu wohnen und eine »königliche Erscheinung« abzugeben, auch noch den, eine »bescheidene Frau« zu sein. Wenn sie vor Weihnachten überflüssige Stickereien an überflüssigen Decken anbrachte, um irgend jemanden zu »überraschen«, so war sie überzeugt, eines jener Opfer zu bringen, das die Tugend der Sparsamkeit bestätigt, und sie bereitete sich einen süßen, angenehmen Schmerz, der fast so wohltat wie Weinen. »Sieh her, Felix«, sagte sie, »die Frau Lang macht das sicher nicht selbst.«

»Du brauchst es ja auch nicht zu tun –«, erwiderte Felix.

»Wer soll's denn machen? Willst du ein Vermögen dafür zahlen?«

»Ich kann überhaupt darauf verzichten.«

»Ja, und wenn's nicht da wäre, würdest du ein Gesicht machen!«

»Sieh lieber die Knöpfe an meinem Winterrock nach – heute ist mir einer heruntergefallen.«

»Gib ihn her!« sagte darauf die Frau Bernheim erfreut. »Auf die Lisi ist ja doch kein Verlaß! Alles, alles muß man selbst machen!«

Und mit dem heiteren Seufzer, der die Arbeit schwerer erscheinen läßt, sie kostbarer macht und das Gewissen der Arbeiterin beruhigt, begann Frau Bernheim, den Knopf zu befestigen.

»Paul schreibt mir«, begann sie auf einmal, »daß du ihm zu wenig schickst!«

»Ich weiß, was ich tu'!«

»Ja, aber du kennst nicht Oxford!«

»Du kennst es nicht besser.«

»So?! Mein Vetter Fritz, war er nicht an der Sorbonne?«

»Das ist ganz was anderes, und überhaupt ist das gar nichts!«

»Aber Felix, ich bitte dich, sei nicht grob!« Und Felix überlegte, ob er vielleicht grob gewesen war. Er schwieg. Schließlich hatte Frau Bernheim alles vergessen.

»So, jetzt sitzt der Knopf ewig!« sagte sie mit der Freude eines Kindes. Und man ging schlafen.

Von Theodor, dem jüngeren Sohn, war selten die Rede. Da er dem Vater ähnlicher war als der Mutter – wenigstens behauptete es Frau

Bernheim bei jeder Gelegenheit –, schätzte man ihn im Hause nicht als »genial« wie seinen Bruder. Denn Frau Bernheim hielt ihren Mann für ein Glückskind. Sie traute ihm keine Kenntnisse zu und auch nicht die Fähigkeit, welche zu erwerben. Sie hatte die Geringschätzung für Geschäfte und Kaufleute, die manche Töchter gutbürgerlicher Familien in den neunziger Jahren zugleich mit ihrer Bildung mitbekamen, mit der Aussteuer, dem Klavierspiel und der Belletristik. Nach der Ansicht der Frau Bernheim rangierte etwa ein Staatsbeamter über einem Bankier, war ein Finanzmann unfähig, »Kultur« anzunehmen. Da ihr Vetter Rechtsanwalt gewesen war, blieb in ihren Augen ihre Ehe für ewige Zeiten eine Mesalliance. In jüngeren Jahren hatte sie noch hie und da daran gedacht, ihren Mann mit einem Akademiker oder einem Offizier zu betrügen, um durch einen Beischlaf mit einem gesellschaftlich Würdigeren eine Genugtuung für die Hingabe an einen gewöhnlichen Bankier zu erlangen. Wenn man hörte, wie Frau Bernheim, die natürlich ihre »Nerven« hatte, die Worte »Aber Felix!« ausrief, wie sie, wenn der Wind ein Fenster oder eine Tür zuschlug, über »dieses laute Haus« jammerte, oder wenn ihr Mann zufällig einen Stuhl umwarf, ihm »Benimm dich vorsichtiger!« sagte, so konnte man in diesen Wendungen die unermeßliche Kränkung erkennen, die das Schicksal der Frau Bernheim zugefügt hatte.

Und dennoch wußte sie oft ihrem Mann einen überraschend guten Rat zu geben, geschäftliche Gefahren vorauszusehen, böse Absichten gewisser Personen zu wittern, ein hellsichtiges Mißtrauen gegen Dienstleute, Rechnungen, Lieferanten zu hegen, Ordnung im Haus zu halten, Sommerreisen zu organisieren und in Schaffnern, Seeoffizieren und Hotelpersonal einen Respekt zu erzeugen. Sie besaß einen animalischen Haus- und Familieninstinkt, er war die Quelle ihrer Vorsicht, ihrer Klugheit und auch ihrer Güte, die allerdings ihre Grenze an dem dichten Drahtgitter des Gartens fand.

Außerhalb des Gitters begann ihre Härte, ihre Unerbittlichkeit, ihre Blindheit und ihre Taubheit. Sie unterschied zwischen Armen, die auf irgendeine Weise einen Zutritt in ihr Haus bekamen, und den Bettlern, die sich nur in den Straßen aufhielten. Und sie verstand ihre Wohltätigkeit dermaßen zu organisieren, daß ihr Herz nur an bestimmten Stunden bestimmter Tage zu funktionieren brauchte. Dermaßen und in regelmäßigen Abständen Gutes zu tun war ihr ein Bedürfnis. Erzählte man ihr aber zum Beispiel von einem Unglück, das eine fremde Familie betroffen hatte, so galt ihr Interesse den näheren Umständen, unter denen sich jenes Unglück zugetragen hatte, ob es zum Beispiel ein Mittwoch gewesen war oder ein Donnerstag, Nacht oder Tag, die Straße oder das Zimmer. Dennoch hätte sie trotz ihrer Neugier, die Details zu erfahren, sich um keinen Preis in die Nähe des Unheils begeben. Denn sie mied Unglück und Krankheit, Friedhöfe und Kondolenzpflichten. Sie vermutete überall Ansteckungsgefahren. Wenn ihr der Mann einmal sagte: »Der Lang oder der Stauffer oder die Frau Wagram ist krank«, so erwiderte sie regelmäßig: »Geh nur nicht hin, Felix!« Jeder Fanatismus macht grausam. Auch der des Wohlergehens ...

Sie sehnte sich nach ihrem Sohn Paul. Sie las seine strammen Briefe einigemal, wußte niemals, was sie enthielten, und bemühte sich, zwischen den Zeilen zu erkennen, ob »ihr Kind« gesund war oder ob er eine Krankheit verheimlichte. Denn sie hielt ihn für einen »edlen Buben«, den Leid stumm macht. Sie schrieb ihm zweimal in der Woche – keine Antworten, auch keine Mitteilungen, sondern nur Worte, Buchstaben, die Küsse und Berührungen ersetzten und eine körperliche Beziehung herstellten. Paul überflog diese Briefe und verbrannte sie. Er war mit seiner Mutter unzufrieden. Er hätte sich eine »echte Lady« als Mutter gewünscht. Zu einer solchen dichtete er sie um, wenn er in die Lage geriet, Fremden von ihr zu erzählen. Manchmal träumte er davon, sie noch einmal zu erziehen. Er stellte sich vor, daß er mit ihr auf einem englischen Landsitz wohnen würde. Sie sollte weißes Haar haben, Hardy lesen und die Ehrfurcht des Adels genießen. In seinen Erzählungen nahm sie die Formen, die Umrisse, den Charakter und die Bedeutung an, die sie sich selbst beizumessen liebte. Sprach er von seinem Vater, so karikierte er ihn leicht nach den Tendenzen seiner Mutter. Aber er sprach selten von seiner Heimat und von seinem Haus, weil er die Wahrheit nicht erzählen konnte und im Lügen unsicher war. Er sollte noch mindestens anderthalb Jahre in England bleiben. Aber eines Tages erhielt er ein Telegramm, das ihn nach Hause rief.

Der alte Herr Bernheim hatte sich vor einer Woche auf eine weite Reise begeben. Er wollte sich nach Ägypten einschiffen, der Gicht wegen. Aber er starb, als er in Marseille den Dampfer betrat. Er befand sich in Gesellschaft einer jungen Dame, die er für seine Tochter ausgegeben hatte und die vielleicht – wer kann es wissen – die mittelbare Ursache seines unerwarteten Todes war. Man fand, als man seine Leiche holen kam, kein Geld mehr bei ihm. Einige wollten wissen, daß jenes junge Mädchen die Akrobatin gewesen war. Aber die Menschen sind leicht geneigt, die einfachsten Ereignisse romanhaft auszulegen. Wahrscheinlicher ist, daß die Neigung des alternden Mannes für junge Mädchen im allgemeinen groß war und seine Treue zu einem bestimmten und übrigens nicht leicht zu eruierenden eine Erfindung. Immerhin war sein Tod an Bord eines Schiffes, an der Schwelle des Meeres und im Arm eines hoffentlich hübschen Kindes freier und würdiger als der größte Teil seines Lebens oder wenigstens des bekannt gewordenen Lebens. Denn es ist möglich, daß Herr Felix Bernheim niemals eine ganz eindeutige Existenz geführt hatte. Es ist möglich, daß er wirklich, wie sein Sohn Paul sagte, ein »Kerl« gewesen war, breitspurig, gesund, glücklich und leichtsinnig.

Sein Schwiegersohn, der Rittmeister, holte den Toten ab. Paul kam zum Leichenbegängnis.

Frau Bernheim weinte am Grabe, vielleicht zum erstenmal in ihrem Leben. Sie stand in der Mitte ihrer Kinder. Ihre hübschen, kalten Augen waren rot, sie erinnerten an blutige, blanke Eisstückchen. Herr Bernheim wurde in einer marmornen Gruft beigesetzt. Auf der breiten, blaugeäderten Platte stehen alle seine Verdienste in einfachen, schwarzen Buchstaben verzeichnet, die würdiger sind als die Inschrift »Sans souci« über seiner Villa.

Aber der trauernde Engel, der sich über das Kreuz lehnt, ist doch ein Bruder jener kleinen Engelchen, die den First des Bernheimschen Hauses zieren.


## 3.

Allmählich wurde Paul wieder eine kontinentalere Natur. Sie schien zu der dunklen und maßvollen Kleidung zu passen, die er während der Trauer nach seinem Vater trug. An eine Rückkehr nach England konnte er vorläufig nicht denken. Von den Geschäften verstand er wenig. Er wußte nicht, ob er in der Bank bleiben oder weiterstudieren sollte; auch nicht, was er studieren sollte. Sein Vater hatte drei verschiedene Testamente hinterlassen, aber alle drei stammten aus einer weit zurückliegenden Zeit. Man begann, Geheimnisse im Hause Bernheim und in der Bank zu vermuten – – Gerüchten war zu entnehmen, daß der Reichtum der Bernheims bedeutend geringer sei, als man angenommen hatte.

Paul äußerte nichts Bestimmtes über seine nächsten Pläne. Er sprach vom College immer noch, aber er erzählte jetzt, nachdem er es kennen-

gelernt hatte, dasselbe wie einst, als er es nur aus den Prospekten gekannt
hatte. Er saß stundenlang in dem Büro seines Vaters, sah gelangweilt in
Bücher, sprach mit Sekretären und alten Beamten, unaufhörlich in der
Angst, bei einer Unkenntnis ertappt zu werden und sich von den andern
ausnützen zu lassen. Etwas vom Mißtrauen seiner Mutter, etwas von
ihrer beschränkten Kälte wurde jetzt an Paul sichtbar. Niemals hätte er
etwa vor einem älteren Beamten sein Unverständnis zugegeben.
Schließlich hatte er noch die Ratschläge seiner Mutter zurückzuweisen
und eines ihrer Brüder, mit denen der alte Bernheim immer im Streit
gelebt hatte und die jetzt langsam auf dem Plan zu erscheinen begannen.

In dieser unangenehmen Lage befand sich Paul, als der Krieg ihm zu
Hilfe kam. Seine Begeisterung galt vom ersten Augenblick an dem Vaterland, den Pferden, den Dragonern. Frau Bernheim, die überzeugt war,
daß der Tod nur die armen Infanteristen treffen werde, hatte wieder einen
Anlaß, auf ihren Sohn stolz zu sein. Als er zum erstenmal in der Uniform
vor ihr stand – denn er rückte schon in militärischen Kleidern ein, obwohl er noch nie Soldat gewesen war –, weinte sie: erstens vor Freude
über Pauls männliche Schönheit; zweitens, weil ihr Mann ihn nicht mehr
sehen konnte; drittens, weil sie der Anblick einer Uniform immer rührte.
(Dies war ein Rückfall in ihre Mädchenzeit.) Der Tradition des Drago-
nerregiments getreu, die sich übrigens im Laufe der Zeiten und infolge
des Krieges abgeschwächt hatte, ließ sich Paul ein kleines, bürstenartiges
Schnurrbärtchen stehn. Er sah aktiver aus als die anderen Einjährig-
Freiwilligen. Seine Reitkunst, seine Haltung, seine Gesinnung und seine
Uniform hätten in einem Fremden den Eindruck erwecken können, daß
Paul Bernheim aus einer alten kavalleristischen Familie stammte. Seinen
bürgerlichen Stand machte er unter soviel Adel durch seine Haltung
wett. Und seinen Namen unterschrieb er von nun an so undeutlich, daß
es »von Bernheim« wie »Bernheim« heißen konnte.

Trotzdem mußte er infolge einer Verfügung, die ihn ebenso erschreckte
wie andere die Einberufung, die Kavallerie verlassen. Der Staat verlor
dank seiner Vorurteile einen ausgezeichneten Offizier, einen Helden
vielleicht. Denn es ist kein Zweifel, daß in Paul Bernheim die Eitelkeit
die Quelle des patriotischen Heroismus gewesen wäre. Jener Verfügung
zufolge aber mußte er Verpflegungsoffizier werden.

Wie viele hätten gerne mit ihm getauscht! Er aber wurde fast in der
Stunde, in der er die Dragoner verließ, ein erbitterter Kriegsgegner. Ein
anderer Weg zur Bedeutung schien sich ihm zu öffnen. Er begann, mit

Pazifisten zu verkehren, in kleinen, verbotenen und rebellierenden Blättern zu schreiben, in geheimen Versammlungen der Kriegsgegner zu sprechen. Und obwohl er weder ein begabter Journalist noch ein Redner war, erregte er in der Gesellschaft der kleinen Leute, der einfachen Soldaten, der Deserteure, der Revolutionäre ein gewisses Aufsehn dank seinem Offiziersgrad, seiner gutbürgerlichen Erscheinung, der sichtbaren Abkunft aus einem guten Hause. Der Glanz seiner Abzeichen, der Klang seiner Sporen – denn auch als Verpflegungsoffizier gehörte er zu den Berittenen –, die olivenfarbene Zartheit seines Teints, die weichen Bewegungen seiner Arme und Hüften faszinierten die Menschen; und da er die Portion Heroismus, die er dem Vaterland zugedacht hatte, den Kriegsgegnern schenkte, gehörte ihm die Dankbarkeit der Verfolgten. Sie wurden stolz auf ihn – – und dieser Stolz kam aus denselben Quellen, denen sonst ihr Haß gegen die andern Angehörigen der führenden Gesellschaftsklasse entsprang. Alle Überläufer werden überschätzt. Diesem Gesetz hatte Paul Bernheim seine Bedeutung in revolutionären Kreisen zu verdanken.

Es war lehrreich zu beobachten, wie Pauls rebellische Gesinnung keineswegs den Glanz seiner äußeren Erscheinung zu vermindern imstande war. Klirrend und schimmernd ging er dahin. Die Koketterie des Heroismus machte er sich zu eigen wie die rebellische Gesinnung. Mehrere Plaketten an der Mütze, Schnüre an einer engen Litewka; einen kurzen Dolch statt eines Seitengewehrs an einem knarrenden, roten Ledergehänge, weiche, gelbe Stiefel und Reithosen von einer ungewöhnlichen Breite, so ging er dahin, ein Gott der Verpflegungsbranche. Sein Dienst bestand im Einkauf und in der Requisition von Vieh und Getreide und vollzog sich im Hinterland, in der Etappe und in besetzten Gebieten. Er fuhr durch Städte und Länder, aß und schlief bei Gutsbesitzern, die sich von ihrer Vaterlandsliebe nicht abhalten ließen, um eine Zubilligung übertriebener Preise bei Paul zu werben und um die Milderung der Requisitionen. Auf ihn übten die Freundlichkeiten seiner Opfer keine Wirkung. Der Staat hatte einen Helden verloren und einen unbestechlichen Verpflegungsoffizier gewonnen. Denn Paul requirierte und drückte die Preise mit dem Ressentiment eines Revolutionärs, seine Gesinnung unterstützte seine dienstliche Aufgabe, und die Furcht, mit der ihm seine Opfer begegneten, schmeichelte ihm ebensosehr wie die Schätzung, deren er sich bei den Kriegsgegnern erfreute. Im übrigen schätzte man auch seine dienstliche Gewissenhaftigkeit. Sie behütete ihn vor jedem Verdacht.

Und also gelang ihm wie wenigen die Vereinigung militärischer Tugenden mit einer antimilitaristischen Gesinnung. Ebenso wie er einmal imstande gewesen war, vernünftige Bücher zu lesen, kluge Gespräche zu führen und dann in der Gesellschaft der Mädchen billige Torheiten zu sagen, so konnte er jetzt in Offizierskasinos und auf »Landsitzen« plaudern, Operettenschlager auf dem Klavier spielen und sich dem Tanz hingeben und gleichzeitig seinen nächsten Artikel zurechtlegen, über die Möglichkeiten einer Demonstration nachdenken, seine Rede vorbereiten. Verworren sind in den Herzen und Hirnen der Menschen Überzeugung und Leidenschaften, und es gibt keine psychologische Konsequenz.

Eines Tages lernte Paul den Gutsverwalter Nikita Bezborodko kennen, ein paar Meilen südlich von Kiew. Bezborodko rühmte sich, einer alten Kosakenfamilie zu entstammen. Stark, unerschrocken, schlau und verwegen, hatte Nikita schon mehrere Requisitionen abgewehrt, Einkäufer der Armee um ansehnliche Summen betrogen, Befehle sabotiert, Lieferungen falsch ausgeführt, statt der assentierten gesunden Pferde kranke und erblindete der Armee zugeführt.

Zum erstenmal stieß er bei Paul Bernheim auf einen Widerstand. Paul erstattete gegen den Kosaken die Anzeige. Aber es kam zu keiner Verhandlung. Einmal begegneten Paul und der Ukrainer einander auf dem Bahnhof in Shmerinka.

»Guten Tag, Herr Leutnant!« sagte der Kosak.

»Sie sind nicht eingesperrt?«

»Wie Sie sehen, Herr Leutnant! Ich habe meine Beziehungen.«

Sie tranken ein paar Gläschen. Sie saßen in einer improvisierten Schenke, einer dunklen und kahlen Holzbaracke, durch deren winzige, offene Fensterluken der Wind strich und die Vögel flogen. Auf einmal sagte der Kosak:

»Ich habe hier ein paar Flugzettel für Sie, Herr Leutnant!« – »Ich lasse Sie verhaften«, erwiderte Bernheim und erhob sich. Der Kosak stand an der Tür, die er überwachte, ein breites Lächeln im Angesicht, in der Rechten ein Messer. »Hände hoch!« rief er, das Lachen in der Stimme. Bernheim wußte nicht, ob der Ukrainer ein Spitzel war und im Dienst der militärischen Geheimpolizei stand, ob er ein Revolutionär war, ob er die Flugzettel nur durch einen Zufall bekommen hatte, ob er in der Besoffenheit sprach. Es wurde Abend, der Wind heulte, Paul Bernheim beschloß auf jeden Fall, die Flugzettel zu verlangen. Er konnte später immerhin sagen, daß er eine List angewandt hatte.

Der Kosak warf ihm mit der linken Hand ein Bündel zu, immer noch an der Tür, das Messer gezückt in der Rechten. In der Dämmerung schien er größer zu werden. Ein silbriger Glanz ging von seinem sandgelben Mantel aus, seiner hellgrauen Pelzmütze, seinen gelben Stiefeln aus rohem Leder, seinen grauen Augen. Er erreichte die Decke der Baracke. Bernheim fühlte sich in dem Maß kleiner werden, in dem er sich einbildete, den anderen wachsen zu sehn. Eine Furcht, aufgestiegen aus längst vergessenen Kinderjahren, Erinnerung an Gespensterträume, an schaurige Phantasien in dunklen Zimmern, griff mit hunderttausend Armen nach dem erwachsenen Mann. Der Schnaps, den er sonst ohne Schaden zu trinken verstand, verwirrte ihn heute, weil er einen halben Tag nichts gegessen hatte. Weshalb bin ich nur mit dem Kerl hierhergegangen. Es war der einzige klare und ganze Satz, den er denken konnte. Sonst huschten nur halbe Sätze durch sein Hirn, und der Ausdruck »letzte Stunde« kehrte immer wieder, wie ein Schmerz, der für Augenblicke verschwindet, den man aber erwartet und den man begrüßt, weil die Qual des Wartens stärker ist als er.

Plötzlich fiel Bernheim noch ein Wort ein. Ein Wort, dessen Torheit Pauls Entschluß in einer anderen Stunde nicht hätte bestimmen können. Eines jener leeren Worte, die als Bruchstücke traditioneller Leitsätze, pädagogischer Formeln, vorgeschriebener Lesebücher, für Kinder bearbeiteter Heldensagen sich für ein ganzes Leben in unseren Gehirnen einnisten, wie Fledermäuse reglos bleiben, solange wir wach sind, und nur die erste Dämmernis unseres Bewußtseins abwarten, um wieder in uns herumkreisen zu dürfen. Ein solches Wort fiel Bernheim ein, es hieß: schmähliches Ende. Eine Vorstellung, die, so kindisch sie sein mag, auch einen klügeren Mann veranlassen kann, das, was man Männlichkeit nennt, zu mobilisieren. In Paul Bernheim lebten noch Vorstellungen, die er sich als Kriegsgegner und Rebell nicht eingestehen wollte – Vorstellungen von einem »würdigen Tod« zum Beispiel –, denn auch ein kurzer Dienst bei den Dragonern bleibt nie ohne jede Wirkung. Kaum hatte sein getrübtes Hirn jenes Wort geboren, als er das Dümmste tat, was er in seiner Lage hätte tun können: Er griff nach seinem Revolver wie ein Held. Im Nu steckte das Messer Bezborodkos in seinem rechten Arm. Paul konnte noch sehen, wie sich die Tür der Baracke sehr schnell öffnete und wie das letzte, grünliche Licht des dämmernden Himmels in den nun völlig finsteren Raum einbrach. Dann fiel die hölzerne Tür wieder zu – Paul Bernheim hörte das Geräusch –, und wieder war es finster. Bezborodko war fort.

Paul versuchte nicht mehr, das Messer aus seinem Arm zu ziehen. Die Dunkelheit des Raumes, die ihn umhüllte, schien in seinem Innern eine andere, noch dichtere Dunkelheit zu erzeugen, die gleichsam aus dem Sehnerv ins Auge drang, ebenso wie die äußere Finsternis durch die Netzhaut. Finsternis innen und außen. Er wußte nicht, ob er die Augen noch offenhielt oder schon geschlossen hatte. In seinem Arm schien der Schmerz zu klingen, als gäbe das Blut, das an den Stahl schlug, einen metallenen Laut.

Er erwachte ein paar Stunden später, mit verbundenem Arm, auf einem Sofa, im Zimmer des jüdischen Schankwirts, um sofort wieder einzuschlafen.

Ein paar Tage später verließ er Shmerinka. Die Flugzettel waren verschwunden. Das Ganze erschien ihm jetzt unwirklich, ein Traum, und er begann, fast zu zweifeln, ob er die Wunde wirklich von Bezborodko empfangen hatte. Auch dieser blieb verschwunden.

Immerhin hatte dieses Ereignis ihn aus der Sicherheit gebracht, in der er gelebt hatte. Der Krieg dauerte nun schon das dritte Jahr. Wer kann sagen, ob es Furcht war oder Gewissen, was Paul Bernheim jetzt veranlaßte, seinen angenehmen Dienst aufzugeben und sich freiwillig an die Front zu melden? Es war, als hätte ihm der Tod, wie er so am Abend in der Baracke an ihm vorbeigegangen war, eine Ahnung von seiner roten und schwarzen und schrecklichen Süßigkeit geschenkt und in Paul die Sehnsucht nach ihr geweckt. Er kümmerte sich nicht mehr um seine Freunde, ihre Zeitungen, ihre Reden. Er desertierte aus ihrem Lager, wie er einst zu ihnen desertiert war.

So vielfältig und unbegreiflich ist der Mensch.

## 4.

Also ging Paul Bernheim an die Front.

An einem trüben und kühlen Novembertag – der Regen, der vom Himmel kam, vermischte sich mit dem Nebel, der von der Erde emporstieg – fuhr Bernheim als Einzelreisender ins Feld.

Er war nunmehr Leutnant im x-ten Infanterieregiment, das seit einigen Wochen seine Stellungen am südlichen Teil der Ostfront bezogen hatte. »Hast du Glück«, hatten ihm die Kameraden im Kader gesagt, »gerade

jetzt gehen wir an die ruhigste aller Fronten. Vor einigen Tagen hättest
du uns noch in den Alpen suchen müssen, in der Hölle!« Paul hätte es
vorgezogen, sein Regiment in den Alpen aufzusuchen, wo der Tod hei-
mischer war als im Osten. Es störte seine Entschiedenheit, mit der er
sich zur Infanterie gemeldet hatte und mit der er sein bisheriges Leben
endgültig von dem kommenden abzugrenzen entschlossen war, daß die
Ostfront eine »idyllische« genannt wurde. In dem Stadium, in dem er
sich jetzt befand, wünschte er sich die stärksten Erlebnisse, die größten
Gefahren, die härteste Unbill. Es galt, wie er sich sagte, den glücklichen
und seltenen Zustand seiner Entschlossenheit so gründlich auszunützen,
daß er schließlich ein dauernder werde. Er fürchtete, dieser Zustand
würde vorübergehen, ohne den erhofften Gewinn gebracht zu haben. Es
war schließlich die alte Veranlagung Pauls, die ihn zur Kunstgeschichte,
nach England, zur Kavallerie und zum Pazifismus gebracht hatte. So wie
er einmal ein vollkommener Angelsachse hatte werden wollen, so versuchte er jetzt, ein vollkommener Infanterist zu werden.

Aber von diesen geheimen Trieben wußte er selbst wenig. Über ihnen
lag, dicht und schwer wie dieser Novembertag, eine trübe, neblige
Gleichgültigkeit. Er saß schon seit Stunden allein in dem kalten Abteil
zweiter Klasse. Der andere Passagier, der es zwei Stunden lang mit ihm
geteilt hatte, war längst ausgestiegen. Obwohl der Abend noch nicht
gekommen war, blinzelte schon in das Halbgrau des Nachmittags die
fettige Lampe, gelb und ölig erinnerte sie Paul an Lichter auf Gräbern
zu Allerseelen. Manchmal wischte er mit dem Ärmel über das angelau-
fene Glas der Fensterscheibe, um sich zu überzeugen, daß sich der Zug
wirklich bewegte. Dann sah er den grauen Vorhang des Novemberregens
über diesem Hinterland, das schon in die Etappe überzugehen begann,
und hinter dem Vorhang kleine Dörfer, verlassene und zerstreute Gehöf-
te, Frauen mit den Rockschößen über den Köpfen, schwarze Juden in
langen Gewändern, gelbe Stoppelfelder und gelbe, gewundene Straßen,
deren schwarzer Schlamm durch den Regen schimmerte, aufrechte und
geknickte Telegraphenstangen, Feldküchen, verloren und halbversunken
im Kot, marschierende Trainsoldaten, dunkelbraune Baracken, Schienen
und kleine Stationen, an deren jeder der Zug halten mußte. Er hielt übrigens oft auch zwischen den Stationen. Es war, als hätte der Zug selbst
Bedenken vor dem Feld, dem er sich näherte, und als benutzte er jede
Gelegenheit, um stehenzubleiben und auf den Waffenstillstand zu warten.

So absurd dieser Gedanke war und so merkwürdig die Furcht Pauls, er könnte zu spät in den Krieg kommen, so huschte doch die Vorstellung hin und wieder durch sein Hirn, die Vorstellung, daß sie jetzt draußen dabei waren, Frieden zu schließen, und daß er sich in der fürchterlichen Lage befinden würde, so, wie er war, unverändert und mit der Erinnerung an sein letztes, beschämendes Erlebnis mit dem Kosaken behaftet, in das friedliche Leben zurückzukehren. Seinen momentanen Bedürfnissen entsprach ein Krieg, der noch mindestens fünf Jahre dauern sollte. So ratlos sah er sich dem Frieden entgegentreten, seinem Haus, seiner Mutter, der Bank, dem Dienstpersonal und den Beamten. Wenn er sich erinnerte, daß er noch vor gar nicht langer Zeit flammende Proteste gegen den Krieg geschrieben und geredet hatte, so verstand er die vergangenen Monate und Jahre nicht mehr. Sie lagen unbegreiflich hinter dem schrecklichen Erlebnis mit Nikita, hinter diesem rätselhaften Erlebnis. Ein Mann hatte ihn bedroht, verwundet, besiegt und war verschwunden. Nichts weiter. Ja, aber dieser Mann weiß vielleicht mehr von mir, alles von mir, mehr als ich selbst. Er hält mein Leben in der Hand, er kann mich vernichten – und ich sehe ihn nicht, er ist für immer verschwunden. Mein Leben aber – so tröstete er sich – halte ich jetzt selbst in der Hand, solange ich an der Front bin. Ich kann jeden Augenblick sterben. Übrigens, wenn der Ukrainer etwas weiß, ich leugne alles. Ich werde tapfer sein, man wird mir glauben. Vielleicht hat der und jener meiner früheren Freunde und Genossen mich verraten. Ich leugne. Man hat keine Beweise. Nicht einmal Artikel mit meiner Handschrift, denn ich habe sie auf der Maschine schreiben lassen, unter einem fremden Namen. Und schließlich ist es auch gleichgültig.

Es beruhigte ihn, sooft der Zug stehenblieb, die hartnäckige, eintönige Melodie des Regens zu hören, der mit der gleichen Ausdauer und der gleichen sanften Eindringlichkeit über Hunderte von Meilen ausgebreitet war und der die Entfernungen aufzuheben schien, die Verschiedenheit der Gebiete und der Landschaften. Die Welt bestand nicht mehr aus Bergen, Tälern und Städten, sondern nur noch aus November. Und in dieser bleiernen Gleichgültigkeit gingen Pauls Kümmernisse zeitweilig unter. Er fühlte sich eins mit irgendeinem der wehrlosen Gegenstände auf den Feldern, die dem Regen preisgegeben waren, den kleinsten, geringfügigsten, leblosen Wesen, einem Strohhalm zum Beispiel, der ohne Willen dalag und sein Ende erwartete, in voller Glückseligkeit eigentlich, insofern er Glück zu empfinden imstande gewesen wäre. Ein Bach konnte ihn mitnehmen und davontragen, ein Stiefel ihn zertreten.

Also empfand Paul zum erstenmal den Krieg, und wie die Millionen eingerückter Männer fühlte er den erhabenen Gleichmut derer, die sich blind einem blinden Schicksal unterwerfen. Ich werde wahrscheinlich untergehen, dachte er mit einem süßen Trost. Und als der Abend weiter vorrückte und hinter den Scheiben die schwarze Wand der Finsternis sich erhob, im Innern des Wagens das trübe Licht stärker wurde, kam er sich für lange Sekunden wie ein Toter vor, ein Toter in einer beleuchteten Gruft. Weit hinter ihm lagen die Sorgen und Freuden, die Ängste und die Hoffnungen des Lebens. Er war ihnen allen entflohen. Es gab für einen Flüchtling wie ihn kein ruhigeres Ziel, keinen sichereren Zufluchtsort als die Front und den Tod.

Er erinnerte sich an das Testament, das er kurz vor der Abreise verfaßt hatte. Für den Fall, daß er starb, verblieb alles seiner Mutter, nur ein ganz geringer Teil seinem Bruder, den auch der Vater in seinen Testamenten nicht erwähnt hatte. Den Gedanken an Theodor verscheuchte Paul schnell, er mochte nicht an den Bruder denken. Obwohl er freiwillig und sogar gerne in den Tod ging, überfiel ihn immer wieder ein kleiner, hurtiger Neid gegen den jüngeren Bruder, der sicher dahinwandelte im Schutz seiner Jugend, sicher vor dem Krieg und sicher, das Ende des Krieges zu erleben und bessere Zeiten. Er verdient es nicht! sagte sich Paul. Wieder ergab er sich der Seligkeit der Todesahnungen.

In dieser Stimmung übertrieb er den Reichtum, die Dauer und die Fülle seiner vergangenen Jahre. Auch diese Übertreibung noch diktierte ihm sein hochmütiges Selbstbewußtsein. Ich bin reich gewesen, sagte er sich, jung, schön, kräftig gewesen. Ich habe Frauen besessen, die Liebe gekannt, die Welt gesehn. Ich kann ruhig sterben. Plötzlich überfiel ihn die Erinnerung an Nikita. Ich hätte, dachte er, früher an die Front gehn sollen. Ich hätte kein Kriegsgegner werden sollen. Ich gehe jetzt nicht freiwillig in den Tod, sondern gejagt. Es geschieht mir recht.

Je weiter die Nacht fortschritt, desto mehr Kälte brachte sie. Paul versuchte, die Lampe auszulöschen. Er wollte still im Finstern liegen, die Vorstellungen von einem Grab sollten vollkommen sein. Er wollte in einem rollenden Grab liegen und ins Jenseits fahren. Die Lampe ließ sich nicht auslöschen, sie war das Ewige Licht, sie brannte schon für sein Seelenheil. Er konnte nicht einschlafen. Er versuchte, mit gefrorenen Fingern etwas in sein Notizbuch zu schreiben. Schreiben macht klar!

dachte er. Er war unfähig, auch nur einen Satz aufzuzeichnen, und er begann, sinnlose Ornamente über die weißen Blätter zu ziehen, wie einst in der Religionsstunde. Seine Kollegen aus der Schulzeit fielen ihm ein. Es gelang ihm, das eine und das andere Gesicht aufzuzeichnen, er rekonstruierte die ganze Klasse, die Schulbänke, die Lehrer.

Darüber verging die Nacht.

Am nächsten Morgen war der Regen dünner Hagel und glasiger Schnee geworden, und seine Tropfen hämmerten mit einem zarten, metallenen Klang gegen die Fenster.

Der Zug näherte sich der letzten Bahnstation. Es war der Rand der Welt. Hier begann die schmalspurige, von Pferden gezogene Kleinbahn. Sie führte unmittelbar zum Regimentskommando.

Paul fuhr mit einigen Soldaten, die vom Urlaub zurückkehrten, in dem offenen, niederen Wagen. Wie durch eine dicke Mauer hörte er ihren Gesang, den das ferne Trommelfeuer begleitete. Er fühlte kaum den Wind und den stechenden Eisregen. Er sah die ersten Verwundeten, die mit weißen Verbänden am Arm der Sanitäter den langen Weg zurückhumpelten, die Blutspuren, die sie auf der schwarzen, feuchten Erde zurückließen und auf dem weichen, dichten, gelben Lehm. Den Mantelkragen hochgeschlagen, die Hände in den Taschen, den Blick reglos auf die Gruppen der Zurückgehenden gerichtet, auf das blendende Weiß, das lackrote Blut, das verkrustete Grau der Uniformen, den schwarzen Kot der Straße, stand Bernheim in der Ecke. Die Schüsse wurden deutlicher, die Soldaten hörten auf zu singen, ein zweiter Tag senkte sich der Dämmerung entgegen.

Er kam, als die Nacht anbrach, in die Stellung und hatte unerwartetes Glück; Glück, wie er es damals verstand, und noch in einem anderen Sinn. In dieser Nacht erwartete man einen Sturmangriff. Alle Kameraden schrieben Feldpostkarten nach Haus. Nicht aus einem Bedürfnis, aber nur, um nicht aufzufallen, schrieb auch Paul an seine Mutter. Sie wird vielleicht um mich weinen, sagte er sich, und er dachte an das Begräbnis seines Vaters und an die Tränen in den blanken Eisaugen seiner Mutter. Für seinen Bruder Theodor fügte er keinen Gruß hinzu. Aber er starb nicht, Paul Bernheim! Ein Bajonett durchbohrte seine rechte Wange. Er kam am nächsten Morgen ins Feldspital. Man nahm eine Kieferoperation vor. Während seine Wunde heilte, bekam er Typhus und wurde in ein Epidemiespital in die Etappe abgeschoben. Es war, als ob der alte Felix Bernheim über dem Sohn, auf den er wahrscheinlich auch im Himmel noch stolz war, väterlich wachte; als ob das Glück, das dem Alten gute Geschäfte und einen Haupttreffer beschert hatte, den Jungen vor dem Tod bewahrte. Denn jetzt erst, im Fieber, während er mit vier anderen in der Offiziersabteilung der Baracke lag, jetzt erst erwachten in Paul die Furcht vor dem Tode und der Drang nach dem Leben, das ihm für ein paar Tage so gleichgültig gewesen war. Er glaubte mit allen Kräften, daß er am Leben bleiben würde, er nahm die glückliche Wunde, die er im Handgemenge erhalten hatte, für ein Versprechen des Schicksals, ihn am Leben zu lassen. Und obwohl jeden zweiten Tag einer der Kameraden neben ihm blau wurde, reglos und schauderhaft, wußte Bernheim auch im höchsten und verwirrenden Fieber jeden Augenblick, daß er nicht sterben würde.

Es begann besser zu werden. Er verließ das Spital, erkältete sich, bekam eine Lungenentzündung und gelangte wieder in ein anderes.

Auch diese neue Krankheit schien eine unmittelbare Folge seines Wunsches zu sein, am Leben zu bleiben, nie mehr wieder ins Feld zu gehen. Längst hatte er jenes Ereignis mit Nikita in den Hintergrund seiner Erinnerung verdrängt. Er wurde wieder der alte Paul Bernheim. Er lag im Bett, das an der Wand in der Nähe des Fensters lehnte, mit dem Bewußtsein, siegreich gewesen zu sein und klüger als alle Welt. Sein alter Hochmut kam wie ein guter, treuer Freund ans Bett. Ein bläuliches Nachtlicht brannte über der Tür. Die unruhigen, hastigen und sägenden Atemzüge eines kranken Kameraden waren wie unmenschliche Laute, Stimmen fremder, unbekannter Tiere. In dem blauen Schimmer der Lampe, der an winterliches Mondlicht erinnerte, sah Paul Bernheim noch das letzte Hindernis, das er zu überwinden hatte. Er protestierte gegen die unschuldige Lampe. Diese Lampe verhinderte, daß ein Mann wie Paul Bernheim, der gewiß noch ganz andere Bedürfnisse haben durfte als die gewöhnlichen Kranken, eine Kerze anzünden konnte, um zu lesen oder zu schreiben oder zu zeichnen. Nicht genug daran, daß man den Geruch von Karbol und Jod Tag und Nacht einatmen mußte, durfte man auch nicht lesen, wann es einem gefiel. Die schönen, weiten Zimmer im Elternhaus! Paul Bernheim erinnerte sich genau an die Musterung der Tapeten, den warmen, goldenen Gongschlag, der zum Frühstück rief, die Melodien von Tschaikowsky, die er vierhändig mit seiner Schwester gespielt hatte! Zwischen der Stille, die in diesem Spital herrschte, dem scharfen und strengen Geruch seiner Räume, dem entsagungsvollen Weiß der ärztlichen Kittel, der Krankheit, den Seufzern und der Müdigkeit der Kameraden, dem ewigen Flügelrauschen des Todes – und Pauls wacher, warmer und hochmütiger Sehnsucht nach dem Leben war der Unterschied so groß wie zwischen krank und gesund. Paul Bernheim war stolz auf seine fortschreitende Genesung, als wäre sie sein Verdienst. Er verachtete die Kranken, als wären sie minderwertige Wesen. Er schätzte die Ärzte gering, weil das Karbol stank. Er hatte die Gewohnheit angenommen, in jedem Arzt, der an sein Bett trat, einen Zahntechniker zu erkennen, der nur im Krieg ärztliche Funktionen ausübte. Denn nach der Meinung Bernheims war ein Zahntechniker weniger als ein Internist, ebenso wie in der Rangliste seiner Mutter ein Staatsbeamter über einem Bankier stand. Er sah in jeder Krankenschwester ein Dienstmädchen, um sich im geheimen für die Verordnungen des Spitals zu rächen, das nicht genügend Rücksicht auf seine besonderen Wünsche nahm. Es war, als ob die paar Stunden, in denen er mit dem Leben abgeschlossen hatte und von seiner eigenen Persönlichkeit nicht so eingenommen gewesen war wie sonst in seinem ganzen Leben, es war, als ob diese wenigen Stunden jetzt einen doppelten Hochmut erzeugten. Es schien, daß die Natur Paul Bernheims auch eine vorübergehende Bescheidenheit nicht ertragen konnte und wettzumachen entschlossen war. Denn es ist nicht wahr, daß Leiden, Gefahren, Nähe des Todes einen Menschen ändern. Paul Bernheim konnten sie nichts anhaben.

Seine Rekonvaleszenz dauerte so lange, daß er in der Tat den Krieg nicht mehr zu fürchten brauchte. Als er das Spital verließ, bekam er einen Erholungsurlaub, und ehe dieser noch zu Ende war, brach die Revolution aus.

Es soll hier nicht unerwähnt bleiben, daß sich Bernheim in jenen Tagen mit seinen Offiziersabzeichen auf die Straße wagte, ja daß er sich weigerte, Zivil anzulegen. Er schätzte seinen Rang nicht mehr, weil er zu einer besiegten Armee gehörte. Und nichts verachtete er, der vieles verachtete, so sehr wie das Besiegte. Er war im Gegenteil froh, weil nun seine kriegsfeindliche Episode auf keinen Fall mehr schaden konnte. Mit einem leisen, allerdings sehr verborgenen Stolz dachte er noch daran, daß England, *sein* England, gesiegt hatte. Es war, als hätte die Weltgeschichte der Anglomanie Bernheims recht gegeben, und er machte, wenn man vom Krieg sprach, das Gesicht jener Männer, die gern behaupten: »Ich hab's ja gesagt.« Und trotzdem konnte er sich nicht dazu bequemen, seine Distinktionen abzulegen, weil es irgendein Soldat so wollte. Er schätzte ein revolutionierendes Volk ebenso gering wie ein besiegtes Vaterland.

So kam es, daß er eines Tages von einigen Soldaten blutig geschlagen wurde und als Muster heroischer, patriotischer Treue in einigen Zeitungen der Rechten figurierte. Es war das erstemal, daß er seinen Namen gedruckt lesen konnte. Und als wäre er nie ein Kriegsgegner gewesen und als hätte er niemals das Leben dem Tod im Felde vorgezogen und England seinem Vaterland, begann er, konservativ und patriotisch zu denken, und schon sah er sich Abgeordneter und Minister werden.

Selbstverständlich Minister.

## 5.

Paul Bernheim hätte seine Wiederkehr gerne telephonisch angekündigt. Aber es war nicht leicht, mit Frau Bernheim zu telephonieren. Sie konnte nichts begreifen, wenn der Sprecher nicht in ihrer Sichtweite war. Sie mußte sich ihn zumindest vorstellen. Erst wenn sie sich ein Bild von ihm gemacht hatte, begann sie, den Sinn der Frage zu begreifen. Es war, als ob die Worte, als ob die menschliche Sprache in der Welt der Frau Bernheim nur ein sehr mangelhaftes Verkehrsmittel wären und lediglich zur Unterstützung der Gesten und der Blicke dienten. Vielleicht kam daher der Leichtsinn, mit dem sie manche gewichtigen Worte bei falschen Gelegenheiten anbrachte.

Paul telegraphierte also. Auch Telegramme konnten Frau Bernheim aus der Fassung bringen. Ihrer Meinung nach war der Telegraph eigens dazu erfunden worden, um plötzliche Unglücksfälle rasch und sicher mitteilen zu können. Allmählich, seitdem sie Witwe geworden war, und besonders seit dem Ausbruch des Krieges, hatte sie auch angefangen, »sich einzuschränken« – wie sie zu sagen liebte – und bei jedem Telegramm, das Paul ihr schickte, nachzurechnen, wieviel es gekostet haben mochte. Ihre Freude über die Ankunft Pauls entsprach, als sie sein Telegramm las, ungefähr dem Schrecken, der sie ergriffen hatte, als es angekommen war, und ihrem Schmerz über die verschwendeten Spesen. Und es dauerte verhältnismäßig lange, ehe sie den Sinn der Botschaft, befreit von dem Schrecken und dem Trieb, die Worte zu zählen, in seiner ganzen freudigen Bedeutung erfaßte.

Sie wußte von Pauls langer Krankheit ebenso wie von seiner Verwundung. Da er ihr aber niemals mitgeteilt hatte, daß er zur Infanterie gegangen war, blieb der Optimismus, mit dem sie der Kavallerie stets vertraute, von Anfang bis zu Ende unverändert. Und selbst, als sie von der Verwundung Pauls erfuhr, kam es ihr nicht einen Augenblick in den Sinn, daß er auch hätte sterben können. Bei der Kavallerie verwundet werden bedeutete ihr ungefähr soviel, wie sich mit dem Taschenmesser in den Finger schneiden. Auch Typhus war ihrer Ansicht nach für einen Berittenen nicht lebensgefährlich. »Paul ist Offizier«, sagte sie, »er wird bestimmt sorgfältig gepflegt.« Nicht eine Stunde während des Krieges hatte ihre Sorge ihrem Sohn gegolten, aber Tag und Nacht dem Geld. Sie hatte Angst vor der Armut. Sie sah, daß man die ganze Zeit wenig Einnahmen und viele Ausgaben buchte. Herr Merwig, ein alter Mitarbeiter ihres Mannes, kam jeden Monat zu ihr und berichtete über den Gang der Geschäfte. Der Ausgang des Krieges, die Revolution, die Krüppel auf den Straßen und die Überzahl der Bettler, die nach ihren Worten »das Haus einrannten«, beschäftigten sie so sehr, daß ihr die Rückkehr Pauls kaum ein paar Minuten freudiger Aufregung brachte. Am Abend, als Theodor nach Hause kam, zeigte sie ihm das Telegramm. Er legte es, säuberlich gefaltet, ohne ein Wort zu sagen, auf den Tisch und begann, die Zeitung zu lesen. Frau Bernheim ergriff das Lorgnon, das immer an ihrer Hüfte hing und an eine Waffe erinnerte, ließ die Gläser hörbar aufschnellen, führte sie an die Augen und betrachtete ihren Sohn, als schaute sie auf die Bühne. Sie liebte es, das Lorgnon zu gebrauchen, wenn sie ungehalten war. Sie hatte die Erfahrung gemacht, daß die Dienstboten vor den Gläsern erschraken. Theodor hörte ihr Geräusch und neigte den Kopf noch tiefer über die Zeitung.

Frau Bernheim ließ das Lorgnon wieder fallen. Nach einigen Sekunden sagte sie: »Du hast ebensowenig Herz, wie dein Vater gehabt hat. Aber er war wenigstens klug. Er hatte einen genialen kaufmännischen Geist.

Du aber bist auch noch ein Taugenichts. In diesen ganzen Jahren hast du nichts gelernt. Wenn es diese famosen Notprüfungen nicht gegeben hätte, wärest du ewig in der Schulbank geblieben oder ein Schuster geworden. Du erinnerst mich ganz an den seligen Vetter Arnold. Er hat Schulden gemacht und ist im Irrenhaus gestorben. Und das hat auch Geld gekostet, sonst hätten wir die Freude gehabt, ihn im Kriminal zu sehen.«

Sie wartete ein paar Minuten. Dann, als Theodor noch immer in der Zeitung las, schrie sie plötzlich: »Wir haben kein Geld mehr, Theodor, hörst du? Wir haben kein Geld mehr, um Taugenichtse vor dem Kriminal zu retten! Du wirst in Eisen sitzen müssen, hörst du?!«

Theodor legte beide Hände an die Ohren und las weiter in der Zeitung. »Leg die Zeitung sofort weg, wenn deine Mutter mit dir spricht«, fuhr Frau Bernheim leiser fort.

Theodor nahm sofort die Hände von den Ohren, hörte aber nicht auf zu lesen.

Manchmal gelang es ihm, so lange zu schweigen, bis sie das Zimmer mit einem lauten Seufzer verließ. Heute aber schien sie nicht weichen zu wollen. Sie machte sich wieder ans Reden. Sie begann, mit einer Stimme, deren Eintönigkeit aufreizte, langsame, gleichmäßig langsame Sätze wie Garn abzuspulen. Bei jedem Satz hatte Theodor das Gefühl, daß er niemals aufhören werde. Als wüßte Frau Bernheim, daß diese Art zu sprechen auf ihren Sohn Eindruck machte, unterstützte sie die Eindringlichkeit ihrer Rede durch gleichmäßige, glättende Bewegungen auf dem Tischtuch. Unaufhörlich und in dem langsamen Tempo, in dem sie sprach, wischten ihre flach ausgestreckten Hände nach links und rechts die Kanten des Tisches. Obwohl Theodor in die Zeitung versenkt war, stahlen sich die weißen, bläulich geäderten Hände der Mutter in sein Blickfeld, und allmählich ergriff ihn vor diesen schwachen Händen der alten Frau eine Angst wie vor Mörderhänden. Er rührte sich nicht. Er hörte auf zu lesen. Die Kolonnen der Zeitung verschwammen vor seinen Blicken. Aber er ließ nichts erkennen, und zum Beweis dafür, daß er nur mit der Lektüre beschäftigt sei, blätterte er langsam die Zeitung um, in demselben Tempo, in dem die Rede seiner Mutter rann, und gebannt von ihrem Rhythmus.

»Wenn ein Bruder aus dem Krieg nach Haus kommt«, sagte Frau Bernheim, »hat ein anständiger Mensch sich zu freuen. Dir aber tut es leid, daß Paul nicht umgekommen ist. Glaubst du nicht, daß eine Mutter alles von ihren Kindern weiß? Gott ist mein Zeuge, unser seliger Vater weiß es auch, er hat es mir nie glauben wollen, und ich habe ihm immer gesagt, was du für ein tückisches Kind bist, boshaft wie eine Spinne und falsch wie eine Katze und dumm wie ein Esel. Eine ganze Naturgeschichte bist du, und die ganze Erziehung war umsonst, man kann, hab' ich immer zu Felix gesagt, keine Kinder erziehn, wenn sie es nicht von der Geburt mitbekommen haben, die Seele, glaub' ich, und das ist es auch, du hast keine Seele. Wenn du nicht Angst hättest, würdest du deine alte Mutter schlagen, du möchtest mich schon als Leiche sehn, schrecklich, als Leiche.

Aber ich werde nicht ruhig sterben, bis ich nicht weiß, daß du ein anständiger Mensch geworden bist, du kannst es aber nicht werden, was machst du denn die ganzen Tage, du gehst mit deinen lieben Freunden herum, die mir alle nicht gefallen, Paul hat in deinem Alter schon getanzt, er war ein wundervoller Tänzer und hat schon hübsche junge Damen charmiert und hat nicht den ganzen Tag in den Wäldern gelegen und hat nicht herumgeschossen wie du, ich habe Angst vor deinen Raubmessern und Mordpistolen, Anna will nicht mehr dein Zimmer aufräumen, soll ich es vielleicht selber tun …?«

Eine dunkle, fast bläuliche Röte überzog das Angesicht Theodors. Hastig schmiß er die raschelnde Zeitung auf den Boden. Er erhob sich, warf mit einem Fuß hinter sich den Stuhl um, seine kleinen, rollenden Augen hinter der dunkel geränderten Brille schienen auf dem langen und breiten Tisch nach einem Gegenstand zu suchen, den man nach der Mutter werfen könnte. Da er gar nichts fand, begann er, sinnlos zwanzigmal hintereinander zu schreien:

»Heb sie auf, die Zeitung, heb sie auf, heb sie auf, heb sie auf, Mutter, heb die Zeitung auf, Mutter, Mutter!«

Er war im Nu wieder blaß geworden.

Sein flaches, gelbes, dünnes Angesicht erinnerte an ein ungegorenes, im Ofen eingefallenes Brot. Es war mehr nach innen gewölbt als nach außen. Die Nase schien bis zur Spitze, die zart, blutleer und stumpf hinaufragte, noch zu den Wangen zu gehören. Die Lippen waren dünn und schlossen nicht ganz über den langen Zähnen. Das Kinn streckte sich nach vorne wie bei Menschen, die ihren Kopf zwischen hochgezogenen Schultern zu tragen pflegen. Die Ohren waren gelb, groß und durchsichtig wie aus Pergament und randlos, als hätte ihre Substanz für die Ränder nicht mehr ausgereicht. Über der noch kurzen, knabenhaften Stirn, die aber wie die Stirn eines Alten von vier, fünf Längsfalten durchquert war und zwei dicken, vertikalen Strichen über der Nasenwurzel, erhob sich dünnes, wasserblondes Haar, krampfhaft aufwärts gekämmt. Die wasserhellen Augen hinter den funkelnden Gläsern hatten einen erschreckten Ausdruck. Sie waren wie die Augen eines, der in ein plötzlich ausgebrochenes Feuer blickt. Die Stimme wurde hell und kläglich. Man hätte glauben können, Theodor rufe seine Mutter zu Hilfe, während er ihr zurief, sie möge die Zeitung aufheben. Er begann zu beben. Um seine Zähne nicht klappern zu lassen, biß er sie aufeinander.

Und so, die Zunge hart an den Zähnen, versuchte er eine Art von lispelndem, schwerverständlichem Schreien:

»Heb die Zeitung auf, heb ssie auf, heb ssie auf!«

Frau Bernheim, die derlei Ausbrüche Theodors nicht ohne eine gewisse Schadenfreude genoß, hob wieder das Lorgnon. Sie schätzte diese Augenblicke. Es waren die einzigen, in denen sie sich wirklich überlegen fühlen konnte – und in denen ihre Logik auf einmal wach wurde, wie angeregt von der vollkommenen Sinnlosigkeit des andern. Obwohl ihr Mund sich nicht verzog, leuchtete in ihren harten Augen schon der Widerschein eines Lächelns, während sie mit ruhiger Stimme den Augenblick ausfüllte in dem Theodor atemlos und stumm dastand:

»Du hättest es nicht nötig gehabt, die Zeitung auf den Boden zu werfen. Aber sogar wenn es notwendig gewesen wäre, brauchte deine Mutter sie dir nicht aufzuheben. Bück dich, es wird dir guttun. Es ist ebenso gesund, wie in den Wäldern herumzulaufen. Bück dich, mein Sohn, bück dich!«

Sie sprach diese Sätze mit einer sanften, mütterlichen Stimme, in der die Bosheit eingepackt war wie ein Instrument aus dünnem Stahl in weicher Watte.

Theodor verließ das Zimmer. Frau Bernheim sah noch einen Augenblick auf die Tür, die er zugeschlagen hatte. Sie wartete, bis das Echo des Knalls sich verzog.

Dann bückte sie sich, hob die Zeitung auf und begann zu lesen.

Theodor begab sich in den Korridor.

Er lächelte. Er bemühte sich, leise aufzutreten. Seine Kurzsichtigkeit machte ihn vorsichtig. Er streckte den Kopf. Er drehte ihn nach allen Seiten. Er näherte sich dem breiten Wandschrank gegenüber der Garderobe. Im zweiten Fach links oben stand die Büchse aus Blech, eine Sammelbüchse. Sie war Frau Bernheim einmal von einem Wohltätigkeitsverein gebracht worden und sollte einmal im Monat entleert werden. Aber Frau Bernheim wollte mit eigenen Augen sehn, wohin ihr Geld kam. Quittungen behagten ihr nicht. Sie bewahrte daher in jener Büchse das Kleingeld für die regelmäßigen Bettler, die an einem bestimmten Tag in der Woche kamen.

An der Büchse hing ein winziges Schloß. Theodor hatte schon hie und da versucht, es mit einem der vielen Schlüssel, die er besaß, zu öffnen. Er wußte, daß man Frau Bernheim keinen größeren Kummer zufügen könnte, als wenn man dieses Geld, das ihr schon leid tat, wenn sie es verschenken durfte, auch noch stahl.

Zuerst nahm er die Büchse in sein Zimmer. Er schloß die Tür ab, versuchte einen der kleinen Schlüssel nach dem andern, dachte nach, ergriff ein Messer und begann, vorsichtig den Spalt auseinanderzustemmen. Er hatte Herzklopfen vor Schreck und Freude ... Ein paar Augenblicke ließ er die Büchse ruhig stehn und versuchte, sich die Aufregung seiner Mutter vorzustellen. Sein Mund sagte plötzlich laut: »Kanaille!« Er horchte. Da sich nichts rührte, kehrte er die Büchse um. Aber sie schepperte lauter, als er erwartet hatte. Er lauschte wiederum. Er machte die Türe auf und überzeugte sich, daß niemand da war. Dann begann er, mit unendlicher Sorgfalt eine Münze nach der andern herauszuholen. Viele rollten gehorsam und glatt durch den Spalt. Andere blieben hartnäckig drinnen. Er wurde müde, setzte sich, er hatte die Leidenschaft eines Jägers. Er arbeitete bis tief in die Nacht. Es waren schließlich nur noch wenige scheppernde Münzen in der Büchse. Dann drückte er vorsichtig die Spaltsäume zusammen, schlich hinaus und stellte die Büchse wieder an ihre Stelle.

Er zählte das Geld. Es ergab gerade den Monatsbeitrag für den Verein »Gott und Eisen«, dem er seit zwei Jahren angehörte.

Diesen Verein hatte ein junger Mann namens Lehnhardt begründet. Außer ihm, dem Gründer, der ein Bürgerlicher war, sollten nur Adelige aufgenommen werden. Deren gab es aber nach zwei Monaten nur vier. Deshalb wurden die Statuten dahin verändert, daß nur »Blonde aus arischen Familien« aufgenommen werden durften. Bei näherem Zusehn ergab es sich aber, daß die Haarfarbe des Gründers selbst eher braun als blond war. Immerhin wies man den schwarzhaarigen Sohn des Landesgerichtspräsidenten ab. Dieser Junge beklagte sich bei seinem Vater. Er behauptete, Lehnhardt und Theodor Bernheim hätten ihn einen Juden genannt. Sehr indigniert lud der Landesgerichtspräsident die beiden ein und bewog sie, seinen Sohn aufzunehmen. So blieb schließlich das Statut, das den Juden den Zutritt verbot.

Sie halfen einander mit Büchern, Geld und Waffen aus. Sie schwuren, nachdem sie die Notprüfung abgelegt hatten, immer in Verbindung zu bleiben. Vorläufig meldeten sie sich zur freiwilligen Sanität. Sie hatten »Dienst«, gingen zu den Verwundetentransporten, schleppten Tragbahren, saßen neben den Chauffeuren der Krankenwagen und pfiffen aus schrillen Pfeifen in den Straßen der Stadt, um die anderen Gefährte aufzuhalten. Jeden Tag erwachten sie in der Erwartung, die Mobilisierung ihres Jahrgangs angekündigt zu sehn. Als aber schließlich der Friede kam, schwuren sie der Republik Rache, suchten und fanden Beziehungen zu den geheimen Organisationen und marschierten zweimal wöchentlich zu den Übungen vor die Stadt.

Bei diesen Übungen tat sich Theodor nicht hervor. Er war zu körperlichen Anstrengungen ungeeignet. Die Fahlheit seiner Haut, seine hastigen, kurzen Schritte, seine Sprache, die oft tonlos wurde, die Aufregung, in der er gleichgültige Dinge mitzuteilen pflegte, die Heftigkeit der Bewegungen erweckten den Eindruck, daß man seinen hastigen Puls hörte. In seiner Brust schien das zappelnde, kleine, aufgeregte Herz eines Vogels eingebaut. Er konnte einem mit dem Ausdruck eines Menschen entgegentreten, der soeben eine überraschende Neuigkeit erfahren hat, um dann eine schlichte Mitteilung etwa von dieser Art zu machen:

»Wissen Sie schon? Habe ich es Ihnen nicht schon gesagt? – Ich habe gestern einen Brief von Gustav bekommen.«

Er verlieh den unbedeutendsten Ereignissen eine gefährliche und geheime Wichtigkeit, ja besonders eine geheime. Es war sein Ehrgeiz, irgend etwas früher zu wissen als die andern; aber es auch unter dem Siegel der Verschwiegenheit irgend jemandem erzählen zu können. Auf diese Weise nährte er fortwährend den Glauben an seine Bedeutung. Aber fortwährend zitterte er auch um sie.

Er besaß einen Sinn für die Dinge der Öffentlichkeit und für die großen Worte: Ehre, Freiheit, Nation, Deutschland. Um jeden Preis wollte er irgendeine Wirkung üben. Seine Angst, er könnte krank werden, Angina bekommen, eine Lungenentzündung, eine Rippenfellentzündung, machte ihn ungeduldig. Er konnte kaum ein Buch zu Ende lesen. Aber er brauchte nur zehn Seiten, um über die Maßen begeistert zu sein oder um es »einen Dreck« zu nennen. Denn er liebte die starken Ausdrücke – und das war vielleicht das einzige deutliche Anzeichen seiner Jugend.

Er hielt sich für außergewöhnlich vornehm. Manchmal träumte er davon, eine Geschichte seiner Familie zu schreiben, dem Stammbaum der Bernheims nachzuforschen und den Beweis zu erbringen, daß es eine alte, adlige Rasse war. Die jüdische Abkunft seiner Mutter störte ihn. Und nicht einmal vor seiner Krankheit hatte er soviel Angst wie vor der Möglichkeit, seinen Kameraden einmal über die Familie seiner Mutter Auskunft geben zu müssen. Er beschloß, um jeden Preis zu lügen. Dieser Entschluß war so stark, seine Furcht so groß, daß er allmählich zu der

Überzeugung kam, er hätte nichts zu verbergen. Alle Ausreden, die er fand, wurden im Lauf der Zeit für ihn pure Wahrheiten. Die Überzeugung, daß er vornehm sei, äußerte sich in einem Hochmut, den die Kameraden nur deshalb ertrugen, weil er hie und da mit Intimitätenaustausch und Vertraulichkeiten, ja Schmeicheleien abwechselte. Theodor konnte einem seiner Genossen sagen: »Unter uns, Sie sind ja der einzige unter den Burschen, der weiß, was er will!« Oder: »Das war glänzend, bewundernswert, wirklich eine Tat!«

Es ist anzunehmen, daß Theodor all das glaubte, während er es aussprach. An den gemeinsamen Ausflügen und Übungen nahm er nicht gerne teil. Nicht nur, weil er um seine Gesundheit besorgt war, sondern auch, weil ihm manche groben Äußerungen, manche Zudringlichkeit, eine geschmacklose Wendung beleidigten. Er hatte sich seine Vornehmheit so erfolgreich suggeriert, daß er sogar vornehme Empfindlichkeiten erwarb. Das Marschieren, das Schießen, das Kampieren im Freien machten ihm keine Freude. Nur die Tatsache, daß es eine geheime Verbindung war, die Gefahren barg, und die Möglichkeit, ein Verschwörer zu sein, aber auch von Gesinnungsgenossen gehört zu werden, hielt ihn in der Gesellschaft seiner Freunde. Er liebte die großen Stiefel nicht und nicht die Wickelgamaschen. Die Naturnähe des Wandervogels hielt er für ordinär. Er erwartete viel mehr von der »Technik«. »Für die Zukunft« – ein Wort, das er besonders schätzte. Er hatte den ehrlichen Willen, das deutsche Volk in der Welt triumphieren zu sehen, aber mit modernen Mitteln. Mit Flugzeugen, Boxern, guten und billigen Automobilen, chemischen Apparaten, merkwürdigen Maschinen. Übungen in den Wäldern nannte er im stillen und nur für sich romantisch. Nur mußte er vorläufig diese Romantik mitmachen, um durch sie zu einer realen Macht, mindestens zu einem Einfluß zu gelangen. Es machte ihm wenig aus, daß er vorderhand log. Es gehörte zu seinen Prinzipien.

In dieser Nacht konnte er lange nicht einschlafen. Über die leere Büchse würde sich nicht nur seine Mutter zu Tode ärgern – ja, zu Tode, denn wäre sie nicht vorhanden, so hätte man eine von den Ängsten weniger –, der Inhalt ersparte auch eine Ausgabe von dem Taschengeld, das man selten erhielt.

Seine Freude wurde nur durch die Gedanken an Pauls Rückkehr getrübt. Ich sehe schon, sagte er sich gegen zwei Uhr morgens, ich werde wieder einmal eine schlaflose Nacht verbringen. Zum Überfluß fängt es noch an zu regnen.

In der Tat fing es an, in der Rinne zu wimmern, die hart neben dem Fenster Theodors angebracht war. Er entzündete die Lampe am Nachttisch, fand, daß sie wenig Licht gab, stand auf, um den großen Kontakt an der Wand anzuknipsen, legte zuerst die Brille an, denn er fühlte sich unsicher im Halbdunkel, und blieb, als es hell geworden war, im Vorübergehen vor dem Schrankspiegel stehn. Er sah nicht ohne Befriedigung, daß sein Pyjama einen guten Eindruck machte. Es hatte einen seidigen Schimmer, Borten dick und geflochten nach Art der Litewkas der Kavalleristen, seine Farbe war die eines abendlichen, opalenen Sommerhimmels. Theodor liebte Pyjamas, gute Wäsche, seidene Strümpfe. Er hielt es für ein Zeichen der Vornehmheit, in der Nacht tadellos gekleidet zu sein. Krawatten gut und flott zu binden machte ihm jeden Morgen ein Vergnügen. Und für die Aufnahme des schwarzhaarigen Landesgerichtssohnes war er nicht zuletzt deshalb eingetreten, weil der Junge auf Herrenmodezeitschriften abonniert war, die er Theodor manchmal lieh.

Um einschlafen zu können, nahm Theodor Veronal. Es konnte allerdings seinem »Herzen schaden«. Er litt unter der Vorstellung, daß der Apotheker sich geirrt und ihm statt einer Medizin ein Gift gegeben hatte. Diese dummen Apotheker, dachte er, vergiften einen Menschen wie eine Ratte. Wenn ich so einem Pharmazeuten unsympathisch bin, denkt er an meinen Tod. Man muß die Kerle höflich behandeln. Morgen werde ich mit ihm liebenswürdig sein. Er nannte alle Männer »Kerle«. Er unterschied zwei Arten von Kerlen: die er bewunderte und die er verachtete.

Sein Bruder Paul gehörte zu den Kerlen, die er verachtete und beneidete. Morgen kommt also dieser Kerl daher! Er ist reich, jung und gesund, ein niederträchtiges Sonntagskind. Ob er mir einen Pfennig gibt? Bestimmt nicht. Er ist ein Geizkragen. (Denn es gehörte zu Theodors Eigenheiten, sowohl den verachteten als auch den geschätzten »Kerlen« einen »Geiz« anzudichten.) Morgen kommt er daher und ergreift Besitz vom ganzen Haus. Er und die Mutter werden jetzt gegen mich zusammenhalten. Ich werde ihn sehr hochmütig empfangen. So wie ich das kann.

»So wie ich das kann«, wiederholte er flüsternd. Angst hatte ihn wieder ergriffen. Das Veronal half nicht, es verursachte Herzklopfen, die Dachrinne hörte nicht auf zu wimmern, die Windstöße streuten in unregelmäßigen Abständen dicke Wassertropfen wie Kieselsteine gegen die Fenster. Theodor begann in einem Buch zu blättern, das er in Pauls Bibliothek gefunden hatte. Es war der »Rembrandt-Deutsche«. Er stieß auf einen Satz, der ihm gefiel, beschloß, ihn sich zu merken und morgen, wenn er mit Lehnhardt sprach, zu zitieren. Das ermüdete und schläferte ihn ein.

Der Morgen erfüllte fahl das Fenster.

## 6.

Theodor erwachte spät.

Er hörte Pauls Stimme aus dem Korridor und beschloß, das Wiedersehen mit dem Bruder möglichst lange hinauszuschieben und noch zwei Stunden im Bett zu bleiben. Seine Mutter klopfte an die Tür. Er meldete sich nicht, hüstelte nur. Er hörte, wie sich die Mutter wieder entfernte und im Speisezimmer etwas zu Paul sagte.

Er kleidete sich mit besonderer Sorgfalt an und steckte das Abzeichen des Vereins »Gott und Eisen« ins Knopfloch. Es war ihm, als rüstete er sich zu der Begegnung mit einem gefährlichen Gegner, und sein Instinkt gebot ihm, allerhand Vorbereitungen zu treffen, und drückte ihm zuletzt noch eine seiner drei Pistolen in die Hand. Er sah das Magazin nach und steckte sie in die Hosentasche. Dann ging er leise, als hätte er jemanden zu überraschen, zur Tür des Speisezimmers, lauschte noch eine Weile und trat ein.

Die beiden Brüder umarmten sich flüchtig und hauchten ihre Küsse in die Luft, einer über die Schulter des andern.

»Was trägst du da für ein Abzeichen?« fragte Paul.

»Das ist unser Verein!« erwiderte Theodor.

»Was macht ihr dort?«

»Allerhand!«

Lange Pause.

Theodor, der Stille nicht vertrug, fing an, im Zimmer hin und her zu gehn, den Kopf gesenkt, mit kurzem Schritt, den Daumen der rechten Hand im Ärmelausschnitt der Weste. Man hätte glauben können, er memorierte etwas oder löste in der Eile ein Rätsel, das ihm sein Bruder aufgegeben hatte.

»Du bist heute spät aufgestanden?«

»Ja!« knurrte Theodor.

»Du bist spät schlafen gegangen?«

Theodor schärfte die Ohren. Wußte der Bruder von der Büchse?

»Ja, weißt du, der Regen läßt mich nicht schlafen, und außerdem hab' ich gearbeitet!«

»Du studierst?«

»Ja, ich beschäftige mich seit einigen Monaten mit Marx.« Theodor liebte die verblüffenden Lügen. So erreichte er, daß der andere durch das Staunen gar nicht zur Ungläubigkeit kam, sondern eher zum Respekt.

»Wie kommst du auf Marx?«

»Es sind richtige Sachen bei diesem Kerl. Er hat eine Nase gehabt. Und außerdem soll man den Feind kennen, ehe man ihn bekämpft.«

»Du willst also gegen ihn schreiben?«

»Schreiben?! Die Zeit ist vorbei! Das Geschlecht kennt Taten!«

»Was sind Taten?«

»Was man mit Kopf und Hand ausführt. Zum Beispiel: Ordnung in Deutschland machen, die Regierung stürzen, die Bolschewisten und die Juden aller Parteien verbannen, Freudenfeuer anzünden und den Krieg erklären!«

»Sprichst du im Namen eures Vereins?« fragte Paul.

»Immer«, erwiderte Theodor. »Bei uns gibt es keine verrückten Einzelgänger wie du. Wir werden keinen Krieg mehr verlieren.«

»Machst du mir die Niederlage zum Vorwurf?«

»Allerdings, dir und den andern Juden!«

»Also Krieg zwischen uns?«

»Feindschaft auf jeden Fall. Wenn es nötig ist, auch Krieg!«

»Unter solchen Umständen«, begann Paul nach einer Weile sehr ruhig und langsam, »können wir nicht unter einem Dach leben. Wir werden vielleicht die Mutter fragen – denn dieses Haus gehört nach dem Testament des Vaters ihr –, wer von uns beiden hierbleiben darf.«

»Das Gesetz geht mich einen Dreck an. Nach eurem römisch-jüdischen Recht muß ich vielleicht ausziehn.«

»Wir haben allerdings kein germanisches.«

»Wir werden sehen!«

Theodor begann wieder seine Wanderung, den rechten Daumen im Ausschnitt der Weste. Er wollte versuchen, eine Art stiller, sachlicher Gegnerschaft aufzurichten.

»Hast du Marx jemals gelesen?«

»Nein«, sagte Paul, »nur Mangelhaftes über ihn!«

Trotzdem glaubte Theodor, daß eine objektive Anerkennung marxistischer Vorzüge Paul versöhnlicher stimmen würde. Also sagte er:

»Immerhin, enorme Sache, dieser Marx!«

Nichts konnte Paul mehr aufregen als die Wendung »enorme Sache« und die Art, in der sie sein Bruder aussprach. Die Anwesenheit des Bruders schmerzte seine Augen, lähmte seine Hände, die er in die Taschen steckte, um nicht sehen zu lassen, daß sie zitterten.

»Du bist ein Analphabet!« sagte Paul plötzlich. »Du hättest noch elementare Dinge zu lernen!«

»Du bist nicht kompetent, gar nicht kompetent!« Theodors Stimme wurde lauter. »Immer mit den elementaren Dingen. Das ist eure ganze Weisheit! Mit diesen elementaren Dingen habt ihr den Krieg verloren. Wir beginnen eine neue Epoche Deutschlands. Eure elementaren Dinge sind Dreck! Wir fangen überhaupt von vorne an. Man muß nicht Herder und Lessing gelesen haben, um ein Mensch, ein Deutscher zu sein! Es ist der verfluchte Neid, der euch zu uns so reden läßt. Ihr wollt uns nicht aufkommen lassen. Ihr haßt uns! Ihr neidet uns unsere Zukunft! Mit eurer klassischen Bildung! Das ist die Wahrheit! Ein Dummkopf bist du!«

Den letzten Satz schrie Theodor so laut, daß Frau Bernheim aus der Küche kam. Noch ehe sie zu reden anfing, fuhr sie mit dem Handrücken an die Brauen, um die Tränen, deren sie sich bald zu bedienen gedachte, aus den hartnäckig trockenen Augen zu drücken. Sie blieb an der Tür und sagte:

»Nun, Paul, ist dein Bruder nicht ein törichtes Kind?«

Theodor sah auf seine Mutter und seinen Bruder mit einem Blick, den man auf die Leichen besiegter Feinde wirft. Er zog sein Taschentuch und begann, die Brille zu putzen. Mit seinen nackten, kleinen Augen, über denen die dünnen Lider auf und nieder flatterten, schaute er abwechselnd auf die Mutter und den Bruder, während er dachte: Ich halte sie im Bann! – Dann legte er die Brille an.

Paul erhob sich plötzlich. Er hielt zwei drohende Fäuste vor Theodors Angesicht. Der griff nach der Hosentasche, wo der Revolver lag. Einen kurzen Augenblick dachte Paul an die Szene mit Nikita. Schnell zielte er nach Theodors Augen. Man hörte ein leises Splittern. Die Brille zerbrach. Gleichzeitig stieß Frau Bernheim einen Schrei aus.

Ein paar Minuten standen alle drei bewegungslos. Sie erinnerten an Gestalten aus Wachs im Panoptikum. Von der Konsole her tickte die Uhr. Der Regen trommelte gegen die Fenster. Man hörte das Summen der Wasserleitung aus dem Korridor.

Dann löste sich die Gruppe. Frau Bernheim verschwand durch die Tür. Eine Weile später verließ Paul das Zimmer und ging in die Bibliothek.

Theodor klaubte die Glassplitter zusammen, obwohl er sie eigentlich liegen lassen wollte. Er wußte noch selbst nicht, wozu er die Splitter brauchen würde. Die Splitter in die Töpfe streuen, damit alle sterben. Sie Paul bei Tisch in die Augen werfen. Oder ins Salzfaß schütten. Er hielt sie in der geschlossenen Hand. Mit suchend vorgestrecktem Kopf ging er in sein Zimmer. Er nahm den Mantel, wechselte vorsichtig die Halbschuhe gegen Stiefel. Dabei dachte er: Ich werde ihnen nicht den Gefallen erweisen und eine Lungenentzündung bekommen. Dann verließ er das Haus. Er begab sich zum Optiker und hierauf in den Verein »Gott und Eisen«.

Paul stellte in der Bibliothek fest, daß die Mehrzahl seiner Bücher verschwunden war. Er ging in Theodors Zimmer, nahm einige Bücher aus dem Regal und trug sie wieder in die Bibliothek. Dann kehrte er in das Zimmer des Bruders zurück. Er betrachtete drei Windjacken, die am Kleiderrechen hingen, mit schlaffen Ärmeln, an denen unter der Schulter ein Hakenkreuz angenäht war, schwarz auf weißem Grunde. In der Ecke lehnte ein Spazierstock, dessen Griff einen Totschläger aus Eisendraht enthüllte, der sich im hohlen Innern des Stockes barg. Ferner gab es eine Jagdflinte, zwei Pistolen im Nachtkasten und zwei Dolchmesser als Brieföffner auf dem Schreibtisch. Neben dem Tintenfaß standen kleine, würfelförmige Kästchen aus Pappendeckel, mit Patronen gefüllt. Theodor konnte sich hier gegen eine Kompanie verteidigen.

Es war heiß in diesem Zimmer, in dem sich außer dem Apparat der Zentralheizung noch ein kleiner, eiserner Ofen befand. Er war jetzt erkaltet, aber man sah ihm an, daß er noch gestern nacht gebrannt hatte. Der Ofen verlieh dem Zimmer etwas vom provisorischen Charakter einer Unteroffizierstube. Statt eines Schürhakens verwendete Theodor den Überrest von einem Schirmgestänge. In der Nähe des Ofens hingen zwei gekreuzte Schläger, ein Visier in der Mitte, eine beschützte Köstlichkeit.

Nur im Zimmer Theodors war es warm. Seitdem Frau Bernheim angefangen hatte zu sparen, durfte der Hausmeister erst heizen, wenn das Quecksilber auf 5 Grad Celsius gefallen war. Ein eisiger, wüster Hauch lag über den Möbeln, den Teppichen und an den Fenstern aller Zimmer. Sie erinnerten an die kalten, klaren, ordentlichen und unheimlich sauberen Stuben in den Auslagen der Möbelhandlungen. Alles war neu und unbenutzt. Die Politur blinkte wie am ersten Tag. Die Teppiche schienen keinen Staub aufzufangen. Mehrere hatte Frau Bernheim übrigens einrollen lassen und in die Winkel gestellt. Dort lehnten sie gewichtig und sicher und dennoch wie in der Erwartung, von irgend jemandem abgeholt zu werden. An den Stellen, wo sie fehlten, lag weiches, glattes, ziegelrotes Linoleum, auf dem man ging wie auf Radiergummi. Von den vielen Uhren, die Herr Felix Bernheim in sein umgebautes Haus gebracht hatte – zu seinen Lebzeiten stand oder hing in jedem Zimmer eine, denn er hatte eine Schwäche für Uhren und einen Sinn für den Wert der Zeit –, ging jetzt nur eine auf dem Kamin im Speisezimmer. Denn es schien Frau Bernheim, daß sich die kostbaren Werke allzusehr abnützten, wenn sie in Bewegung waren. Trotzdem ließ sie die toten Uhren, jede in einem Zimmer. Und aus den weißen und silbernen, zwecklos gewordenen Zifferblättern und von den Zeigern, die seit Jahren die gleiche, erstarrte Stunde wiesen, ging ein unheimliches Schweigen aus und strich durch die frostige Leere der Räume.

Paul ging ein paarmal durch das Haus. Er blieb immer wieder vor dem vergrößerten Brustbild seines Vaters stehn. Es hing in seinem Arbeitszimmer über dem Regal, auf dem sich einst zufällige Bücher gehäuft hatten, Korrespondenzen, Zeitungen, und auf dessen oberstem Fach heute nur eine Briefwaage stand, einsam, ganz leise zitternd wie infolge der Kälte, mit einer glänzenden Schale aus Messing. Der Blick des Vaters schien auf der Briefwaage zu ruhen. Sie hatte nichts mehr zu tun, als die Gewichtslosigkeit dieses toten Blicks anzuzeigen. Paul versuchte, hinter dem ziemlich mißlungenen und nur die repräsentative Oberfläche der Physiognomie enthaltenden Porträt das wirkliche Angesicht seines Vaters zu finden. Es gelang ihm nicht mehr. Er erinnerte sich noch an gewisse Bewegungen des Körpers und der Hände, deren blaue Adern und viereckige, sehr saubere und fast weiße Nägel. Aber das Angesicht blieb verschollen, es hatte nie gelebt. Es konnte auch gar nichts nützen, etwa die Gruft zu öffnen. Das Antlitz seines Vaters bestand jetzt aus tausend Löchern, es war Behausung und Nahrung der Würmer geworden.

Er war zum erstenmal über den Tod seines Vaters traurig. Der Vater war die einzige Kraft und Wärme dieser Familie gewesen. Paul faßte den Entschluß, das Haus zu verlassen. Solange seine Mutter lebte, war keine Änderung zu erwarten. Nie würde sie etwa Theodor gehen lassen. Paul selbst wollte wegfahren.

Er ging durch den Garten. Die Rosenstöcke zitterten, in Stroh verpackt, die jungen Weidensträucher am Gitter waren etwas größer geworden, die Zwerge troffen erbärmlich im Regen. Sie hatten allmählich ihre heiteren Farben verloren, und in das Kachelweiß ihrer Märchenbärte mischte sich das moosige Grün der Verwitterung. Sie waren als junge, frische Greislein gekommen, jetzt sahen sie dem Zerfall entgegen und verloren die heitere Würde ihres Alters. Anders als die Menschen waren die Zwerge aus der Fabrik Grützer und Compagnie weißhaarig in der Jugend und farblos im Alter. Über die schmalen Wege hatte man keinen Kies mehr gestreut, es knisterte nicht mehr unter den Füßen, der Schlamm der Erde verschluckte die kleinen Steinchen. Der Garten erinnerte an diesem kalten, regnerischen Herbsttag an ein Bauterrain.

»Was macht denn der Gärtner?« fragte Paul seine Mutter beim Essen. »Ich habe ihn entlassen«, sagte Frau Bernheim. »Das heißt, er ist eingerückt und vor einer Woche zurückgekommen, aber ich habe ihn nicht mehr genommen. Der Portier kann den Garten auch ganz gut versorgen. Wir müssen uns einschränken, Paul! Ich habe den großen Wagen und zwei Pferde verkauft und einen Teil der Stallungen dem Gerstner vermietet.«

»Wer ist das?«

»Der Milchhändler, weiß du nicht? Seit einem Jahr haben wir keine Köchin mehr, nur das Stubenmädchen, und das bißchen Essen mache ich selbst in der Küche.«

»Und geheizt wird auch nicht mehr.«

»Wir haben noch Kohle im Keller, aber es reicht nicht für den ganzen Winter, wenn wir jetzt schon anfangen. Was willst du denn im Januar machen? Und diese Zeiten! Die Bettler rennen uns das Haus ein und sind frech geworden. Eines Tages werden sie uns überfallen. Es gibt ja gar kein Gesetz mehr! Merwig hat mir geraten, Papiere zu kaufen. Was soll ich mit den Papieren, wenn ein großer Krach kommt?«

»Das Geld wird wertlos, Mutter!«

»Wertlos? Das Geld?« rief Frau Bernheim. »Was soll noch einen Wert haben?« Es war, als hätte man ihr mitgeteilt, daß heute zum letztenmal die Sonne aufgegangen sei.

»Es ist besser«, fuhr Paul fort, »Aktien zu kaufen.«

»Nein, um Gottes willen, Paul!« sagte die Mutter. »Für eine Frau sind Aktien gar nichts. Eine Frau versteht nichts von der Börse.«

»Laß doch Herrn Merwig!«

»Das kann man nicht, weißt du. Er hat mir zu den Kriegsanleihen geraten. Du wirst morgen ins Büro gehn und mit ihm sprechen. Er gefällt mir nicht mehr seit einigen Monaten. Es geht schlecht bei ihm zu Haus. Dem Sohn wurden die Beine amputiert, er hat keine Stellung mehr. Diese Leute! Die Angestellten sind immer nur ehrlich, solange sie auskommen.«

Sie sagte das mit ihrer alten »königlichen Hoheit«, ein Zustand, in dem sie sich immer noch wohl fühlte. Es kränkte sogar Paul, obwohl auch er niemals viel vom »Personal« hielt. »Aber Mutter – Herr Merwig ist dreißig Jahre in unseren Diensten!«

»Und im einunddreißigsten fängt er an zu stehlen«, sagte Frau Bernheim, und ihre Lippen schlossen sich gleich darauf so fest, daß die Haut über den Kiefern gespannt und das Angesicht einem weißen Stein ähnlich wurde.

Paul ging noch am Abend vor Büroschluß zu Herrn Merwig. Der saß, wie immer, hinter der gläsernen Mattscheibe an seinem hohen Pult. Sein dichter, grauer Schnurrbart sträubte sich, seine strengen, grünen Augen erinnerten an Scherben aus Flaschenglas, seine Stimme war ein kleines Grollen. Er gehörte zu den langjährig Dienenden, die den Unterschied zwischen Anständigkeit und Hartherzigkeit nicht mehr kennen, die also die unbedingte Ehrlichkeit eines Felsens haben.

»Es geht schlimm, Herr Paul«, sagte Merwig – und obwohl es nur eine Klage sein sollte, war es ein Vorwurf. »Seit dem Hinscheiden des seligen Herrn haben wir viele Kunden verloren. Die meisten sind zu den großen Banken gegangen, es geht allen kleineren schlecht. Die andern fangen jetzt allerlei unbekümmerte Geschäfte an, aber das sind nicht Transaktionen im Sinne Ihres dahingeschiedenen Vaters.«

»Sagen Sie ruhig: verstorbenen, Herr Merwig«, unterbrach Paul. Und um den Alten nicht länger sprechen zu hören: »Wir werden jetzt neu anfangen, Herr Merwig. Ich werde es in die Hand nehmen.«

»Es ist Zeit, Herr Paul –«

»Mutter«, sagte Paul am Abend, »ich verbürge mich für Herrn Merwig. Ich habe alles nachgesehen. Er ist nur dumm.«

»Personal ist immer dumm, mein Kind. Hast du vielleicht eine Zeitung mitgebracht? Theodor ist heute nicht nach Hause gekommen. Er bringt sonst immer eine mit.«

»Aber wir sind doch abonniert?«

»Nicht mehr, mein Kind! Ich habe die Abonnements aufgegeben.«

»Warum schickst du nicht um eine Zeitung?«

»Ich dachte, du wurdest eine mitbringen und Theodor eine, dann hätten wir schon zwei.«

»Ich gehe eine kaufen.«

Als Paul zurückkam, lag ein Telegramm auf dem Tisch:

»Robert kommt Mittwoch. Küsse. Lina.«

Da war noch Robert. Paul hatte ihn fast vergessen. Was sollte jetzt mit diesem Rittmeister geschehen?

»Man wird ihn ins Geschäft nehmen müssen«, meinte Frau Bernheim.

»Er versteht aber nichts davon.«

»Macht nichts, er wird sich einarbeiten! Ein Mann wie er!«

Frau Bernheim hatte nicht aufgehört, die Männer nach ihren körperlichen Fähigkeiten zu beurteilen. Sie liebte ihren Schwiegersohn. »Er ist eine repräsentative Erscheinung – auch in Zivil sieht er aus wie ein Reiter.« Paul dachte nicht ohne Bitterkeit an die Kavallerie, bei der er nicht hatte bleiben dürfen. Diese Kavallerie war schuld an seiner Begegnung mit Nikita, an seiner langen Krankheit. Er sagte nichts gegen Robert. Ja, als der Schwager kam, wurde er sogar freundlich. Es war eigentlich ein netter, harmloser Mann. Er trug nur ein schauderhaftes Zivil. Eine viel zu dicke Krawatte und einen viel zu kleinen und dunkelgrünen Hut. Paul beschloß, Robert zuerst zum Schneider zu führen, in einen Hutladen und zu einem guten Friseur.

Den mondän gewordenen Rittmeister setzte er in die Bank. Er war schließlich froh, daß dieser Schwager lebte. Ein zuverlässiger Mann. Paul nahm den sogenannten »Außendienst« in die Hand. Unter »Außendienst« verstand er Reisen. Schließlich mietete er eine Wohnung in Berlin. Er kam nur einmal in der Woche in die Bank.

## 7.

Eines Nachmittags, als Paul seine Wohnung verließ, sagte ihm der Portier: »Guten Morgen, Herr Bernheim! Grad' über Ihnen im zweiten Stock ist ein Zimmer frei geworden.«

Paul war gerade aufgestanden. Es gehörte zu seinen Eigenheiten, daß ihn alles besonders interessierte, was er kurz nach dem Erwachen erfuhr. Er befand sich in einer gewissen Abhängigkeit vom Portier. Obwohl dieser dreimal in der Woche Trinkgelder in fremder Währung von Bernheim empfing, wußte er doch in Paul unaufhörlich das Gefühl einer

Schuld wach zu erhalten und die Vorstellung, daß zwischen den Diensten, die er leistete, und der Höhe der Spenden, die er empfing, immer eine bedeutende Differenz bestehen bliebe. Paul wäre es peinlich gewesen, auf den Hinweis des Portiers nicht näher einzugehn. Im übrigen störte es ihn, über seinem Kopf ein leeres Zimmer zu wissen, in das ein noch nicht bekannter, also schrecklicher Lärm einziehen konnte, ein Spielklub zum Beispiel. Schließlich durfte er auf keinen Fall vor dem Portier einem jener Mieter ähnlich werden, denen es an ein paar wertlosen Geldscheinen gelegen war. Paul erkundigte sich also, als ein Mann von Geschäften, nach dem Preis. »Zehn Dollar im Monat!« sagte der Portier, der vor Bernheim niemals eine andere Währung zu erwähnen wagte. »Ich nehme es«, sagte Paul mit dem schnellen Entschluß, mit dem er etwa am Telephon sagte: »Ich nehme, gemacht!«

In der Tat hatte er ein Zimmer nötig. Je weiter er den Kurfürstendamm entlangging, desto notwendiger wurde das Zimmer. Es war ein nebliger Februartag, an den Straßenecken bestanden die feldgrauen Bettler und Krüppel aus Nebel. Man sah die Passanten erst auf drei Meter Entfernung, die frühen Laternen brannten wie erlöschende Sterne. Paul wußte, daß er sehr traurig gewesen wäre, wenn er in dieser Stunde nicht das Zimmer gemietet hätte. So besaß er für heute eine kleine Sensation. Es war den ganzen Tag keine Post gekommen. An den Tagen, an denen sein Briefkasten leer war, fühlte er sich doppelt verlassen. An solchen Tagen war er ein Pessimist und abergläubisch. Er stellte sich vor, daß irgendeine feindliche Macht entweder die Menschen, mit denen er korrespondierte, am Schreiben verhinderte oder, was sie geschrieben hatten, auf dem Grunde der Postkästen aufhielt, in den Briefsäcken der Postwagen zerfallen ließ. Er selbst schrieb nicht gerne gewöhnliche Briefe. Er telegraphierte oder gab seine Briefe eingeschrieben auf. Gestern und vorgestern hat also kein Mensch an mich gedacht, sagte sich Paul, wenn sein Briefkasten leer war. Ich habe viele Freunde und bin ganz allein. Nicht einmal Marga schreibt mir.

An solchen Tagen bereitete er sich mit langsamer Vorfreude auf die Geschäftskorrespondenz vor, die ihn im Büro im Innern der Stadt erwartete. (Er sagte nicht Stadtinneres, sondern »City«.) Sonst interessierte ihn diese Korrespondenz überhaupt nicht. Ein Geschäftsfreund hatte ihm ein Büro abgetreten, in dem Bernheims Sekretär und ein Schreibfräulein saßen, Anrufe entgegennahmen und notierten, kleine Abschlüsse selbständig »tätigten« und bei größeren in Pauls Wohnung anriefen. Jeden

Nachmittag, eine Stunde, nachdem er das Bett verlassen hatte, begab sich Paul in dieses Büro. Hatte er Briefe zu Hause bekommen, so fuhr er im Auto. An den postlosen Tagen ging er zu Fuß, um seine Verlassenheit bis zum Grunde auszukosten. Dann aber auch, um an einem ganz bestimmten Punkt, an dem sich der Schmerz der Einsamkeit in eine linde Wehmut verwandelte, die Hoffnung auf eine möglichst überraschende Geschäftskorrespondenz lange auszudehnen. Unter Umständen konnte sich auch ein Privatbrief unter die geschäftlichen gemischt haben.

Er beschloß nun, das Büro in der »City« aufzugeben und es im zweiten Stock über seiner Wohnung einzurichten. Es gab Stunden am Vorabend, die er allein in seinem Zimmer verbringen mußte, in denen kein Freund sich meldete, kein Brief kam, kein Telephongespräch. Dann fühlte er die Einsamkeit wie ein Gefängnis. Die Frauen, zu denen er Beziehungen hatte, beschäftigten ihn nur, solange er sich in ihrer Nähe aufhielt. Sein ständiges Verhältnis Marga lebte in Wien, sie kam einmal im Monat zu ihm. Sie war eine junge Schauspielerin, die ihr Theater auf keinen Fall verlassen wollte. An einer Berliner Bühne hatte er sie nicht unterbringen können. Aber selbst wenn er Marga bei sich gehabt hätte, seine Verlassenheit wäre nicht kleiner gewesen. Sie brauchte ihn nur, weil es die Sitte erforderte. Er liebte sie nicht, aber auch ihm befahl die Tradition, eine Freundin zu erhalten. Es erhöhte den gesellschaftlichen und sogar den geschäftlichen Kredit.

Es war schwer, allein zu sein. Alle peinlichen Gedanken kamen aus der Einsamkeit, wie Züge aus der Ferne kommen. Wenn er allein war, erinnerte er sich an Nikita, an das Spital, an das verlorene England, an das unterbrochene Oxford. Nun war er nahe an die Dreißig. Das dreißigste Lebensjahr erschien ihm wie die letzte Etappe auf dem Weg zur Größe. Wenn man bis dahin nicht ein bedeutender Mann war, so wurde man es nie mehr. Dann verlor auch das Leben seinen Sinn. Denn ein mittelmäßiges Leben zu führen hielt Bernheim für einen Verrat an sich selbst, an seinen Talenten, an seiner genialen Jünglingszeit, an seinem toten Vater. Er konnte sich nur Größe oder Tod vorstellen, wenn er an seine Zukunft dachte. Und je strahlender er sich die Größe ausmalte, desto mehr Angst hatte er vor dem Tod. Die Leere des Todes umgab und erfüllte ihn bereits in manchen Stunden.

Um ihr zu entfliehen, umgab er sich mit Gesellschaft. Es waren Menschen, die von ihm lebten, Schatten, aufgestiegen aus den Nebeln der Zeit und von ihnen gebildet. Alle bewegten sich auf dem ungewissen, unbegrenzten und seine Ausmaße unaufhörlich verändernden Gebiet zwischen der Kunst und dem Hasardspiel. Sie hingen mit dem Theater, mit der Malerei, mit der Literatur zusammen, aber sie schrieben nicht, malten nicht, traten nicht auf. Der erschuf eine Zeitschrift für die Dauer einer Woche. Jener nahm Vorschuß auf einen Zeitungsartikel, den er niemals schreiben konnte. Ein dritter gründete eine Bühne für die Jugend und wurde bei der ersten Vorstellung verhaftet. Ein vierter trat seine Zimmer einem Spielklub ab, konnte nicht mehr in seinem Hause leben und verlor in anderen Spielklubs den Mietpreis, den man ihm zahlte. Ein fünfter, der Medizin studiert hatte, befaßte sich mit Abtreibungen, konnte sie aber der Diskretion wegen nur in seinem Freundeskreis ausführen und bekam also keine Honorare. Ein sechster arrangierte spiritistische Versammlungen und wurde von seinen eigenen Medien denunziert. Ein siebenter leistete der einheimischen Polizei und gleichzeitig fremden Botschaften Spionagedienste, betrog alle und fürchtete die Rache aller. Der achte verschaffte den russischen Emigranten falsche Pässe und vermittelte Aufenthaltsbewilligungen bei der Fremdenpolizei. Der neunte brachte den radikalen Blättern falsche Nachrichten aus den Kreisen der nationalistischen Geheimorganisationen. Der zehnte kaufte sie, bevor sie erschienen waren, und bekam dafür Belohnungen von den konservativen Männern, die Geld besaßen. Es erwies sich in jenen Tagen, daß die Sittlichkeit dieser Welt von nichts anderem abhängig ist als von der Stetigkeit der Valuta. Eine alte Wahrheit, die im Lauf der vielen Jahre, in denen das Geld einen unbestrittenen Wert hatte, vergessen worden war. An den Börsen der Welt wird die Moral der Gesellschaft bestimmt.

All diesen Menschen stand die Wohnung Bernheims Tag und Nacht offen. Er, der einzige unter ihnen, verdiente wirkliches Geld, das heißt fremdes, und daher war er ihnen überlegen. Diese Überlegenheit wurde wertvoller, je mehr sie ihn kostete. In manchen Stunden überschätzte er gerne seine Freunde, um selbst in seinen Augen mächtig zu erscheinen. Er ergab sich der Illusion, endlich das Leben eines wirklichen Herrn zu führen. Und wie dereinst sein Vater, so kaufte er jetzt seine Anzüge, seine Schuhe, seine Hüte in England. Er rauchte englischen Tabak aus englischen Pfeifen, aß Früchte und Grieß und rohes Fleisch und ritt wieder wie in seinen jungen Tagen. Daß er kein eigenes Pferd besaß, machte ihm Kummer. Automobil auf Anzahlung, Chauffeur in Livree. Paul hätte gern Pferde und mehrere Wagen besessen. Überzeugt wie alle

Welt, daß die Wirtschaft die Politik und das ganze nationale, ja europäische Leben bestimmte, vernachlässigte er seine kunsthistorischen und seine literarischen Neigungen und sprach nun mehr von »ökonomischen Realitäten«. »Es gilt«, sagte er zu Doktor König, einem seiner Freunde, »den Markt zu beherrschen. Der Markt ist die öffentliche Meinung. Die Zeitungen sind die Sklaven der Banken. Und wer die Banken samt deren Sklaven beherrscht, der regiert den Staat.«

Doktor König, der linksgerichtet war, mit Rußland sympathisierte und sich für einen Revolutionär hielt, dem nur eine Revolution fehlt, hörte mit der Andacht zu, die Gegner der bürgerlichen Gesellschaftsordnung für deren Stützen immer bereithalten. Bernheim hielt ihn für einen mächtigen Führer des Proletariats, und er sah in Bernheim einen geheimen Vertrauten der Schwerindustrie. So saßen sie einander gegenüber, die Repräsentanten zweier feindlicher Mächte, persönlich objektiv bis zur Freundschaft und jeder erfüllt von dem Gedanken an die Wirkung, die er auf den andern ausübte. »Wir werden noch mit Rußland Geschäfte machen!« sagte Paul zu ihm mit versöhnlicher Ironie.

»Ihr werdet dort das Geld verdienen, das wir euch hier abnehmen werden!« erwiderte Doktor König. Am Abend saßen sie nebeneinander am Spieltisch. Doktor König verlor. Er führte sein Unglück im Spiel auf seine Weltanschauung zurück, die ihm gebot, das Geld zu verachten. Er lieh also Geld bei Paul, der gewann und der diesen Umstand nach der traditionellen Manier mit seinem Unglück in der Liebe erklärte. Am Abend vertrug er keine Politik. Da zog er zum Beispiel die Anekdoten Kastners vor, der manchmal pornographische Werke zum Durchblättern brachte. Kastner bekam sie von Leuten, die in Geldverlegenheit waren, in Kommission. Bernheim hatte ihm schon mehrere abgekauft. Er benützte sie zur Zerstreuung der Damen, die ihn besuchten und denen er sagte: »Ich muß Sie ein halbes Stündchen allein lassen, ich habe zu tun. Blättern Sie inzwischen diese Zeitschriften durch. Nur rühren Sie mir ja nicht jene Werke an. Es ist Gift für Frauen!« Wenn er schon nach einer Viertelstunde zurückkam, sah er die Frau über den verbotenen Büchern sitzen.

Einigemal in der Woche gab er größere Soupers, die erst im Morgengrauen zu Ende gingen. Da bediente sein Chauffeur in weißen Handschuhen. Nach dem Essen las ein junger Dichter aus Dramen vor. Man löschte den Kronleuchter aus und ließ nur in den Ecken mit dunkelblauem Batik verhängte Birnen angezündet. Der Dichter las in einem

Lehnstuhl. Die Zuhörer legten sich auf die Polster, deren Bernheim etwa hundert besaß. So stellte man Sofas her. In dem Maße, in dem sich die dramatischen Handlungen verwickelten, vergrößerte sich die Aufmerksamkeit der Zuhörer für die Nachbarinnen. Während der Dichter den letzten Akt las, lagen die meisten schon im Dunkeln, als lägen sie hinter einem bereits gefallenen Vorhang.

Die Batiklampen waren ausgelöscht. Hie und da sah man eine leuchtende Hand, die sich nach einem Glas ausstreckte. Im Nebenzimmer ließ der Chauffeur ein gedämpftes Grammophon spielen. Jemand summte mit. Schwankend erhob sich ein Paar, um zu tanzen, und fiel nach einigen Drehungen wieder hin, als wäre der Mechanismus abgelaufen, der, eingebaut in ihren Leibern, ihre Gliedmaßen bewegte. Die meisten brachten noch die Kraft auf, Zigaretten zu rauchen. Sie verbreiteten zugleich mit dem Rauch den schalen Geschmack ihrer Münder, und der Geruch von Wein, Zigaretten, Puder und Parfüm ergab zusammen den von Menthol und Zahnpasta. Ehe der Morgen graute, brachte der Chauffeur, dessen Handschuhe ewig weiß blieben, ein Wunder, leuchtend im Dunkeln, schwarzen Kaffee in winzigen Täßchen. Die Damen und jene Herren, die goldene Armkettchen trugen, führten die Tasse zum Mund, indem sie die kleinen Finger spreizten.

Einer nach dem andern gingen die Gäste weg, ohne Abschied, zwischen Nacht und Tag, und wie aus Angst vor dem Tag. Eine halbe Stunde, nachdem der letzte das Haus verlassen hatte, wußte Paul noch nicht, ob er schon allein war. Also machte er, einem Nachtwächter ähnlich, die Runde durch seine Zimmer. Beim ersten Schimmer des Morgens suchte er in den Winkeln zwischen den verstreuten und aufeinandergehäuften Polstern nach Schlafenden. Er hätte gerne noch einen Gast zurückbehalten. Nur fürchtete er, es zu sagen, damit nicht alle blieben. Nachdem er sich überzeugt hatte, daß die Zimmer verlassen waren, begann er, einige Melodien aus seiner Jugend zu spielen. Der Wintertag kroch mit bleierner Langsamkeit an die Fenster. Paul ließ seine Finger ihrer eigenen Erinnerung gehorchen und unkontrolliert über die Tasten gehn. Die Klänge, die sie hervorriefen, erreichten seine Ohren spät, als hörte er aus einem entfernten Zimmer einen Fremden spielen. Die Melodien kamen gleichzeitig mit den ersten Geräuschen der erwachenden Straßen. Paul erinnerte sich an die Morgenstunden seiner Kindheit, an die Stunde vor dem Schulbesuch, an die kurze und dennoch so lange Viertelstunde vom Erwachen bis zum Aufstehen, in der er mit doppelt geschärften Sinnen die Laute des Morgens in den fernen Straßen und in den nahen Zimmern vernommen hatte. Der Duft von frisch gebranntem Kaffee und Fett, in dem die Eierspeise hörbar prasselte, durchzog das ganze Haus. Er setzte sich noch in der Straße fort. Wenn Paul das Haus verließ, begleitete ihn dieser bestimmte Geruch ein Stück. Die ersten leichten Bauernwagen rollten in die Stadt. Schwer ächzend und wie aus Erz, tauchte an der ersten Biegung der Spritzwagen des Magistrats auf, damals noch von zwei breitknochigen, monumentalen Pferden gezogen, die ihre dröhnenden Hufschläge selbst zu zählen schienen. Die singenden Rufe der Straßenhändler hallten wider von den Wänden der morgendlichen, leeren Höfe, und aus den offenen Fenstern erscholl als eine Antwort der Gesang eines aufräumenden Dienstmädchens. Einen nach dem andern sah Paul seine Schulkameraden wieder. Er konnte sie noch nach dem Alphabet aufzählen bis Morgenstern, dann verloren sich die Namen in der Nacht der Vergangenheit.

Aus ihnen allen ist was geworden, wenn sie nicht im Krieg gefallen sind, dachte Paul. Und wie weit waren sie damals hinter mir! – Mit der unerbittlichen Nüchternheit, die einer durchwachten Nacht folgt, entlarvte Paul Bernheim eine seiner Täuschungen nach der andern. Es waren die einzigen Stunden, in denen er sich über die Armseligkeit seiner Freunde, den falschen Glanz seines Wohllebens Rechenschaft gab. Es war, als ob die fröhliche Echtheit jener Eindrücke, die aus einer fernen Zeit immer noch ihr Echo herüberschickten, die Leere dieser Gegenwart enthüllten, wie man falsche Perlen erkennt, sobald echte in ihre Nähe kommen. Ein drohender Eisberg, schwamm das dreißigste Lebensjahr heran. Der Ehrgeiz plagte, ein körperliches, unheilbares Leiden. Wenn er mich verließe, dachte Paul, wenn man ihn operieren könnte! Es war kein Charakterzug, es war ein überflüssiges und krankes Organ. Und wie ein Geiziger seine unfruchtbaren Schätze zählt, so zählte Paul seine unfruchtbaren Talente. Er konnte malen, musizieren, schreiben, amüsant sein, er verstand etwas von Geschäften, von Menschen, von der Nationalökonomie, von der Weltpolitik. Es ging ihm nicht schlecht, er verdiente Geld. Aber nicht genug, um mächtig zu sein, und zu wenig, um die tröstliche Bitterkeit der Armut zu kennen. Es mußte noch irgendein Geheimnis geben, das Geheimnis des Erfolgs. Darauf konnte man mit der Zeit kommen. Vielleicht eine glückliche Heirat. Wieder rann ein Tag durch die Fenster, ein schrecklicher Tag. Er brachte Leere, Kälte und die Einsicht in die wirkliche Lage der Dinge, die Einsicht, die den Schrecken gebar und den

Schatten des Todes weckte, die Rettung vor der Mittelmäßigkeit allerdings: Aber welch eine Rettung! Und wie man die Augen schließt vor einer hereinbrechenden Katastrophe, so schloß Bernheim die Augen vor dem hereinbrechenden Tag, er legte sich schlafen.

Nicht mehr als zwei Stunden durfte man der Arbeit widmen. Die Geschäfte gingen von selbst. An zwei Telephongesprächen mit Merwig zu Hause verdiente man für einen Monat zum Leben. An der Differenz zwischen dem Dollarwert an den schwarzen und legitimen Börsen dreier Städte verdiente man den Luxus. Es war endlich gelungen, den alten Merwig zu einer Verbindung mit Leuten von der schwarzen Börse zu überreden. Sonst wäre er gekündigt worden. Ohne Mitleid, Paul sagte: »Ohne Schwäche.« – »Nur nicht sentimental sein!« sagte Paul ein paarmal im Tag.

Nun, da sein Büro über seiner Wohnung installiert war, fühlte er sich weniger einsam. Droben saßen Leute, die er bezahlte. Sie lebten von ihm, also mußten sie ihm zur Verfügung stehen. Anders als die Freunde, die das Geld, das man ihnen lieh, mit der Freundschaft bezahlt zu haben glaubten. Gegen drei Uhr nachmittags schritt er langsam die Treppe zum Büro hinauf. Wenn er nur den Schlüssel ins Schloß steckte, begannen drinnen zwei Schreibmaschinen zu klappern. Über sie gebeugt, als hörten sie ihn nicht kommen, saßen beide Mädchen. Sie stürzten sich nach der Sitte weiblicher Bürokräfte raubtierhaft auf einen gleichgültigen Brief und zermalmten ihn zwischen den Gestängen der Maschinen. Ein Vorgang, der dem Brotgeber gefällt, nicht, weil ihn der Fleiß freut, sondern die Furcht, der er begegnet. Auch Paul Bernheim freute sich solcher Untertänigkeit. Der Sitte der Zeit gemäß, die eine Epoche der mutigen und schnellen Entschlüsse war und in der sich der Handel unter dem Einfluß des Krieges wie eine Strategie benahm bis zu dem Grade, daß sogar die Geschäfte »Operationen« zu heißen anfingen, der Sitte dieser Zeit gemäß überflog Bernheim mit einem raschen Blick die Schreibtische, die Korrespondenz, die ihm aufgeschnitten und griffbereit dargeboten wurde. Er liebte es, in einem Augenwinkel das Bild des zaghaft wartenden Sekretärs aufzunehmen, der seinen Herrn in der Lektüre nicht zu stören wagte. Paul Bernheim wurde dann leutselig – eine Fähigkeit, die ebenfalls einen Machtgenuß bescherte.

»Na, zeigen Sie nur mutig her, was Sie haben.«

Er betrachtete den schlechten, harten und glänzenden Stoff des Anzugs, den der Sekretär trug, und fühlte die Freude aus den Knabenjahren, wenn er mit dem Zeugnis in der Hand von den Kollegen Abschied nahm, auf die noch eine Nachtragsprüfung wartete.

»Telephonische Abschlüsse?«

»Vier bis jetzt«, sagte der Sekretär, »Allgemeine Boden, Agrar, Kredit und Herr Robinson.«

»Robinson? Wieviel?«

»500 im ganzen!«

»Chinesische?«

»Nein, Amerika!«

»Hören Sie was von Ergo, Im et Ex?«

»Die Apparate setzen sich nicht durch, Herr Bernheim. Es hat keinen Sinn, wenn ich mir eine Meinung erlauben darf.«

»Nein!« sagte Bernheim, »keine Meinung« – und er las in der Seele des Sekretärs die Worte: Er hat recht, wer zahlt noch fünfzehn Dollar die Woche?

»Wir wollen«, fuhr Bernheim fort, »die Sache im Auge behalten. Nase muß man haben!« Das Telephon schrillte, gleichzeitig hörten die fleißigen Mädchen zu klappern auf. Der Sekretär machte einen Sprung, um den Apparat noch zu erreichen, ehe sich Bernheims Hand ausgestreckt hatte. Einen Augenblick hörte man die Stille. Sie ging von den beiden Maschinen aus, die eben noch so gelärmt hatten, und von den zwei Mädchen, auf deren Gesichtern die leere Andacht lagerte, mit der sie manchmal einem Gottesdienst beiwohnten und einer fremden Hochzeit.

»Wer ist dort?« fragte Bernheim den Sekretär. Der legte die Muschel weg mit der dienstbeflissenen Entschiedenheit, mit der er für fünfzehn Dollar wöchentlich alle Telephonabonnenten abgelegt hätte. Zwischen der Notwendigkeit, leise zu sprechen, und der Angst, ein Flüstern würde die Ehrerbietung vermindern, fand er eine Art abgebrochener Sprechweise, unvollkommene Wendungen, als wären Andeutungen weniger vernehmbar als vollendete Sätze.

»Granich Düsseldorf fragt, morgen signiert!« stammelte er.

»Lassen Sie warten!« befahl Bernheim, »bin in einer Konferenz.«

Der Sekretär telephonierte:

»Tut mir leid, bitte zu warten oder gefälligst eine Stunde später anzurufen. Herr Bernheim ist in einer wichtigen Konferenz.« Er hielt es für nötig, die Konferenz »wichtig« zu nennen. Auf diese Weise macht man sich unentbehrlich.

In der Tat war Paul Bernheim froh, wenn man von seinen wichtigen Konferenzen sprach. Er liebte wie alle Welt diese harmlosen Täuschungen, und er verwendete sie aus Angst, er selbst könnte das Opfer einer ähnlichen Lüge geworden sein. Aus diesem Grunde sagte er:

»Rufen Sie Herrn Robinson an, sagen Sie, ich bin in einer wichtigen Konferenz und erwarte morgen seinen Besuch.«

»Herr Robinson«, sagte der Sekretär, nachdem er telephoniert hatte, »bittet Sie, zu ihm zu kommen. Gerade morgen hat er keine Zeit!«

»Dann soll er warten!« entschied Bernheim mit einer gespielten Heftigkeit. Die Antwort Robinsons ärgerte ihn, noch mehr aber, daß er sie nicht vorausgesehen hatte. Er hätte noch gerne weitere Aufträge gegeben, aber er wurde abergläubisch! Heute wird alles schiefgehn!

Er wollte sich erheben und Schluß machen. Es klingelte noch einmal. »Ihr Herr Bruder«, sagte der Sekretär.

Paul fragte: »Du, Theodor?«

»Ja«, sagte Theodor, »geh nicht fort, ich bin in fünf Minuten bei dir.« Theodor kam.

Er trug zum erstenmal nach langer Zeit wieder Zivil, daheim welkten die Windjacken. Pauls Einladung, sich zu setzen, lehnte er ab. Er stand im Dämmer des Winterabends, ein paar Schneesternchen glänzten noch und zergingen eilig auf den Schultern seines Mantels. Er hielt den Hut in der Hand – man hätte ihm ansehn können, daß er ihn lieber mit beiden Händen gehalten hätte. Gedemütigt, so in der Wohnung des Bruders. Paul war ihm fremder in der Mitte der fremden Möbel, zwischen den Wänden, die Paul, nur Paul gehörten. Es war nicht das Haus der Mutter, in dem Theodor immerhin das Gefühl, enterbt zu sein, genoß, eine erhabene Bitterkeit, die auch Besitzrechte verleiht. Ob er mir helfen wird? Bis zu dem Augenblick, in dem er an Pauls Türklingel gedrückt hatte, war er ohne einen genauen Plan herumgegangen. Es war ihm unmöglich gewesen, sich vorzustellen, was er zuerst sagen würde, was Paul antworten könnte. Nun wußte er nichts zu sagen. Jäher fiel die Dämmerung ins Zimmer. Paul machte kein Licht. Es war, als riefe er den dunklen Himmel gegen Theodor zu Hilfe.

Bevor es Nacht wird, sage ich es, dachte Theodor.

»Ich brauche mindestens zweitausend Dollar sofort!« sagte Theodor endlich.

»Ich habe sie nicht!«

»Ich muß heute nacht weg. Mit Gustav. Du kennst ihn nicht. Er hat was angestellt.«

»Was sagst du? Was hast du damit zu tun?«

»Du kannst mich der Polizei ausliefern, wenn du willst. Ich bin beteiligt!« Und weil es ihm plötzlich einfiel, daß Paul ihn für einen gemeinen Verbrecher halten könnte, sagte er hastig:

»Es ist politisch.«

Die letzte Silbe dieses Wortes zischte noch in Pauls Ohren. Die Nacht war hereingebrochen. Paul erinnerte sich wieder an Nikita.

»Ich habe kein Geld!«

»Telephoniere, leih dir, sofort, schnell!« begann Theodor, jetzt mit lauter Stimme, als fände er, daß nun, da die Nacht schon da war, Vorsicht keinen Sinn mehr hatte.

»Und was geschieht«, fragte Paul langsam, »wenn ich dir kein Geld gebe?«

»Du!« schrie Theodor. Er griff nach dem Tisch, ein gläserner Briefbeschwerer glitt von selbst in seine Hand. Er warf den Gegenstand auf den Fußboden. Es dröhnte.

In diesem Augenblick schrillte die Türklingel. Paul öffnete. Nikolai Brandeis trat ein.

Er war ein großer, kräftiger Mann in den Vierzigern, mit überraschend weichen, tigerhaften Bewegungen und einer tiefen und sanften Stimme, deren Reiz in dem fremden Akzent bestand, den sie auf die Worte legte. Manchmal schien es, daß Brandeis absichtlich die Silben falsch betonte. Wer ihn kannte, war überrascht von der Schnelligkeit und der Vielfalt seiner Intelligenz und verwundert über die Zähigkeit, mit der er immer wieder seine alten Fehler machte. Ja, er hatte die unhöfliche Gewohnheit, einen Satz, den ihm jemand sagte, sofort in seiner eigenen Melodie und falsch betont zu wiederholen, als wollte er den Sprecher verbessern oder als vergewisserte er sich, daß er richtig verstanden habe. Diese Eigenschaft machte die Menschen gegen ihn mißtrauisch. Wenn die Menschen es schon nicht gerne sehn, daß man ihre Fehler verbessert, so werden sie erbittert, wenn man nicht einmal ihre Korrektheit gelten läßt. Brandeis blieb ihnen fremd. Sie konnten nur einen ganz bestimmten Grad von Fremdheit ertragen, sogar sympathisch finden. Brandeis aber übertrieb. In einem Bilderatlas für Völkerkunde, in einem Museum als harmloses Porträt an der Wand hätte man ihn nur »exotisch« gefunden. Er aber lebte.

Er schien von einem unbekannten Geschlecht breitknochiger und hünenhafter Mongolen abzustammen. Sein schwarzer Spitzbart schloß sein breites, herzförmiges Angesicht so mustergültig ab, daß er wie künstlich und angeklebt wirkte, und da überdies die Oberlippe rasiert war, konnte man einen Augenblick glauben, Brandeis hätte nach einem Maskenfest vergessen, den Bart abzunehmen. Überraschend war die hellgraue Farbe seiner schiefgestellten, schmalen Augen. Merkwürdigerweise erhob sich über diesem dreieckigen Gesicht und im Gegensatz zu seiner braungelben Farbe eine weiße hohe und breite Stirn, die wie von einem anderen Menschen entlehnt war. Und erst die dünnen, in einzelne Strähnen zerfallenden, mattschwarzen Haare hatten wieder eine Beziehung zum Antlitz, zum Bart und zu der Lage der Augen.

Man wußte von diesem auffälligen Mann nur, daß er, wie viele Tausende, Rußland während der Revolution verlassen hatte. Da er keine Familie, keine Verwandten, keine Freunde aufzuweisen vermochte, da er während seiner Anwesenheit in Berlin keine Freunde gewonnen hatte, weder mit Fremden noch mit Einheimischen verkehrte, sondern nur mit dem und jenem Geschäfte machte, und zwar Geschäfte jeder Art, begannen die Leute, auf ihn aufmerksam zu werden und ihn unbestimmter Laster zu verdächtigen. Er wurde schnell bekannt. Denn der Haß und das Mißtrauen machen populärer als die Wertschätzung und die Liebe. Wer ihn einmal sah, vergaß ihn nicht mehr. Man erlag dem melancholischen Reiz der Stimme und vermutete ein Geheimnis in diesem Mann.

Man konnte ihm in den Banken, in den Wartezimmern der Direktoren, auf der Börse, in den Kaffeehäusern der Geschäftsviertel begegnen. Man wußte ferner, daß er in einer kleinen Pension im Westen wohnte, wo er seine Mahlzeiten nicht einnahm. Manchmal sah man ihn zu einer späten Stunde in einem der geschlossenen Spielklubs. Da saß er in einer Ecke, trank, zahlte und ging. Die Gasthäuser waren geschlossen, er betrachtete die Spielklubs lediglich als deren Stellvertretungen. Einladungen nahm er nicht an. Er ging immer zu Fuß. Von allen Menschen, mit denen er Geschäfte machte, war er der einzige, der keinen Wagen besaß, und übrigens der einzige, der niemals Eile zu haben schien. Man sah ihn mächtig, langsam, herausfordernd langsam die Straßen daherkommen, einen Stock mit metallener Spitze gegen den Himmel gerichtet wie ein an einem Riemen geschultertes Gewehr, die Hand mit dem Stockgriff in der Tasche geborgen, den Hut mit schmaler Krempe über den Augen.

So sah er gerüstet aus, und seine Sicherheit war die eines Menschen, der an der Spitze eines großen Gefolges einherschreitet.

Er hatte ein paar Monate früher ein umfängliches Geschäft mit Paul Bernheim gemacht. Es hatte sich darum gehandelt, einige hundert alter, schlechter Feldküchen, die in einem Depot in der Steiermark lagen und um die sich der Staat nicht kümmerte, weil er nicht genug begabt war und weil die Gegenstände der Kontrolle der alliierten Waffenkommission unterlagen, als altes Eisen nach Jugoslawien billig zu verkaufen. Nur verlangte der Käufer das Angebot von einer regelrechten Firma in Österreich. Brandeis versprach einen Gewinn von dreißig Prozent, wenn die Bank Bernheims als Käufer in der Steiermark und Verkäufer nach Jugoslawien auftreten würde. Die Kaufsumme war gering, die Bestechung eines Bezirkshauptmanns und eines Finanzbeamten wollte Brandeis selbst durchführen. Bernheim hatte fast kein Risiko. Er ging auf den Vorschlag ein. Nachdem das Geschäft zustande gekommen war, erhielt er zu seinem Erstaunen statt der abgemachten dreißig Prozent von Brandeis fünfundvierzig. Paul fürchtete eine Falle und sandte Brandeis die fünfzehn Prozent zurück. Er erhielt einen Brief, in dem Brandeis sich entschuldigte und die Überweisung von fünfundvierzig als einen Irrtum aufklärte.

Seit jener Zeit hatte Bernheim nichts mehr von Brandeis gehört. Daß dieser heute kam, am Abend, zu einer Stunde, in der Paul seinen Bruder unerwartet bei sich sah, verstärkte die Rätselhaftigkeit des Fremden und die Ängstlichkeit Bernheims. Was wollte Brandeis? Wußte er von seinem Bruder? Stand er mit der Polizei in Verbindung? Drohte ihnen beiden etwas?

Es dauerte einige Sekunden, ehe Paul ein Wort fand. Er stand, die Hand noch an der Klinke der Tür, die er eben nach dem Eintritt Brandeis' geschlossen hatte, und so, als wollte er das Haus dem Fremden übergeben und es verlassen. Brandeis hielt den Stock gesenkt wie zum Zeichen, daß er sich schon in einem Zimmer befand. Er behielt den Hut auf dem Kopf. Er wartete. Schließlich, als Paul immer noch schwieg, sagte er: »Sie haben drinnen einen Gast, und ich störe Sie. Vielleicht ist es besser, ich gehe.«

Theodor hatte indessen Licht angezündet. Er saß in einem breiten Sessel, schmal, blaß und erfroren. Als ihm Brandeis kurz und aus der Entfernung zunickte, senkte Theodor nur die Lider.

Paul hatte gehofft, den Bruder würde die Anwesenheit des Fremden vertreiben. Aber Theodor sagte mitten in die Stille:

»Wann kannst du mir das Geld geben?«

»Es ist unmöglich –«, sagte Paul.

Theodor erhob sich. Er erhob sich schnell, mit vorgeworfenem Oberkörper, ohne die Hände aus den Taschen zu ziehn, und die Bewegung wirkte wie eine gehässige und bedrohliche Antwort, hingeschleudert von dem ganzen gespannten Körper.

In diesem Augenblick sagte Brandeis: »Wieviel brauchen Sie, junger Herr Bernheim?«

»Zweitausend Dollar wollte mein Bruder. Ich kann sie aber im Augenblick nicht auftreiben. Sie verstehen, jetzt, um diese Stunde!« sagte Paul.

»Darf ich Ihnen helfen?« fragte Brandeis. Er zog ein Bündel gerollter Dollarnoten, die mit einem Gummiband gegürtet waren. Er zählte zweitausend Dollar in Hundertscheinen und reichte sie Paul. Brandeis hatte so schnell gezählt, daß zwischen seiner Frage und dem Augenblick, in dem er den Gummi wieder um den Rest schnallte, nur Sekunden vergangen zu sein schienen.

Wortlos – so entschieden wortlos, als wäre er seit Jahrzehnten stumm – gab Paul seinem Bruder das Geld.

Theodor nickte, Paul folgte ihm ins Vorzimmer. Er machte die Tür auf, noch ehe Theodor sie erreicht hatte. Die Brüder gaben einander nicht die Hand. Theodor ging. Langsam schloß Paul die Tür. Als er sich umwandte, sah er das Bild Brandeis' im Spiegel des Zimmers. Brandeis mußte diesen Abschied gesehen haben.

»Ich danke Ihnen«, begann Paul, »ich will morgen –«

»Das ist nicht nötig«, unterbrach die sanfte Stimme, »wir haben größere Geschäfte miteinander zu machen, wenn Sie wollen. Sie sehen, daß ich Geld habe und nicht einmal in der Bank.«

»Offen gestanden«, sagte Paul, »ich hätte ihm nichts gegeben, wenn Sie nicht gekommen wären.«

»Mit Unrecht, mit Unrecht. Wollen Sie diesen jungen Mann der Polizei ausliefern?«

»Woher –«, begann Paul.

»– ich das weiß? Ich weiß gar nichts. Bedenken Sie, wenn ein junger Mensch in dieser Zeit, am Abend, sofort, eine große Summe braucht! Und außerdem kenne ich die jungen Leute. Ihre Emotionen sind kostspieliger, als unsere es waren, auch als Ihre es waren. Was brauchten wir? Frauen. Die Jugend von heute braucht Blut. Und das ist unbezahlbar.«

»Sie verstehen das?«

»Ausgezeichnet! Ich verstehe, daß der Tod diese Menschen so anzieht, wie wir einmal vom Leben angezogen waren. Sie fürchten den Tod, wie wir einmal das Leben gefürchtet haben, sie sehnen sich nach ihm, wie wir uns einmal nach dem Leben gesehnt haben. Glauben Sie nicht, daß es sogenannte schädliche Ideen sind, die diese jungen Leute treiben! Angst und Durst treiben sie wie Tiere. Ideen sind Vorwände – immer Vorwände gewesen –«, die Stimme wurde immer leiser, eine Hand hielt Brandeis auf der Tischkante und spielte auf ihr mit den Fingern, als wollte er dem Holz endlich einen Ton entlocken. »Ideen sind Vorwände, man findet immer welche. Ich werde einem Hund die Tür aufmachen, vor der er in der Nacht bellt, und – entschuldigen Sie den Vergleich – Ihrem Bruder Geld geben, damit er sich rettet. Mich beschwert nur, daß ich ihm keinen Gefallen damit erweise. Denn, sehen Sie, der Hund hat ein Haus und einen Herrn und die Gestalt eines Hundes. Dieser junge Mann aber wird vor lauter verschlossenen Türen stehn, und da er den Leib eines Menschen hat, wird ihm niemand öffnen. Sie sind ja so unglücklich, diese Leute! Sie haben keine Freuden mehr, nur Ideale. Ach, wie traurig sind Idealisten! –

Aber reden wir von Geschäften! Damit ich Ihnen nicht zu edel erscheine, will ich Ihnen gestehen, daß ich Geld so leicht nur hergebe, wenn ich jemanden brauche. Ich brauche Sie! Ich bin, wie Sie wissen, ein Fremder hier. Man traut mir nicht. Ich tue selbst alles mögliche, um die Leute mißtrauisch zu machen. Nun, ein ganz einfaches Geschäft. Ich habe Stoffe an der Hand! Sehr gut, billig, leider von einem hellen Blau, das man nicht trägt. Man könnte auf die entsprechende Mode warten, gewiß. Aber warten? Ich habe mich erkundigt. Man kann die Stoffe färben, aber sie werden dann zu hart. Es gibt nur eine Art, sie zu verwenden, für Uniformen!« Brandeis wartete eine Weile. Er wartete auf eine Zustimmung. Paul schwieg.

»Ich brauchte«, fuhr Brandeis fort, »einen Mann, der den Behörden, Zoll und Gendarmerie und Polizei, Stoffe liefern könnte.«

»Ich werde mich bemühen«, sagte Paul.

»Sie werden selbst liefern«, sagte Brandeis. Er knöpfte den Mantel zu, den er nicht abgelegt hatte, faßte nach dem Stock, der am Stuhl lehnte wie ein lebendiges Wesen, und stand auf. Es schien Paul, daß der Fremde größer geworden war, daß er im Sitzen gewachsen war. Bernheims Blick reichte gerade bis zur Bartspitze des Großen.

# 8.

Theodor war verschwunden.

Er hatte einen flüchtigen Abschied von der Mutter genommen und einen gründlichen von seinem Zimmer. Er war dem Weinen außerordentlich nahe, als er seine Schubladen ausräumte, seine Papiere verbrannte, seine Pistolen entlud und sie und die Papiere in einem harten Leinenfutteral für Regenschirme verpackte. Es graute ihm vor dem Leben auf einem fremden Gut, bei einem ungarischen Gesinnungsgenossen, vor dem Land, das er sich schmutzig und barbarisch vorstellte, vor unbekannten Apotheken, in denen die sicherlich gewissenlosen Pharmazeuten Schlaf- und Fiebermittel vertauschten, vor den unzulänglichen Optikern, die seine zweieinhalb Dioptrien bestimmt nicht begreifen würden, und schließlich vor der Armut, der Armut. Die Mutter und Paul waren imstande, ihn in der Fremde verhungern zu lassen. Gustav, der an der ganzen Sache schuld war, war ein armer Häuslersohn, und ein Aufenthalt auf dem Gut eines ungarischen Magnaten konnte ihm eine Erholung und ein Fest sein. Sorgfältig packte Theodor seine Pyjamas und seine vierundzwanzig Krawatten ein. Es tat ihm leid, daß er nur zweitausend Dollar von Paul verlangt hatte. Viertausend hätte er fordern sollen. Draußen konnte jeden Augenblick der vereinbarte Pfiff Gustavs ertönen. Sie hatten den Sitten ihres Bundes getreu einen Pfiff ausgemacht, auch in dieser Stunde der Abreise. Verschwörer hatten zu pfeifen.

Gustav pfiff, erbarmungslos, Theodor schloß den Koffer und ließ ihn vom Portier nur bis zum Gitter tragen. Gustav durfte ihn nicht auslachen und für einen Verräter halten. Vom Gartengitter bis zum Wagen an der Ecke wollte Theodor den schweren Koffer selbst schleppen. Gustav wartete schon im Wagen. Theodor seufzte. Gustav rührte sich nicht. Theodor hatte gehofft, daß sein Kamerad den Koffer in den Wagen heben würde.

»Du hast es leicht«, sagte Theodor. »Du bist viel kräftiger als ich.« Und dennoch machte Gustav keine Anstalten, Theodor zu bedauern. Theodor schwieg erbittert bis zum Bahnhof.

Frau Bernheim saß über einer Handarbeit im kalten Speisezimmer und weinte, als Paul eintraf. Ihr Weinen hatte aufgehört, die Folge bestimmter Erregungen zu sein, es war, wie bei vielen alternden Frauen, eine Gewohnheit der Augen geworden. Ihre Tränen rannen lange, ehe sie selbst bemerkte, daß sie weinte, sie rannen wie ein Landregen, stetig und dünn und lind und tröstlich. Der Kummer löste sich in Wasser auf. Es floß immer aus den entzündeten Augen, die gleichen alten zwei Furchen entlang, zwischen den Wangen und der Nase und von den Mundwinkeln abwärts in zwei anderen Furchen, die das breite Kinn von den Wangen abgrenzten. Dann verloren sich die Tränen in den Falten des alten Halses und im hohen Kragen des schwarzen Kleides, der immer noch von einem grausamen Fischbeinskelett gehalten wurde.

»Mutter, du sollst nicht weinen!« sagte Paul.

»Ich weine gar nicht«, erwiderte Frau Bernheim, »es kommt mir nur so manchmal.« Sie saßen wortlos drei Stunden nach dem Essen im Speisezimmer und froren. Frau Bernheim hatte ein altes Reiseplaid ihres Mannes um die Beine gewickelt. Ihre Stricknadeln aus Bein klapperten wie im Frost. Die Fenster zitterten im Wind. Ein wüster, kalter Atem schlug vom Garten her gegen das Haus.

»Du solltest Gesellschaft haben, Mutter!«

»Siehst du, daran habe ich auch gedacht! Und nun ist ja Theodor fort, und ich dachte an sein Zimmer. Es hat einen separaten Eingang vom Flur.«

»Was willst du damit?«

»Unsereiner kann keinen Zettel vor die Tür hängen und auch kein Inserat in die Zeitung geben. Ich habe also Herrn Merwig gebeten, er sucht unter der Hand nach einer Dame aus guter Gesellschaft, die etwas zahlen müßte, allerdings etwas zahlen. Dann könnten wir auch das Dienstmädchen behalten, für uns zwei. Sonst müßte ich sie ja abschaffen. Grund genug hätte ich dazu. Es ist nicht lange her, da hat mir Geld aus der Büchse für die Armen gefehlt, sie kann es genommen haben. Warum nicht? Dienstboten sind drei Jahre ehrlich, und auf einmal stehlen sie. Aber man kann ja keine besseren finden heutzutage. Und so würde ich sie behalten, wenn ich nur einen Zuschuß hätte. Merwig ist brav, er sucht wirklich unter der Hand, morgen soll eine Dame herkommen, eine Frau Militär-Oberrechnungsrat, im Kriegsministerium war ihr Mann beschäftigt.«

Die Frau Oberrechnungsrat Hammer zog in Theodors Zimmer.

Von nun an saßen beide Frauen jeden Abend im Speisezimmer und froren und häkelten, blickten von Zeit zu Zeit mißtrauisch auf und häkelten weiter. Immer, wenn die Frau Oberrechnungsrat ins Speisezimmer trat, sagte Frau Bernheim: »Entschuldigen Sie einen Augenblick« und ging in den Korridor. Sie ging einen »Blick in Theodors Zimmer werfen«, denn sie hatte beobachtet, daß ihre Mieterin vergeßlich war und manchmal das Licht brennen ließ. Aber sie hütete sich, der Frau Hammer etwas zu sagen. Denn es war ihr eine Freude, immer nachsehn zu können und mit eigenen Händen Geld zu sparen.

Die Anwesenheit der fremden Frau störte Paul. Immer seltener wurden seine Besuche. Seine Mutter übertrieb vielleicht.

Aber sie waren in der Tat nicht einmal wohlhabend mehr. Schon hatte er zwei Hypotheken, von denen die Mutter nichts wußte, auf das Haus nehmen müssen. Und gar keine Aussicht, reich zu werden – es sei denn durch das Geschäft mit den Stoffen, das Brandeis vorgeschlagen hatte. Konnte man Brandeis trauen? Man hatte keine Vorurteile, gewiß, aber waren diese Leute aus dem Osten nicht unheimlich? Man brauchte nicht gerade an die Sieben Weisen von Zion zu glauben. Aber brachten die Menschen aus dem Osten nicht andere Moralbegriffe mit, handelten sie nicht nach irgendeiner verborgenen östlichen Weisheit? Sie kannten Geheimnisse, sie handelten nach Geheimnissen. Spielte bei Brandeis die Ehre eines Mannes eine Rolle? Brandeis machte sich nichts aus Gefängnisstrafen. Aber Paul? Lag nicht ein ganzes Leben vor ihm?

Er war wieder in der Stimmung, mit Doktor König zu sprechen, an dessen Widerstand sich Pauls Ehrgeiz immer entzündete. Er lud den Doktor König zu Heßler ein, zum Abendessen. Die guten Lokale! Wenn Paul ein gutes Lokal betrat, zweifelte er nicht mehr an seiner Karriere. Alles bestätigte hier seine Hoffnungen. Die Dienstbeflissenheit des Kellners und der optimistische Glanz der Lampen. Die vollen Hände der Gäste, der gute Teint der Damen, selbst noch die bettelnden Krüppel vor dem Eingang und der frierende Schutzmann, der sie verjagte und der nicht mehr wie ein Beamter des Staates aussah, sondern wie ein Angestellter der Gäste. Nicht im Namen des Gesetzes handelte er, sondern im Auftrag des Direktors, des Portiers, des Kapellmeisters und Pauls. Wenn man reich war, konnte man ihn immer haben, Tag und Nacht das ganze Bürgerliche Gesetzbuch vor der Tür. In diesem Restaurant, und besonders wenn ein Revolutionär dabei war, eingeladen und aus diesem Grunde doppelt widerspenstig, vergaß man die Zweifel. Es war, als ob die Leichtigkeit, mit der alle Geld ausgaben, in Paul Bernheim die Leichtigkeit züchtete, Geld zu verdienen. Da lächelte eine Frau, und es war tröstlich zu wissen, daß man eine Nacht immer noch bezahlen konnte. Da bot sich die Zigarettenverkäuferin zugleich mit einer Schachtel Amenophis extra Korkmundstück an, und es war herrlich, zu wissen, daß man Geld genug für dreihundertfünfundsechzig Nächte Verkäuferin hatte. Bald würde man jahrelang Geld für die Gattinnen der Farbenfabrikanten haben. Da saßen sie, die Giftgaserzeuger, und man war fast ihresgleichen. Ahnten sie denn, daß man mit ihnen verglichen ein Bettler war? Nein! Sie ahnten es nicht! Man war auch kein Bettler. Man war nur unterwegs, noch nicht angekommen.

Doktor König trug aus Opposition keinen Smoking, sondern nur einen schwarzen Anzug: als wäre ein schwarzer Anzug eine Herausforderung der kapitalistischen Gesellschaft. Er wußte nicht, daß er den englischsten aller Smokings zur besten Geltung brachte und daß er Paul gekränkt hätte, wenn er ebenfalls im Smoking erschienen wäre. In Doktor König ging nach dem dritten Glas Wein eine Revolution vor, mit der verglichen die russische ein Kinderspiel gewesen war. Doktor König sah sich an der Macht, er überlegte, wie er, ohne sein Gewissen zu beschädigen, dem armen, enteigneten, zum Straßenkehrer begnadigten Paul Bernheim eine Protektion angedeihen lassen könnte. Er hörte aus einer meilenweiten Ferne Pauls lange Erklärungen. Rede du nur! dachte König, während Paul verliebt in seinen Smoking, seine Hände, seine Stimme, Wunder von der Börse erzählte. »Das ist mein Gebiet«, sagte er, »ich fühle mich dort wie Sie in den Volksversammlungen. Ich liebe dieses unmenschliche Gewirr, Stimmen von Insekten, nicht von Menschen. Die schwarzen Tafeln, den schnellen Schwamm, der alles auslöscht, und die noch schnellere Kreide, die neue Zahlen hinschreibt. Ja, ja, ich liebe das: ans Telephon zu gehen und zu zittern, daß die Verbindung mit meinem Sekretär nur schnell hergestellt wird. Ich telephoniere, eile zurück, und die neuen Ziffern geben mir recht. Nase muß man haben! Schnell ein Gespräch mit der Bank, und dann vor dem Nachtmahl zur Erholung im offenen Wagen achtzig Kilometer die Straßen verschlingen. Das ist Leben.«

»Sagen Sie mir lieber«, meinte Doktor König, der jetzt Paul Bernheim für alkoholisiert hielt und die Hoffnung hegte, etwas »wirklich« zu erfahren, »was halten Sie vom Ruhrgebiet?«

»Nach meinen Erfahrungen«, erklärte Bernheim, der den Revolutionär nicht enttäuschen wollte, »nach all dem, was ich von meinen Freunden höre, ist es eine große Dummheit von beiden Seiten. Frankreich ist noch schlimmer daran als wir, und uns geht es auch nicht gut. Was wollen Sie? Solange die dummen Politiker à la 1900 nicht ihr Geschäft den Führern der Wirtschaft überlassen, wird es in Europa schlimm sein.

Darin, glaub' ich, stimmen wir überein: daß die Wirtschaft die Politik regiert.« Und um auch die Kenntnis des internationalen Lebens außerhalb des Kontinents zu beweisen, fügte Paul hinzu: »In England weiß man das längst.«

»Sie kennen ja England gut!« bemerkte Doktor König, um gefällig zu sein.

Da Paul schon das sechste Glas getrunken hatte, zögerte er nicht, zu sagen: »Meine zweite Heimat. Sie wissen, daß ich den wichtigsten Teil meiner Erziehung Oxford zu verdanken habe. Es war eine schöne Zeit, der Krieg hat sie unterbrochen«, Paul hatte in der Tat vergessen, daß er noch vor dem Krieg zurückgekehrt war, »ich möchte gerne wieder zurück, ehe es überhaupt zu spät wird. Werden Sie mir glauben, lieber Herr Doktor König, Sie kennen mich doch, Sie wissen von meinen geistigen Interessen, aber ich bin auf nichts so stolz wie auf die zwei Ruderpreise, die ich in Oxford bekommen habe. Wenn Sie nächstens bei mir sind, zeige ich Ihnen die Pokale.«

Das Zahlen war Paul von allen Zeremonien des Restaurants die liebste! Er liebte den diskreten Wink, den er dem Kellner gab, das gefaltete Blatt, das wie ein Geheimnis vor ihn hingelegt wurde. Manchmal hielt er es für vornehm, die Rechnung zu kontrollieren. Manchmal begnügte er sich mit einem leichten Blick auf die Summe. Noch mit dem Rückgrat maß er die Tiefe der Verbeugung hinter seinem Sitz, er beantwortete keinen Gruß, im Gegensatz zu Doktor König, der als ein Mann aus dem Volke allen »Gute Nacht!« sagte, bieder und klassenbewußt.

Aber draußen, wenn die Kälte ihn wieder ernüchterte, bekam Bernheim Angst vor den eigenen Worten, die er drinnen gesagt hatte. Er klammerte sich schweigsam an Doktor König. Er schlug noch einen Besuch im Spielklub vor. Er versuchte, mit beklommenem Herzen einen Scherz zu machen, immer noch liebenswürdiger, heiterer, sorgloser, weltmännischer Gastgeber zu sein. Aber schon überlegte er: Ich werde noch auf diesen verdammten Brandeis hereinfallen. Geld muß man haben, reich muß man werden, vielleicht gewinne ich. Ja, er glaubte im Ernst, daß er eines Tages im Spielklub gewinnen würde. Während er dem blassen und schmalen und blaugefrorenen Aufpasser an der Ecke winkte, schöpfte er neuen Lebensmut. Der Anblick dieses armseligen Mannes war herzerfrischend. An dem schmalen Pelzkragen, dessen Haare ausgefallen waren und gelbe, harte, nackte Ledernarben frei ließ, an den dünnen Beinen in den viel zu kurzen Hosen, den Stiefeln, die vor Kälte aneinanderschlugen mit der Schnelligkeit klappernder Zähne, ermaß Paul Bernheim die ganze Höhe seiner eigenen Situation. Er hörte das leise Kreischen der Tür, die in den geheimnisvollen Flur führte, wie einen Ruf der Zukunft, und er sah die romantische Laterne des Portiers als ein symbolisches Licht – im billigen Sinn dieser alten Wendung. Er gebot der Vernunft, die ihm die Lächerlichkeit der ganzen Maskerade enthüllen wollte, zu schweigen. Er ging dem Glück entgegen. Er wollte nicht geweckt werden.

Aber oben, in den Spielräumen, in denen der Rauch die Wände, die Decken und die Lampen verhüllte und der Geruch eines bürgerlichen Familienlebens, das der Inhaber der Wohnung tagsüber führte, den des nächtlichen Lasters behinderte, verlor Bernheim den Mut zu spielen. Nein, die Karten hatten keine Gewalt über ihn, sie waren ihm hold, aber mit Maß, sie erhielten eine ordentliche, distanzierte Beziehung zu ihm. Obwohl er alle Spielsäle kannte, hatte er sie doch immer wieder vergessen, ehe er sie betrat. Solange er sich noch in der Straße befand, hoffte er, daß sie sich durch ein Wunder seit gestern verwandelt hatten. Mit welcher Leidenschaft hätte er spielen können, wenn statt dieser armen Filmstatisten, Vortragskünstler, Artikelschreiber und anderer Zufallsverdiener lauter reiche Herren an den Tischen säßen wie in England! Hier stürmten ihm bei seinem Eintritt seine Freunde entgegen und baten ihn um Darlehen. Er hatte schon längst die Fähigkeit, mit einer aufrichtigen Stimme die Höhe seiner Barschaft zu verleugnen und über seine vorgetäuschte Ohnmacht so verlegen zu sein, daß man ihm eine wirkliche zutraute. Aber nun konnte er keine hohen Summen setzen – und was er mit den kleinen gewann, verschenkte er in der Runde. Ihn störten die Öldrucke an den Wänden, die Nippessachen in den Glasschränken, die falschen Perserteppiche und die Deckchen auf den Armlehnen der Sessel – alles Einrichtungsgegenstände, die den kleinbürgerlichen Staub der Wohnung, den braven Beruf ihres Mieters und die umgearbeiteten Kleider seiner Frau verrieten. Manchmal stieß man zufällig an eine geschlossene, von einer Portiere verborgene Tür und hörte hinter ihr ein Mitglied der Familie schnarchen. Der Sohn des Hauses wartete im Flur auf die Überfälle der Polizei, und seine Schwester kochte in der Küche den schwarzen Kaffee. Ein gähnender Kellner schlotterte in einem gespenstischen Frack zwischen den Tischen. Unter solchen Umständen konnte man das Glück nicht herausfordern.

Aber immer wieder ging Paul nach Mitternacht in einen Spielklub.

Die Einsamkeit in seiner Wohnung war unerträglich. Seit Monaten hatte er sich schon eine Abwechslung gewünscht. In der steten Erwartung, gelegentlich der Polizei in die Hände zu fallen, trug er keine Papiere, die seine Identität bescheinigen konnten. Die Polizei kam. Er wurde in der Gesellschaft der andern auf einen Lastwagen verladen und blieb bis zum Morgen im Polizeipräsidium. Eine Nacht der Einsamkeit entrissen! Er sah den fahlen Morgen das Amtszimmer bestreichen, den alten Staub auf den grünen Pappendeckelbänden der Kartothek, die grindigen, verschwitzten und gesprungenen Mauern und den gelben Lichtfleck der nächtlichen Lampe, die einer Verordnung gemäß noch bis acht Uhr zu brennen hatte. Dann ging er durch die verworrenen Räume des großen Hauses. Er hielt sich vor dem Kasten mit den Photographien unbekannter Leichen auf, er sah die toten Gesichter, durch furchtbare Wunden entstellt, zertrümmerte Schädeldecken, abgerissene Augenlider, zerfetzte Oberlippen, enthüllte Kiefer, von Wasserratten angenagte Ohrmuscheln. So viele Menschen verschwanden also aus dem Leben – und niemand hatte sie gekannt.

»Nicht wahr, ein schönes Familienalbum«, sagte plötzlich eine Stimme hinter ihm. Es war Nikolai Brandeis.

»Sind Sie auch verhaftet worden?« fragte Paul.

»Ich bin freiwillig hierhergekommen, wenn auch nicht ganz freiwillig«, sagte Brandeis. »Unsereins hat so oft hier zu tun. Ich versichere Sie, es ist nicht angenehm. Aber ich habe die Gewohnheit, mir die Bilder der unbekannten Toten anzusehen, ehe ich eines dieser Polizeibüros betrete. Das tröstet mich, verstehen Sie. Das gibt mir ein wenig Mut. Hätten Sie gedacht, daß so viele sterben, nach denen kein Hahn kräht? Danach können Sie berechnen, wie viele von dieser Art leben und noch nicht gestorben sind. Sie torkeln so auf den breiten Landstraßen dahin, hinter ihnen der Tod, hinter ihnen der Tod … Aber nun bin ich erfrischt. Wollen Sie mich in jenes Amtszimmer begleiten? Ich brauche ein Visum.«

Um sich nach Lettland zu begeben, wo Brandeis alte Geschäftsfreunde hatte, mußte er ein Visum haben. Er gehörte zu den dokumentenlosen Flüchtlingen und hatte einen provisorischen Paß für Staatenlose, also waren seine Reisen nicht leicht.

»Wenn Sie mich begleiten«, sagte Brandeis, »werden Sie sehn, wie wenig ich mich von jenen Toten dort unterscheide. Kommen Sie.«

Der Beamte saß hinter einer hölzernen Barriere und war, wie die Polizeibeamten der ganzen Welt, ein Freund überheizter Zimmer. Da er zur Fremdenpolizei gehörte, haßte er die Fremden. Als Brandeis »Guten Morgen« sagte, fragte der Beamte: »Was wollen Sie?«

»Ihnen guten Morgen sagen«, antwortete Brandeis. »Ferner ein Aus- und Einreisevisum.«

»Sie haben keine Aufenthaltsbewilligung!«

»Ich habe um sie gebeten. Sie ist noch nicht erledigt.«

»Dann können Sie wegfahren, aber nicht zurückkommen.«

»Dennoch werde ich zurückkommen!« sagte Brandeis. Diesen Satz flüsterte er, als wäre es ein Geheimnis.

Es ist eine Eigenschaft der Beamten, ihren Besucher erst nach dem dritten oder vierten Satz anzuschauen, als gingen sie von der Voraussetzung aus, daß alle Fremden gleich aussehen und daß es genügt, einen von ihnen zu kennen, um sich alle andern vorzustellen. Der Polizist sah jetzt erst auf. Er sah die mächtige Gestalt Brandeis', den schweren Mantel, dessen Kragen hochgeschlagen war. Er erhob sich, wie um den Größenunterschied zwischen sich selbst und dem des Fremden zu verringern. Er wollte etwas sagen. Brandeis fing plötzlich laut zu sprechen an. »Sie sind Herr Kampe, nicht wahr? Ich werde von jetzt in drei Stunden wieder bei Ihnen sein.« Er wies mit dem Stock auf die Wanduhr. »Guten Tag.«

»Sehen Sie«, sagte er zu Bernheim, »ich werde in drei Stunden das Visum haben. Und nur, weil ich ihm seinen Namen, der leicht zu erfahren ist, gesagt habe. Er hat wahrscheinlich nichts Schlimmes getan. Da ich aber seinen Namen kenne, fürchtet er, ich wüßte irgend etwas über ihn. Jeder Mensch hat Sünden.«

»Und wenn Sie dennoch kein Visum bekommen?« fragte Bernheim.

Brandeis zog einen dänischen Paß hervor. »Dann fahre ich mit dem.«

»Falsch?«

»Wie man's auffaßt«, erwiderte Brandeis, »was ist richtig in dieser Welt? – Haben Sie über die Stoffe nachgedacht?«

»Ja, das Geld, Herr Brandeis – –«

»Nicht das Geld«, unterbrach Brandeis, »die Stoffe!« Und er hob seinen Stock gegen den Himmel, grüßte und ließ Bernheim stehn.

Die durchwachte Nacht, die Bilder, die er gesehn hatte, das Gespräch Brandeis' in der Polizei, die Erinnerung an das Geschäft, an das Geld, an Theodor: dies alles verwirrte Paul Bernheim. Je mächtiger ihm Brandeis erschien, desto schwächer kam er sich selbst vor. Weit im weißen Schnee, der während der Nacht gefallen war und den der Verkehr des Tages noch nicht vernichtet hatte, lag der Platz. Die Straßenhändler schrien, die Stadtbahnzüge dröhnten, Lastfuhrwerke ratterten. Zum erstenmal befand sich Paul Bernheim in dieser Gegend am frühen Vormittag. Er kannte sie nur von weichen, versöhnlichen Winternachmittagen her; die goldenen Lichter des großen Warenhauses, der Läden, der Untergrundbahn. Jetzt war der Platz übersichtlich, von einer grausamen Willkür gebildet, trotz dem weißen Schnee ahnte man den Schatten der großen, dunkelroten Polizei, und das Warenhaus, am Abend dank seiner Beleuchtung so nahe, war jetzt ferne zwischen dem gleichförmigen Weiß der Häuser. Es gab irgendeinen Zusammenhang zwischen diesem Platz und den Bildern der unbekannten Toten im Polizeigebäude. Als wäre die Untergrundbahn an dieser Stelle nicht ein Verkehrsmittel, sondern eine unterirdische, warme, schützende Zufluchtsstation, lief er die Stiegen hinunter. Er fuhr zum erstenmal nach langer Zeit mit vielen Menschen zusammen in einer Bahn. In jedem fremden Angesicht glaubte er Züge der toten Physiognomien wiederzufinden. Zu Hause legte er sich schlafen.

Sonst vertrieb der Schlaf die beginnenden Schrecken eines Tages, und die künstlich eingeschobene Nacht bescherte dem erwachenden Bernheim einen veränderten, ja einen andern Tag. Heute war die List, mit der Paul das Unheil zu betrügen pflegte, vergeblich. Als er erwachte, fand er einen jener dicken Briefe seiner Mutter vor, die immer Unangenehmes enthielten. Denn seitdem Frau Bernheim angefangen hatte, auch am Porto zu sparen, schrieb sie nur bei unseligen Anlässen und dann sehr ausführlich, um den ganzen Wert der Briefmarke und den ganzen Umfang des Briefpapiers auszunutzen.

Dem Brief der Mutter lag ein anderer bei, ein Brief von Theodor. Er brauchte Geld. Hätte Paul Bernheim in dieser Stunde ein besseres Gedächtnis besessen, so wäre ihm die Ähnlichkeit zwischen dem Briefstil Theodors und seinem eigenen aus der Oxforder Zeit nicht entgangen. »Liebe Mutter!« schrieb Theodor, »brauche unbedingt monnaie. Leben gesund, frische Luft, falscher Name. Gastfreundschaft enorm. – Denke an Dich und Paul oft, habe aber keine Zeit zu Gedankenaustausch. Brauche dringend monnaie. Vielleicht telegraphische Anweisung möglich. Post hierorts schafft langsam. Kuß. Dein Sohn Theodor.«

Dazu schrieb Frau Bernheim einen gerührten Begleitbrief. Je länger Theodor in der Fremde war, je seltener sie von ihm auf vorsichtigen Umwegen ein Lebenszeichen bekam, desto edler, ärmer, hilfsbedürftiger sah sie ihn. Ja, sie, die während seiner Anwesenheit seine Freunde, seine geheimnisvollen Ausflüge und Bahnfahrten, seine Broschüren, seine Zeitungen mit einem furchtsamen Grauen beobachtet hatte, sie begann jetzt, »die Regierung« wie einen persönlichen Feind zu hassen und »die Juden« für Theodors »Unglück« – so nannte sie seine Flucht – verantwortlich zu machen. »Er leidet für die Politik!« Diese Formel hatte ihre mütterliche Eitelkeit ihr eines Tages geliefert. Aber immerhin, als Paul seiner Mutter schrieb, daß er kein Geld geben könne, da er Theodors wegen schon eine so hohe Schuld auf sich genommen habe, und es wäre doch einfach, den Mietpreis für Theodors Zimmer jeden Monat nach Ungarn zu schicken, erwiderte Frau Bernheim entrüstet, daß sie nicht daran denke, noch mehr Opfer für ihre Kinder zu bringen. »Ich habe Euch meine ganze Jugend geopfert«, schrieb sie. Sie glaubte manchmal wirklich, daß sie ohne ihre Söhne nur ganz langsam alt geworden wäre. Blut sei kein Wasser, schrieb sie ferner, und ein Bruder müsse dem andern helfen.

Sie sammelte indessen Geld für ihre alten Tage. Sie hatte einen Koffer voller Papierscheine, die immer wertloser wurden und an deren Gültigkeit sie unerschütterlich glaubte. Vergeblich waren Merwigs und Pauls Bemühungen. Da sie einmal mit der Kriegsanleihe recht behalten hatte, glaubte sie an ihren »finanziellen Instinkt«, wie sie sagte. Sooft Paul nach Hause kam, bat sie ihn um ein paar Scheine. »Dafür kannst du dir grad' eine Zeitung kaufen!« sagte Paul. Sie ging zum Koffer und legte sie sorgfältig geglättet zu den andern.

Eines Tages erwachte Paul mit dem Entschluß, das Geschäft mit Brandeis zu wagen. Er rief bei Brandeis an. Man sagte ihm, Brandeis sei verreist. Er komme nach einer Woche. Paul wartete. Um den Mut nicht zu verlieren, sagte er sich jeden Tag: Ich muß reich werden. Schließlich war Brandeis wieder da. Sie trafen sich:

»Mit dem Geld«, begann Brandeis, »da haben Sie Zeit, Herr Bernheim!«

»Nein«, sagte Paul, »ich komme wegen der Stoffe.«

»Das ist zu spät!« sagte Brandeis, »ich habe sie verkauft. Sie müssen zugeben, daß ich Sie vor meiner Abreise noch einmal gesprochen habe.«

»Ja, sehr flüchtig, kaum erwähnt.«

»Ich wollte nicht zudringlich erscheinen, Herr Bernheim. Eine Eigenschaft, die man Leuten meiner Art so oft nachsagt.«

Sie saßen in einer Konditorei. Brandeis betrachtete die Wände, die Auswüchsen ähnlich sahen, einer Krankheit der Mauern, einer Beulenpest in Prismenformen, die tief verschleierten Stehlampen in den Nischen, in denen nackte, oktaedrige Nymphen der modernen Innenarchitektur lehnten. »So baut man also heutzutage!« sagte er. Er schien das Geschäft Pauls vergessen zu haben.

Bernheim wollte wieder davon anfangen. »Reden wir nicht mehr von einer alten Sache«, sagte Brandeis. »Ich nehme Ihnen nichts übel. Vielleicht haben Sie recht gehabt. Ich habe jedenfalls heute noch kein Geld gesehn. Ich fürchte, ich werde wieder in die Eisenbahn steigen müssen. Und wieder ein Visum nehmen –«

Als die Abendblätter mit den Kurszetteln kamen, bemerkte Bernheim, daß Brandeis sich nicht um die Kurse kümmerte.

»Sie wundern sich?« sagte Brandeis. »Ich habe gestern alles verkauft.«
»Und?«

»Dollars gekauft.« Ehe sie sich trennten, sagte er: »Verkaufen Sie, Herr Bernheim.«

Aber Bernheim verkaufte nicht.

# Zweiter Teil

## 9.

*Für Felix Bertaux*

Auf einmal kam in diesem Jahre der Frühling. In den Zimmern lagen noch die Kälte und die feuchte Dämmernis der Wintertage. Man öffnete die Fenster. Die Häuser erinnerten an gelüftete Grüfte und die Menschen, die ans Fenster kamen, an gelbe, freundliche Leichen. Der Klang der auferstandenen Leierkästen, die auf einmal in Scharen durch die Höfe zogen, als wären sie mit den Zugvögeln aus dem Süden gekommen, erhöhte den Lebensmut, auch der Skeptiker. Immer häufiger wurden die Straßendemonstrationen der Radikalen. Die Gesinnungen entfalteten sich im freundlichen Glanz der jungen Sonne und unter dem fruchtbaren Frühlingsregen der milden, sacht verhängten Nächte. An einem der Sonntagvormittage jener Frühlingssaison konnte man einen großen, auffällig starken und langsamen Mann unter den maßvoll fröhlichen Spaziergängern des Kurfürstendamms sehen. Brandeis trug immer noch einen Mantel und den Kragen hochgeschlagen. Mehrere sahen sich nach ihm um. Er schien sich um die Passanten nicht zu kümmern. Er überragte die meisten. Seine schiefen Augen waren auf die Häuser gerichtet, auf die Firmenschilder, die Auslagen der Läden, auf die Bäume am Straßenrand, die Vehikel und die sonntäglich geschlossenen Kioske, die entweihten und dem Gottesdienst entzogenen Kapellen ähnlich waren. Sein mongolischer Gesichtsschnitt und seine bräunliche Hautfarbe waren Grund genug für die Mitteleuropäer, die ihm begegneten, ihn der Abteilung »Ferner Osten« zuzuweisen, unter die Buddhas, die Geishas und die Opiumtrinker. Da die Inflation zu Ende war, das Bewußtsein vom Wert des eigenen Geldes die Moral, den Patriotismus und das Selbstbewußtsein bereits gehoben hatte, blieb für den Fremden weniger Bewunderung übrig als Mißtrauen.

Man lustwandelte langsam, in Frühlingskleidern, unter der Sonne.

Auf einmal erhob sich ein unbestimmter Lärm. Er begann wie ein Wind, der ein Gewitter ankündigt, an einer fernen Straßenecke. Einige Menschen begannen zu laufen. Andere blieben stehn, und man sah, daß sie nachdachten, auf welche Weise man sich in Sicherheit bringen kann, ohne die Würde zu verlieren. Indessen wurden die Geräusche bestimmter.

Man unterschied hundertstimmigen Gesang aus Männerkehlen. Man unterschied vierhundertfaches Klopfen benagelter Militärstiefel auf Asphalt. Schließlich über dem Gesang und über dem dumpfen, metallenen Geräusch der marschierenden Füße dünne und gleichsam flehende Flötentöne, eine Musik unkörperlicher, abstrakter Pfeifen, denen einer der populären Militärmärsche entfuhr. Und schon sah man auch die Ursachen der Geräusche: große, wehende Fahnen, ein paar Radfahrer, die sich an der Spitze des Zuges langsam vorausschlängelten, und hinter ihnen die ersten Reihen der Marschierenden, Männer mit Schnurrbärten, die an Kindersegen und Mittelstand denken ließen, mit blicklosen und offenen Augen, in denen Zorn, Stolz und Ehrlichkeit die Fähigkeit zu schauen ertötet hatten, mit schlenkernden Händen, die an leere Ärmel erinnerten, und mit Stöcken, die im Gürtel an der Hüfte hingen, um zu zeigen, daß sie nicht gesonnen waren, gewöhnliche Spazierstöcke zu sein. Sie waren in der Entwicklung vom Knüppel zum Säbel begriffen.

Der größte Teil der Spaziergänger war in den Seitenstraßen verschwunden. Von allen Häusern hörte man das metallene Geräusch zufallender Fenster. Auf leeren, staubigen Stein schien jetzt die Sonne. Durch die Neben- und Parallelstraßen eilten die Spaziergänger ihren Heimen zu, die in der Richtung des Grunewalds lagen. Dem unregelmäßigen Trott ihrer hastigen Füße antwortete der unerbittlich von den Nägeln geregelte Marsch der Stiefel in der Hauptstraße. Der Gesang erhob sich über die Wipfel der Bäume. Die geisterhaften Flötentöne drangen durch das Gedröhn der Mittagsglocken, die eben in Schwung gerieten, als wollten sie die Verwirrung noch vergrößern, eine Strafe Gottes ankündigen, das Ende der Welt und den Anmarsch ihrer Vernichter. Es war ein echter Sonntag, einer jener Sonntage, die manchmal über die Städte Deutschlands verhängt werden: feierlich, furchtbar und voller Gesinnung.

Unter den wenigen Männern, die stehngeblieben waren, um den Zug vorbeimarschieren zu sehn, befand sich Brandeis. Er stand neben einem der seltenen Pissoirs, deren es, wie man weiß, in Berlin weniger gibt als Bibliotheken. Immer noch lächelte er. Zeitweilig konnte man glauben, er stünde nicht da, um seine Schaulust zu befriedigen, sondern die der andern. Als wäre es seine Pflicht, den Marschierenden wie den Laufenden zu zeigen, wie man steht; den Blicklosen, wie man schaut; den Aufgeregten, wie man ruht; den Politikern, wie man denkt; den Idealisten, wie man prüft. Ja, so merkwürdig und der europäischen Gewöhnlichkeit entfernt er auch aussah und obwohl er einen Mantel trug und die Sonne nicht zu fühlen schien, so bestand doch zwischen ihm, den hoffnungs-vollen Wipfeln der Bäume und der linden, windigen Luft des Frühlings ein Zusammenhang. Zwischen den Marschierenden und diesem Früh-lingstag aber keiner. Und wenn man ihnen auch ansah, daß sie wahr-scheinlich geradewegs in einen Wald marschierten, glaubte man eher, sie marschierten gegen ihn.

Obwohl seine Mutter aus einem evangelischen Pfarrhause zu seinem jüdischen Vater gekommen war und in das Haus ihres Mannes eine deutsche Bibel, eine Mandoline und ein Abonnement auf eine Familien-zeitschrift gebracht hatte, fühlte sich Nikolai Brandeis in Deutschland nicht heimisch. Ja, ihm war, als ob die kleine deutsche Kolonie in der Ukraine mehr Deutschland gewesen wäre als dieses Land, aus dem die ewigen Auswanderer das Heimatliche wegzutragen, die ewigen Einwan-derer das Fremde mitzubringen scheinen. Alle Jahrgänge der Familien-zeitschrift, die seine Mutter abonniert hatte, gaben ein falsches Bild von Deutschland. Diese Zeitschrift stellte das Land so dar, wie es zur Zeit der Auswanderung der Kolonisten ausgesehen haben mochte. Daheim, erinnerte sich Brandeis, war er trotz seines Gesichts, das er vom Vater ererbt hatte, unter den schwäbischen Gesichtern seiner Jugendgenossen heimisch gewesen. Hier, wo die Gesichter der Menschen keine bestimmte Rasse verrieten – Brandeis nannte sie Asphalt-Slawen –, war er ein Fremder. Nur die zaghaften Vorfrühlingstage erinnerten an die schüch-terne und sparsame Güte seiner Heimat.

Er dachte an seine Jugend. An seinen Vater, den er verhältnismäßig früh verloren hatte und der wahrscheinlich ein ebenso verschämter Liebhaber der Erde gewesen war. Sein Vater hatte zum griechisch-ortho-doxen Glauben übertreten wollen, um den Beschränkungen zu entgehen, denen die Juden im alten Rußland unterworfen waren. Weil die getauften Juden auch ihre frühere Konfession angeben mußten, wollte er, wie viele, zuerst evangelisch werden und dann erst orthodox. Auch ein Mann, der so praktische Geschäfte mit Gott und dem Staat zu unternehmen gesonnen ist, kann einer Schwäche erliegen, deren man Leute seines Schlages nicht für fähig hält. Der alte Brandeis, der zu dem evangelischen Pfarrer gekommen war, um ihn zu täuschen, wurde von der göttlichen Strafe erreicht, noch ehe er seine Absicht hatte ausführen können: Er verliebte sich in die Tochter des Pfarrers. Vielleicht wollte er sie nur verführen und nach alter Sitte nicht heiraten. Aber die Tugend der Pfarrerstöchter hatte er nicht richtig einzuschätzen verstanden.

Er heiratete also. Er blieb in der Kolonie. Er wurde nicht mehr orthodox. Er gab seine großen Pläne auf. Er wurde ein kleiner Kaufmann mit einem Stückchen Land, mit einer sanften Frau, mit einem geistlichen Schwiegervater. Nach einem Jahr kam Nikolai, der eigentlich Friedrich Theodor Emmanuel Nikolai hieß. Den russischen Vornamen hatte sein Vater noch hinzugefügt, in der stillen Hoffnung, daß der Junge es einmal in Rußland zu etwas bringen würde, wozu ein Nikolai nützlich werden konnte. Er hatte nicht aufgehört, der alte Brandeis, praktisch zu denken, wie es die Eigenschaft seiner Stammesgenossen war. Er starb rapide, an einem Typhus, der die Gegend verheerte. Aber er hinterließ Geld genug für das Studium des Sohnes.

Nikolais Studium unterbrach der Russisch-japanische Krieg, aus dem er als Offizier im 106. Infanterieregiment zurückkam. Er ging mit dem Gedanken um, sich aktivieren zu lassen. Er war nie unter den schwärmerischen Studenten an der Universität gesehen worden. Er hatte nie ihre Ideale begriffen. Er kümmerte sich weder um die Reaktionäre noch um die Liberalen, noch um die Revolutionäre. Man hätte sagen können, er sei kein Russe. Seit seiner frühesten Jugend war er selbst schweigsam und gegen jede Redseligkeit mißtrauisch gewesen. Von allen Institutionen in Rußland schien ihm die Armee die sicherste. Auch hier politisierte man. Aber die Disziplin hatte doch seiner Meinung nach die Fähigkeit, sogenannte Gesinnungen im entscheidenden Augenblick zu verdrängen. Man hatte hier mit banalen Tatsachen zu rechnen, aber mit Tatsachen. Gewehrübungen, Exerzierwiesen, Rekruten und Kasernen, Zarenbilder, Orden, Distinktionen waren einfach und klar wie der Tag. In ein Amt gehen hieß: Protektionen suchen, Intrigen mitmachen und obendrein noch politisieren. Um Kaufmann zu werden – dazu fehlte ihm ein gewisses Grundkapital. Er hatte Mathematik studiert. Er glaubte, Begabung für die technischen Truppen mitbringen zu können. Aber seine Mutter, die inzwischen alt geworden war, ein wenig Geld von ihrem Vater geerbt hatte und ein paar schmale Acker bebaute, beschwor ihn, nach Deutschland zu fahren und zu lernen.

Sie fürchtete neue Kriege. In ihrer Einfalt dachte sie, Rußland würde sich die Niederlage nur ein Jahr gefallen lassen und einen neuen Rachefeldzug gegen Japan beginnen. Nikolai folgte ihr. Er studierte an einigen deutschen Universitäten, vertauschte die Mathematik gegen Nationalökonomie, langweilte sich, blieb einsam, kehrte zu seiner Mutter zurück, half ihr im Hause und wurde schließlich aus purer Gleichgültigkeit Lehrer in der Schule seines Dorfes Helenental.

Er lebte still und gesund, trank und aß regelmäßig, kümmerte sich nicht um die Frauen, fuhr in die Krim für zwei Wochen, kam schnell zurück, der Felder wegen, las viel, liebte die Kinder, sammelte Hunde um sich und spielte hie und da mit den besseren Beamten Karten. Im Jahre 1913 starb seine Mutter. Ein Jahr später ging er zum zweitenmal in den Krieg. Im Jahre 1917 wurde er Hauptmann. Als die erste Revolution ausbrach, stellte er sich auf die Seite der Revolutionäre. Er kämpfte gegen die Bolschewiken, wurde von ihnen gefangen und ging zu ihnen über. Er hatte sich vorgenommen, um jeden Preis Soldat zu bleiben. Mitten in der Verwirrung, die ihn nicht bekümmern sollte, war dieser Entschluß etwas Sicheres, und er führte auch zu etwas verhältnismäßig Sicherem.

Aber auch diese Berechnung war falsch. Eines Tages ereignete sich eine jener Episoden, die für den russischen Bürgerkrieg ebenso kennzeichnend wie belanglos waren, aber dem Leben, den Überzeugungen, den Entschlüssen der einzelnen eine ganz neue Richtung zu weisen vermochten. Auch Nikolai Brandeis machte die Erfahrung, daß der Mensch in einer einzigen Stunde – die ihm gar nicht wichtig erscheint – imstande ist, was man seinen »Charakter« nennt, so vollkommen zu verändern, daß er vor den Spiegel treten müßte, um sich zu überzeugen, daß seine Physiognomie noch die alte geblieben sei. Seit jener Veränderung, die er selbst erlebt hatte, pflegte Brandeis zu sagen, daß die Menschen sich nicht entwickeln, sondern ihr Wesen wechseln.

Er dachte an einen der Wahnsinnigen seines heimatlichen Dorfes, der nicht müde geworden war, allen Leuten die stereotype Frage zu stellen: »Wieviel bist du? Bist du *einer*?« Nein, man war nicht *einer*. Man war zehn, zwanzig, hundert. Je mehr Gelegenheiten das Leben gab, desto mehr Wesen entlockte es uns.

Mancher starb, weil er nichts erlebt hatte, und war sein ganzes Leben nur *einer* gewesen.

Um nun zu jenem Ereignis zurückzukehren: Brandeis, der in der Ukraine kämpfte, zog eines Tages in seine engere Heimat ein und übernahm das Ortskommando über einige nebeneinander gelegene deutsche Kolonien, die er gut kannte. Einer der törichten, willkürlichen und von Pathologischen erfundenen Vergnügungen gemäß sollte Nikolai Brandeis für eine unmittelbare Aufteilung des beweglichen sowie des unbeweglichen Vermögens unter den Einwohnern der Kolonie sorgen. Die deutschen Kolonien waren fast die einzigen Dörfer in Rußland, in denen die primitive und den Bauern so leicht verständliche Idee von der Besitzverteilung nicht begriffen zu werden schien. Nikolai Brandeis selbst hatte keine persönliche Meinung vom Nutzen der Güterverteilung. Aber seinem Entschluß getreu, nichts mehr zu sein als ein Soldat und die Bequemlichkeit des Gehorchens etwa wie Ferien zu genießen, begann er, zum Ärger der Einwohner, die ihm überdies nicht verzeihen wollten, daß er ihnen so gut bekannt war, in der simplen Weise, in der es verlangt worden war, die überschüssigen Kühe der großen Bauern in die Ställe der kleineren treiben zu lassen. Er rief die Einwohner zusammen und erklärte ihnen, dies sei der Sinn der neuen Zeit und der Wille der neuen Regierung. Die Leute hörten ihn schweigsam an. Er fuhr in das nächste Dorf, um auch hier das neue Gebot zu verwirklichen. Dann in das dritte. Als er aber wieder in das erste zurückkehrte, erwies es sich, daß die armen Bauern freiwillig den reichen das Vieh zurückgebracht hatten. Wieder standen die Ställe der Armen leer. Sie wollten nicht behalten, was sie »fremdes Gut« nannten.

Nikolai Brandeis berichtete den Tatbestand, bekam eine Rüge und die Anweisung, die Leute mit Gewalt zu bekehren. Er drohte ihnen mit Gefängnis und Deportation. Aber es half nichts. Einer der Kommissare kam und verhaftete den Pfarrer, einen Mann, den Brandeis aus früheren Jahren gut kannte. Brandeis bat um die Befreiung des Alten. Man verurteilte den Pfarrer zum Tode. Brandeis führte die Hinrichtung aus. Er befahl »Feuer!« in Anwesenheit des ganzen Dorfes.

Kaum war der Knall der Schüsse verhallt, als zum erstenmal in Brandeis' Herz die Unruhe einzog. Bis jetzt hatte er noch immer in der Taubheit des Berufssoldaten gehandelt. Nun aber, da die Leiche des Pfarrers, der kniend gestorben war, vornübergesunken vor der blau gekalkten Mauer lag, vor der Mauer, auf der Nikolai als Knabe so oft rittlings gesessen hatte, und die dunkelrote Blutlache zaghaft immer größer wurde und auf dem abschüssigen Boden zwischen die Fugen der unregelmäßigen Steine ein paar Bächlein vorzuschicken begann: In dieser Minute verwandelte sich Brandeis. Er nahm die Mütze ab in Anblick der ganzen Bevölkerung und machte eine Verbeugung vor der Leiche. Dann befahl er, sie auf dem Friedhof zu begraben. Dann ging er zum Kommissar und sagte ihm, daß er die Rote Armee verlassen müsse. Der lachte ihn aus. Riet ihm, nach zwei Tagen zu sehen, ob die armen Bauern sich nicht bekehrt haben würden. Und nur in der Hoffnung, daß sie es *nicht* tun werden, blieb Nikolai Brandeis.

Er blieb – und sah, daß der Kommissar recht gehabt hatte. Es war keine Rede mehr vom »fremden Gut«. Auf einmal schienen alle Begriffe umgestürzt. Die reichen Bauern wurden untertänig und die armen herausfordernd. Pfarrer benachbarter Dörfer predigten ausdrücklich die Notwendigkeit der Güterverteilung. Aber diese Veränderungen beruhigten Brandeis nicht etwa, sondern verwirrten ihn vollends. Eines Abends überfiel ihn der Wahnsinn. Ihn beherrschte die Vorstellung, daß der Rand der Welt nicht ferne sein könne, jene Stelle, von der aus man in den Abgrund der ewigen Nächte stürzen müsse. Er sah deutlich die Erde als eine Scheibe, von einem Stengel gehalten, etwa wie ein flacher Pilz mit zackigen Rändern. Diese zu erreichen war sein Ziel. Er bestieg ein Pferd. Er galoppierte nach dem Süden. Er erreichte auf eine merkwürdige Weise – er selbst konnte sich an diese Tage nicht mehr erinnern – das Meer. Er gelangte nach Konstantinopel. Und erst hier wieder zu seiner Vernunft. Doch nein! Es war nicht seine alte Vernunft mehr! Es war ein ganz anderer Nikolai Brandeis, der mit einem systematischen Eifer in den Häusern und in den Straßen bettelte, einem betrunkenen Nachbarn in einem überfüllten kleinen Hotel, in dem je zehn Gäste in einem Zimmer schliefen, die Papiere stahl, als stummer Mazedonier, ohne ein Wort Griechisch oder Bulgarisch zu verstehn, auf ein Schiff kam, die Überfahrt als Heizer mitmachte, unter mannigfachen Abenteuern und als blinder Passagier durch den Balkan, Ungarn, Österreich nach Deutschland gelangte, von Hilfskomitees unterstützt, vor denen er sich je nach Laune als Kaufmann, Oberst, General ausgab. Es war ein ganz neuer Nikolai Brandeis. »Wieviel bist du? Bist du *einer*?« fragte er. »Ich bin zehn! Ich war Lehrer, Student, Bauer, Zarist, Mörder, Verräter. Ich habe Sattheit gekannt, Frieden, Hunger, Krieg, Typhus, Not, Nacht und Tag, Frost und Hitze, Gefahr und Leben. Aber das alles ereignete sich mit mir vor meiner Geburt! Der heutige Nikolai Brandeis ist erst vor ein paar Wochen geboren.«

Als er diese Feststellung machte, war er siebenunddreißig Jahre alt. Er setzte sich eine Grenze von fünf Jahren. In fünf Jahren wollte er ein freier Mann sein. Mit der unerbittlichen Systematik, die er von seinem Wahnsinn behalten hatte, legte er sich folgendes zurecht:

Ich bin also ein Neugeborener, eben ins Leben getreten. Was soll ich in dieser Welt? Lohnt es sich, sie zu erleben? Ich habe nur eine Freiheit:

sie wieder zu verlassen. Aber es scheint, daß die Welt eine gewisse Anziehungskraft ausübt. Sie macht mich neugierig. Mehr Erfahrungen wird sie mir kaum noch geben. Aber mit jenen alten Erfahrungen ausgestattet, zu beobachten, wie die anderen Erfahrungen machen, ist nicht unangenehm. Die Menschen kommen mir merkwürdig vor, weil ich in jedem ein Stück vom alten, verstorbenen Nikolai Brandeis wiederfinde. Sie leben noch von Idealen, haben Gesinnungen, Häuser, Schulen, Behörden, Pässe, sie sind Patrioten und Antipatrioten, kriegerisch und pazifistisch, national und kosmopolitisch. Ich bin nichts von alledem. Ich habe Vaterländer gehabt, sie sind untergegangen. Ich habe an Gesinnungen geglaubt, sie haben sich verflüchtigt. Ein einziger Pfarrer ist gestorben, und sein Tod hat alles offenbart. Merkwürdig, daß die Leute nicht an Wunder glauben. An alles glauben sie, nur nicht an Wunder. Ich habe Wunder erlebt. Wer aber von all denen, die an Ideen glauben, hat seine Idee dermaßen erlebt?

Diese Art, zu beobachten und zu denken, bereitet mir Freude. Wenn ich mir sage, daß dies der Sinn meines Lebens ist, so genügt es, um meinen Entschluß zu rechtfertigen: nicht wieder aus der Welt zu gehn, in die ich eben gekommen bin. Um mich ganz unabhängig zu freuen, muß ich vollkommen unabhängig sein. So wie die Welt heute ist – und sie interessiert mich, das heißt fast: Sie gefällt mir –, muß man Geld haben, um frei zu sein. Ich habe also zwei Auswege: entweder zu sterben oder reich zu werden. Sterben kann ich auch als Reicher, während ich nicht als Toter reich sein kann. Also Geld!

Eine solche Überlegung dürfte noch niemals einen Mann zu Geld geführt haben. Nikolai Brandeis war eine Ausnahme. Diese Überlegung – und nichts anderes – war der Anfang seines Kapitals. Wer kann sagen, was die Zufälle regiert? Vielleicht regierte jene Überlegung Brandeis' den Zufall, der ihm Geld brachte?

Jener Zufall ist ein ganz alltäglicher und soll nur der Vollständigkeit halber berichtet werden:

In Danzig lernte Brandeis einen russischen Emigranten kennen, der im Zoppoter Kasino sein Geld verloren hatte und nun im Begriff war, ein Brillantenkollier seiner Frau zu verkaufen. Er bat Brandeis, einen Käufer suchen. Brandeis aber riet dem andern, noch einen letzten Versuch zu machen.

»Versetzen Sie«, sagte er, »das Kollier. Geben Sie mir die Hälfte. Mit dieser will ich in Zoppot für Sie spielen. Verliere ich, so bin ich Ihnen das Geld schuldig, und obwohl ich heute noch nichts habe, werde ich mich bemühen, es Ihnen zurückzuzahlen. Gewinne ich, so gehören mir zehn Prozent von Ihrem Gewinn.«

Er wußte, als er in die Spielbank ging, daß er gewinnen würde. In einem Anfall von Aberglauben hatte er nur zehn Prozent verlangt. Er spielte und gewann. Nachdem er dreimal hintereinander gewonnen hatte, verließ er die Bank. Die verdienten zehn Prozent waren sein erstes Kapital.

Seine unerschütterliche Gleichgültigkeit war die Gewähr für seine Erfolge. Ja, es schien manchmal, daß die unberechenbaren Launen seiner Phantasie die unberechenbaren Wege, die das Geld zu nehmen liebt, vorausahnten. Unheimlich fanden ihn die andern. Er selbst hielt es für selbstverständlich, daß ein Mann wie er, der gar keine Bindungen kannte und der seit seiner Geburt – so nannte er seine Desertion – Geld zu verdienen entschlossen war, es auch verdiente. Er bewies, daß man nicht durch eine nüchterne Kalkulation reich wird, sondern durch Eingebung. Und er gehorchte jeder seiner Eingebungen.

Jetzt waren von den fünf Jahren erst drei verstrichen. Er begann reich zu werden. Er lieferte Stoffe seit einigen Wochen für die Polizeitruppen zweier Balkanstaaten.

## 10.

Die Mittagsglocken verhallten. Der Zug der Benagelten verlor sich in einer leichten Wolke aus Staub und Lärm. Die Straße blieb verlassen, die Menschen saßen zu Hause und in den Restaurants. Im Frühlingswind wehten die Gerüche der Speisen.

Nikolai Brandeis setzte sich auf die Terrasse eines Kaffeehauses. Zwei Männer gingen vorbei, der Klang russischer Laute schlug an sein Ohr. Brandeis mochte keine Schicksalsgenossen. Er vermied Gelegenheiten, bei denen er gezwungen war, die übertreibenden Erzählungen der Emigranten von ihrer verflossenen Pracht mit höflicher Gläubigkeit anzuhören und, was sie von ihrem gegenwärtigen Elend wider Willen verraten mochten, in höflicher Blindheit zu übersehen. Wer unter ihnen war denn nach der Flucht etwa wiedergeboren wie er? Alle schienen ihr Leben in Rußland zurückgelassen zu haben. Der Balalaika-Klang ihrer Sehnsucht langweilte ihn wie der Militärmarsch der Windjacken, die eben vorbeigezogen waren. Obwohl er selbst desertiert war, begriff er einen Patriotismus nicht, der ein existierendes Vaterland beweint, als wäre es vom Ozean verschlungen worden. Die Leute weinten um ihren silbernen Samowar.

Dennoch gerieten die russischen Worte, die er eben gehört hatte, gleichsam in eine unbekannte Abteilung Brandeis', eine Abteilung, die der Frühling geöffnet zu haben schien. Sie fielen in seine Erinnerungen an den ukrainischen Februar wie langerwarteter Regen auf durstige Felder. Die Erinnerungen blühten auf. Nun unterschied er deutlich die zarten Nuancen und Grade des heimatlichen Frühlings. Er erinnerte sich an Tage im Februar, an denen die Sonne gegen zwölf Uhr mittags auf einmal und für die Dauer von knappen fünf Minuten eine tröstliche Hitze entwickelte, so daß die Eiszapfen an den Dächern plötzlich zu tropfen begannen und daß es war, als hätte die Sonne eine kurze Sommerprobe gemacht. Das Blau des Himmels war noch winterlich und kobalten. Nur an seinen Rändern wurde er hell, fast weiß, als wäre er dort vereist wie Wasser. Dennoch atmete er mit einem warmen, traulichen Atem, schon mit einem vorweggenommenen Duft lauer Sommerregen. Schon enthielt er dem menschlichen Auge noch unsichtbares Material für sommerliche Wolken. Dann erhob sich ein Wind aus Nordost. Mitten im Tropfen vereisten die Zapfen aufs neue. Schneller als an den vorhergehenden Tagen, obwohl sie doch bestimmt kürzer gewesen waren, fiel der Abend ins Dorf. Im fahlen Silber schimmerten nur noch die Birken vom Wäldchen herüber, die verstreut zwischen den anderen Bäumen standen wie junge Tage zwischen alten Nächten. Auf den Feldern erwachten die kleinen, rötlichen Reisigfeuer, um die ringsum Kartoffeln brieten, und der Wind trug den süßen Duft der brennenden Zweige ins Dorf. Über den weiten Sumpf, dessen gefahrlose Wege die vertrauten Weiden anzeigten und der zwischen der Straße und dem Walde lag, konnte man heute noch wandern, ohne sich an die Richtung der Weiden zu halten. Noch war alles gefroren und splitterte wie sprödes Glas unter dem genagelten Absatz des Stiefels. Aber wie oft noch würde man so sicher über den Sumpf gehen können? Nicht mehr als zwanzigmal! Dann kamen die blauen Irrlichter wieder, die irdischen Gestirne. Morgen, wenn der Mond abzunehmen begann, konnte es wieder soviel Schnee geben wie in den ersten Tagen des November. Die Schneeflocken fielen heftig, aber man wußte, daß sie nach zwei, drei Wochen verschwinden werden. Ungefähr so, dachte Brandeis, dürfte es heute dort aussehen. Und hier sitze ich, und die Boten des Frühlings sind diese armen städtischen Bäume, die Natur des Magistrats, die Dummköpfe, die exerzieren, und der Bratenduft aus den Küchen der Häuser. Wozu bin ich denn hier?

Es war ihm, als gehörte die russische Sprache, die er eben vernommen hatte, zu jenem Vorfrühling, der in seiner Erinnerung auferstand, ja als wäre die russische Sprache nicht das Verkehrsmittel einer bestimmten Art von Menschen, sondern die Muttersprache jener heimatlichen Natur selbst, der Birken, der Weiden, des Sumpfs, der Eiszapfen, des Windes, der Sonne und der Feldfeuer. Warum wieder die Emigranten? Wer weiß, in ihnen allen lebte heute die gleiche Erinnerung wie in ihm. Deshalb war es so gut, heute und an ähnlichen Tagen Russisch sprechen zu hören. Er zahlte und ging.

Er achtete nicht auf die Richtung, die er eingeschlagen hatte. Er wollte in ein Restaurant gehn, obwohl er keinen Hunger fühlte, aus Pflichtgefühl und dem Gebot zufolge, das eine große, essende Stadt dem einzelnen auferlegt, der schweigsamen Suggestion der konventionellen Mittagsstunde. Er stellte fest, daß man seine Erinnerungen nicht anders nennen konnte als Heimweh. Zum erstenmal lernte er es kennen. Er erschrak. Was geht in ihm vor? Entsteht vielleicht wieder ein neuer Nikolai Brandeis?

Ohne es zu wissen, war er in die Marburger Straße gekommen. Seinen Füßen hat sich das Heimweh zuerst mitgeteilt, ihnen, den Werkzeugen der Wanderung. Sie sind selbständig gegangen. Jetzt stand er wieder vor dem russischen Restaurant, in dem er während des ersten Monats nach seiner Ankunft gegessen hatte und nie mehr später. Die Einrichtung war geändert, ein reicher Wirt führte dieses Gasthaus jetzt, die Kellner trugen steife Hemden, es gab eine Zigarettenverkäuferin in blauer Pagenuniform und Garderobenmarken aus Messing. Er warf einen Blick auf die Spezialitäten auf dem Tisch in der Mitte. Sie hatten ihre erste Echtheit verloren, die aus der alten, ärmeren Zeit. Sie glichen bereits Kompromissen, geschlossen mit Berliner Traditionen. Sie machten die Entwicklung aller Emigranten mit. Der Schnaps, den er bestellt hatte, war mild und lächerlich. Er sagte es dem Kellner, mit einem Ausdruck verletzter Eitelkeit, auf russisch. Man brachte ihm einen anderen Schnaps.

Zwei Männer am Nebentisch hörten zu sprechen auf und sahen ihn mit dem Wohlwollen an, das man unbekannten Schicksalsgenossen entgegenbringt. Er grüßte sie. Sie kamen ihm sympathisch vor. Beide waren kahl, man sah die Reflexe der früh entzündeten Lichter auf ihren

Schädeln. Aber sie unterschieden sich so sehr voneinander, wie nur Russen es können, die Angehörigen einer großen Nation, die aus vielen kleinen besteht. Versöhnlich gestimmt, wie er heute war, gab er allen Emigranten recht. Dieser kleine Schwarze mit der gelblichen Gesichtsfarbe und dem schwarzen Schnurrbart stammt aus der südlichen Ukraine. Der große Blonde, mit dem langen Schädel und den Augen ohne Brauen und dem rosa Teint, der so leicht schamhaft wirkt, ist aus Polen oder Balte. Dennoch sind sie beide ausgezeichnete Russen. Sie haben den gleichen Geschmack, eine ähnliche Art der Verdauung, ihr Körper reagiert in gleicher Weise auf Alkohol. Genauso wie bei mir, dem Deutschen und Juden. Allen gemeinsam ist die Art der körperlichen Bedürfnisse. Nikolai Brandeis trank den nächsten Schnaps seinen Nachbarn zu.

Er hörte, was sie sprachen. Es war die Rede von einem gewissen Jossif Danilowitsch, der behauptet hatte, er würde jetzt in Paris eine noch ertragreichere Inflation erleben. Es erschien plötzlich dem schweigsamen Brandeis, daß es von größter Wichtigkeit sei, seine Nachbarn zu warnen und auf dem Umweg über sie den ihm völlig unbekannten Jossif Danilowitsch. Er mischte sich ins Gespräch. Man hörte ihn gerne an. »Es wird von der ganzen französischen Inflation nur eins übrigbleiben: der viel geringere Goldwert des Franken. Frankreich hat nicht etwa zuviel Banknoten im Umlauf wie seinerzeit Deutschland. Die Banque de France besitzt auch Gold genug, nämlich 3654 Goldmillionen, also im Augenblick etwa sechzig Prozent der ausgegebenen Banknoten. Das französische Publikum glaubt an den Wert des Franken, eine psychologische Tatsache, die von größter Wichtigkeit für die Stabilisierung ist. Man wird entweder die Schulden gewaltsam konsolidieren oder das Kapital belasten oder, was das wahrscheinlichste ist, eine Auslandsanleihe aufnehmen, als Garantie genügt das Gold der Banque de France.

Immerhin kann sich auch die Banque de France entschließen, ihre Goldreserven sofort anzugreifen, und meiner Rechnung nach würden ihr noch 2500 Goldmillionen als Garantie für die Banknoten bleiben. England wird gewiß nicht zu den hartnäckigen Gläubigern Frankreichs gehören, es wird Konzessionen machen. Frankreich wird aufhören, noch weiterhin naiv an die phantastischen Summen zu glauben, die aus Deutschland herauszuschlagen sind. Und das wird schon die halbe Rettung sein.«

Es war ihm ein Vergnügen, die beiden aufzuklären. Sie lauschten. Sie schienen begriffen zu haben, daß sie hier mit einem großen Kenner sprachen, der die Börsengeschäfte mit der Überlegenheit eines Weltpolitikers verfolgte. »Wir wollen auch nach Paris, aber aus anderen Gründen, nicht geschäftlich.«

»Nun«, sagte Brandeis, »dann kann ich Ihnen nur raten, mit größeren Ausgaben zu rechnen, als Sie es wahrscheinlich tun.«

Er erhob sich. Sie baten ihn um seine Adresse. Einen Augenblick bereute er schon, daß er sich mit ihnen eingelassen hatte. Er gab ihnen die Adresse.

Er wollte langsam und auf Umwegen nach Hause kommen. Er lächelte über den Ausdruck »nach Hause«. Seit zwei Jahren wohnte er in der Pension. Auf einmal schien es ihm unmöglich, dort zu bleiben. Die Sonntage waren unerträglich und von den Sonntagen am unerträglichsten der Nachmittag. Aus allen versperrten Zimmern drangen Liebeslaute und Grammophone. Die Inhaberin, die Hofratswitwe, trug heute ein seidenes Kleid aus Schwarz und Grau. In Nikolais Zimmer stand auf dem Kleiderschrank noch der Kasten mit der Geige, das Instrument des Hofrats. »In diesen Zimmern hatten wir immer Quartett!« erzählte die Witwe. Brandeis erinnerte sich an das Weiß und Blau seiner gekalkten Stube. Er roch den Duft von Heu, von Mist, die Dumpfheit der Hühnersteige, die würzige Schärfe im Stall, den warmen, zischenden Urinstrahl der Pferde. Und er erinnerte sich an die Mischung aus Karbol und gekochtem Seefisch in der Pension. Er beschloß, erst am Abend nach Hause zu kommen.

Es wurde früher Abend, als er gedacht hatte. Nun war der Sonntag überstanden. Der Sonntagabend draußen war schlimmer als zu Hause. Er floh.

Zwei Herren warteten auf ihn im »Salon«. Er ging in den Salon. Es waren die zwei Russen, mit denen er im Restaurant gesprochen hatte.

Es erwies sich, daß beide die gleiche Art von Schüchternheit hatten. Beide waren ratlos. Sie unternahmen etwas gemeinsam – nach jenem merkwürdigen Gesetz, das die gleichen Schwächen zueinanderbringt, das zwei häßliche Mädchen zusammen spazierenschickt, zwei Taube in eine Konversation verwickelt und zwei Schüchterne verbindet, die glauben, daß sie, zueinanderaddiert, Kühnheit erzeugen werden. Immerhin schien der Blonde, der jünger war als der Schwarze, zu einem gewissen Mut aus Gründen des Anstands gezwungen. Es war der Blonde, der begann:

»Wir freuen uns sehr, daß wir Sie durch einen Zufall kennengelernt haben. Denn wir brauchen Ihren Rat. Jener Jossif Danilowitsch, von dem wir heute sprachen, hat uns in die unangenehme Situation gebracht. Deshalb sind wir bei Ihnen, und weil wir annehmen, daß Sie sich für Kunst interessieren.«

»Ich? Für Kunst?« sagte Brandeis, »nie im Leben!«

Seine Besucher wurden so betreten, daß er sagen mußte: »Aber das hindert vielleicht nicht, daß ich Ihnen einen Rat gebe. Um was für Kunst handelt es sich denn? Um Bilder?«

»Nein, um Kleinkunst«, begann der Ältere, »wir haben ein Kabarett, von dem Sie vielleicht schon gehört haben. Vor fünf Jahren ist es gegründet worden. Wir haben hier gespielt, dort gespielt, wir haben gute und schlechte Tage gehabt. Aber es ging immer halbwegs, eben mit Hilfe von Jossif Danilowitsch. Solange er Geschäfte machen konnte. Seit der Stabilisierung haben wir nichts mehr von ihm gehört. Wir sind also hierhergekommen. Auf Briefe und Telegramme hat er nicht geantwortet. Inzwischen ist unser Theater in Belgrad. Dort läuft unser Vertrag ab. Nächste Woche müssen wir nach Paris. Aber unsere Einnahmen in Belgrad sind schwach. Bedenken Sie die große Konkurrenz! In Belgrad war der Blaue Vogel, der Goldene Hahn, die Balalaika, die Weiße Hütte. Wir sind die fünften. Und wir geben gute Qualität. Aber das Publikum ist verdorben. Und wir werden kein Geld für die Reise nach Paris haben.«

»Wie heißt Ihr Theater?«

»Der Grüne Schwan«, sagten beide zugleich mit dem Stolz, mit dem Offiziere ihr Regiment nennen.

Nikolai Brandeis erinnerte sich vage, Plakate mit diesem Namen gesehn zu haben. Höflich, wie er heute war, sagte er, daß er von diesem Theater schon viel Gutes gehört habe.

Ob er ihnen helfen könne? fragten beide.

Ehe er sich noch darüber klar wurde, was er sagen werde, entfuhr ihm der Satz:

»Ich habe zufällig in dieser Woche in Belgrad zu tun und werde Sie dort besuchen.«

Die Männer gingen.

# 11.

Nun war er in Belgrad.

Am Nachmittag saß er in der Probe, im Grünen Schwan.

Er erinnerte sich nicht, wann er zuletzt in einem Theater gewesen war. Es mochten zwei Jahre oder drei her sein. Damals war er ein paarmal mit der Vorfreude in Theater gegangen, die er vor langen Jahren in seiner Studentenzeit hie und da gefühlt zu haben sich noch erinnerte. Er kam und erfuhr, daß die Bühnen leer waren, auch während sich die Schauspieler auf ihnen bewegten. Offenbar deshalb, dachte er, und weil die Menschen vom Theater selbst die Leere der Bühne immerhin ahnen mochten, geschahen diese Anstrengungen der modernen Regie. Deshalb baute man Treppen zum Beispiel. Wenn er Treppen sah, glaubte er vor dem entblößten Innern eines zerstörten Hauses zu sitzen. Er erinnerte sich an ein Erdbeben im Kaukasus, das er einmal erlebt hatte. In einigen Straßen am Rande der kleinen, alten Stadt waren die Mauern und das Dach eingestürzt, und offen boten sich dem Blick die Eingeweide der Häuser, Bretter, Balken und eine Treppe, die kein Ziel mehr wies. Der Himmel wölbte sich so hoch, und die Treppe, obwohl sie einmal durch die Stockwerke geführt hatte, schien im Vergleich zu dem unermeßlichen Abstand, der ihre höchste Stufe noch von der niedrigsten Wolke trennte, so lächerlich klein, daß an ihr, der fast intakt gebliebenen, mehr noch die Macht des Unheils sichtbar wurde als an dem Schutt der vernichteten Dinge.

Ein noch stärkeres Grauen empfand Brandeis im Anblick der Bühnen, weil hier das Bild des Untergangs nicht die Folge einer Katastrophe war, sondern einer menschlichen Anstrengung, die man »Regie« nannte. Er war manchmal neugierig, einen »Regisseur« kennenzulernen. Wie muß es, fragte er sich, in diesen Männern aussehen, wie werden sie von wüsten Träumen geplagt? Denn sie bauen offenbar die hohlen Abgründe, in die sie in ihren ängstlichen Nächten zu stürzen vermeinen, in Bühnenräume um. In Brandeis' Jugend hatte es noch Rampenlichter gegeben. Er kam just zu der Zeit wieder ins Theater, in der die Scheinwerfer die ausgehöhlte Nacht der Bühnen nicht etwa erhellten, sondern durchsiebten. Und immer noch war es nicht finster genug, um den Zuschauer vergessen zu lassen, daß diese Nacht gebildet wurde: von den Schatten des Gerümpels, der Kästen, der Hängeböden, deren konservierter, neu mumifizierter Tod eine mechanische Kälte unter die gespielten Vorgänge ausatmete.

Und obwohl der taghelle Scheinwerfer die handelnden Personen in Löcher aus Licht stellte, war sein Glanz doch nicht mächtig genug, den Zuschauer die private Menschlichkeit des Schauspielers vergessen zu lassen. Vielmehr war es, als ob der Scheinwerfer selbst die Neugier darstellen wollte, die im Zuschauer vorhanden war, die einzige Neugier, die im Zuschauer dieser Zeit vorhanden war und die nicht dem Sinn der Handlung folgte, sondern der Sinnlosigkeit der Bewegungen. Es war, als folgte der Scheinwerfer so hartnäckig dem Schauspieler, um endlich zu erfahren, wozu dieser Mann hier drei Treppen nahm, um einen bestimmten Satz zu sagen, und wozu er, um eine Antwort entgegenzunehmen, dort drei Treppen wieder hinunterstieg. Es schien Brandeis, daß man in der Zeit seiner Jugend weniger vom Theater verlangt hatte. Deshalb hatte es mehr gegeben. Er erinnerte sich genau, daß er nicht ins Theater gegangen war, um ein Stück von Shakespeare, wie man sagt, »verlebendigt« zu sehn – denn niemals konnte Shakespeare lebendiger sein, als wenn man ihn las –, sondern den Abstand und den Unterschied kennenzulernen, die zwischen dem gespielten Shakespeare und dem in der Vorstellung des Zuschauers lebenden vorhanden waren. Damals konnte es geschehen, daß ein großer Schauspieler, eben weil er und weil die Bühne keinen Augenblick es verleugneten, daß sie Theater waren (mit einer Rampe, mit Kulissen, mit Bäumen und Felsen und Mauern aus Pappe), ein gedichtetes Schicksal in seinem Körper aufgenommen hatte und das eigene Blut hingab für das Blut Shakespeares. Aber ein Regisseur – so dachte Brandeis – dirigierte heute die Selbstopferung des Schauspielers, die, um Gnade zu erlangen, sich in vollkommener Einsamkeit abzuspielen hätte. Die Regie schafft Räume. Nun gibt es keine Menschen, sie auszufüllen. Deshalb ließ man den Raum wieder im Dunkel, in der Hoffnung, daß der schmale Lichtkegel den Menschen zur Geltung bringen würde. Welch ein Irrtum! Der Mensch geriet in ein Loch und, gefesselt in die Hohlheit, die nunmehr sein Leib war tappt er durch die Nächte.

Brandeis hätte niemandem etwas von all dem gesagt. Er hielt sich auch nicht für kompetent. Er verstand das nicht. Es war »nicht seine Sache«. Er dachte mit Entsetzen daran, daß man in den modernen Theatern schrie wie auf der Börse. Er dachte daran, daß es ein unanständiges Geschäft war, für eine Fiktion zu bezahlen, die nicht zugab, daß sie eine war. Für ein Stück, das vorgab, ein gesteigertes Leben zu enthalten, und das, verglichen mit seinen eigenen, mit Brandeis' Erlebnissen aus seiner früheren Existenz, aber auch nur verglichen mit einer Stofflieferung nach dem Balkan, keineswegs gesteigertes Leben war, sondern das Spiegelbild eines Traums vom Leben, geträumt von einem blassen Dramatiker. Nein! Er ging lieber ins Kino. Er liebte die ahnungslose Dunkelheit des Zuschauerraums und den belichteten Schatten der Agierenden. Er liebte die primitive Spannung der Fiktion, die sich ehrlich zu sich selbst bekannte. Er liebte die Abgeschiedenheit, in der jeder einzelne saß, weil die anderen sich in Wirklichkeit hart vor der Leinwand befanden. Nur ihre Körper blieben auf den Plätzen, wie Kleider in einer Garderobe. Zweimal in der Woche ging Brandeis ins Kino. Er ruhte aus. Er redete nicht. Er hörte nichts. Mit Ungeduld ertrug er die kurzen Lichtpausen. Er haßte sie. Er dachte daran, gelegentlich Kinos einzurichten, in denen es niemals hell werden sollte.

Er kam zu den Proben des Grünen Schwans, allein, im dunklen Zuschauerraum saß er. Nein, er sah wieder, daß er sich für Kunst nicht interessierte und gar nicht für »Kleinkunst«. Eigentlich war ihm das russische Kabarett, das er noch vom alten Rußland her kannte, immer verhaßt gewesen. Ihm widersprach die Kunst, die aus Angst vor den Dimensionen zierlich wurde. Er haßte die Delikatesse. Er haßte diese Stückchen Milieuschilderung, in denen die Menschen sich in Liliputaner verwandelten, die Bäuerinnen in Balletteusen, die Kosaken in Zinnsoldaten. Er haßte den leeren Charme des Conférenciers, der ihm zu Ehren – denn man behandelte ihn wie einen Geldgeber – einen besonderen Witz entwickelte. Weshalb ging er nicht weg? Nun saß er schon das drittemal in der Probe. Ja, er ging sogar am Abend am Theater vorbei, um sich zu erkundigen, was die Kasse ergeben hatte. Weshalb tat er es?

Die Truppe befand sich in Not. Sie hatten schon lange nicht mehr das Hotel bezahlt. Das Essen kreditierte man ihnen nicht mehr. Es gab Abende, an denen der Kassenertrag gerade reichte, um jedem einen Kaffee oder einen Tee mit einem Gebäck in der Konditorei zu sichern. Sie saßen nach jeder Vorstellung zusammen an engen Tischen und erinnerten an Bündel ängstlicher Hühner, die das Schlachtmesser erwarteten. Und immer noch lärmten sie durcheinander, weil sie die stummen Pausen fürchteten, als wäre unausweichlich die Stille nichts anderes als ein Vorbote des Todes. Seit der Gründung des Grünen Schwans war es ihnen niemals so schlechtgegangen. Ihre hastig abgeschminkten Gesichter schimmerten gelb im Glanz der abendlichen Lichter. Dennoch wollten sie einander nicht verlassen. Jede Nacht warteten sie, bis man das Lokal schloß. Und auch dann gingen sie von einem der drei Hotels, in denen sie einquartiert waren, zum andern. Alle begleiteten einander. Und die kleine Gruppe, die schließlich in ihr Hotel trat, kam sich elend und von den andern verraten vor. Noch lange standen sie flüsternd in den Korridoren. Dann fiel hinter jedem die Zimmertür zu wie ein Sargdeckel.

»Warum«, fragte Brandeis sie eines Abends, »geht nicht jeder von euch hin und sucht sein Brot?« Sie sahen ihn an, erschrocken und geringschätzig, als hielten sie ihn für verrückt und auch für minderwertig. »Wie«, antwortete ihm der Kapellmeister, »wir sollen den Grünen Schwan verlassen? Niemals!« Und Brandeis begriff, daß diese Menschen für ein Gebot der Kunst hielten, was ein Gebot der Heimat war. (Sie waren nicht alle Schauspieler gewesen. Die Frauen Töchter aus guten Häusern, die Männer Offiziere und Beamte, zwei Großgrundbesitzer unter den Musikanten, der Kapellmeister ein Gymnasialprofessor.)

Brandeis fand zum erstenmal Gelegenheit, Geld für eine Sache auszugeben, die ihm nicht gefiel. Seitdem er angefangen hatte, Geschäfte zu machen, war er gewohnt, jede Geldsumme als ein Instrument zu sehen. Einem Bettler ein Almosen zu geben wäre ihm so lächerlich erschienen, wie wenn man ihm etwa zugetraut hätte, ein Feuer anzuzünden, zu keinem andern Zweck, als um es sofort wieder mit Wasser zu löschen, oder seine Taschenuhr auf das Pflaster zu werfen, nur damit sie aufhöre zu gehn. Er hatte Theodor Bernheim zweitausend Dollar gegeben, nicht nur, weil er Pauls Hilfe gebraucht hatte, sondern weil er der Meinung war, daß es galt, jede Funktion der irdischen Gerechtigkeit zu verhindern … Er gönnte der Polizei keinen einzigen der vielen Theodors, die es geben mochte und denen allen er wahrscheinlich geholfen hätte. Er haßte die Ordnung der Staaten. Er verstand sie nicht. Aber noch weniger verstand er die Kunst und die Kleinkunst, die in den Ziergärten der verhaßten Ordnung gediehen.

Und dennoch bezahlte er dem Grünen Schwan die Hotelrechnungen und die Reise.

Es war der letzte Abend in Belgrad. Sie saßen, heiter infolge der Aussicht auf Paris und lärmend in ihrem Stammcafé, in einzelnen Gruppen an verschiedenen Tischen. Brandeis trat ein. Er wollte heute noch nach Berlin zurück, er suchte den Direktor, um sich zu verabschieden. Er kam sich lächerlich vor, er hatte einem lächerlichen Unternehmen Geld gegeben, ja eine Reise ohne Grund gemacht, Zeit verloren. Nun wollte er alles vergessen. Es wäre richtiger, überlegte er, ohne ein Wort zu verreisen. Aber das empfiehlt sich nur, wenn man Geld bekommen, nicht, wenn man es verliehen hat.

Sie erblickten ihn sofort, als er eintrat, umringten ihn, behandelten ihn, wie es sich geziemte, mit ausgelassener Dankbarkeit. Er sah noch einmal gleichgültig auf ihre gleichgültigen Gesichter. Plötzlich blieb sein Auge in der Leere haften.

Ein Gesicht fehlte, er wußte nicht den Namen, der zu dem Gesicht gehörte. Er vermißte es nur.

Einen Augenblick später saß er am Tisch und bestellte zu trinken. Eben war er noch entschlossen gewesen, möglichst schnell und im Stehen Abschied zu nehmen. Nun setzte er sich, um zu warten. Das Gesicht, auf das er wartete, konnte nicht älter als neunzehn Jahre sein. Je länger die Leere dauerte, um so deutlicher sah er das braune Angesicht, die schmalen Wangen und den breiten, roten, hellgeschminkten Mund, der wie ein Schrei im ruhigen Antlitz war, und die dunklen Augen, die so nahe nebeneinanderstanden, daß eine Augenbraue in die andere überzugehen schien. Was für Schuhe trägt sie? Es gab in diesem Augenblick plötzlich nichts Wichtigeres! Er hätte gerne gefragt, was für Schuhe sie trug, obwohl er noch überhaupt nicht nach ihr gefragt hatte. Er wußte nicht, wie sie hieß. Gewiß – ich könnte sie schon beschreiben. Aber das ist peinlich, sehr peinlich. Ich werde lieber warten. Ich werde morgen fahren.

Sein Zug ging um elf Uhr abends. Als Lydia Markowna eintrat, zeigte die große Uhr über dem Büfett gerade zehn. Er hatte also noch eine Stunde Zeit. Er empfand es als einen Verrat, daß sie gerade jetzt daherkam und ihn in die Verlegenheit brachte, die Reise noch zu machen, die er schon aufgeschoben hatte. Weshalb kam sie gerade jetzt? Eine halbe Stunde reichte nicht, um alles von ihr zu erfahren, was unter Umständen wissenswert war. Aber eine halbe Stunde reichte wohl, um ihr adieu zu sagen. Hatte er denn eigentlich was anderes gewollt? Soweit er sich jetzt erinnern konnte, war er nur zu diesem Zweck hiergeblieben. Sie war gekommen, man konnte sich verabschieden. Aber es wäre doch besser gewesen, wenn ihr Eintritt gleichzeitig mit der Abfahrt des Zuges erfolgt wäre. Dann blieben noch drei Stunden, bis das Lokal geschlossen wurde. Und dann gab es noch andere. Und der Zug nach Paris, mit dem der Grüne Schwan wegfahren sollte, ging erst um drei Uhr nachmittags, morgen –. Eine lächerliche Hoffnung erwachte in Brandeis: Wenn die Uhr über dem Büfett überhaupt falsch ging? Es galt nur eine kleine Bewegung, um sich zu überzeugen. Aber diesen Griff nach der Taschenuhr schob Brandeis noch absichtlich hinaus, denn er fürchtete, sich überzeugen zu müssen, daß die Uhr richtig ging. Schließlich zog er seine Uhr. Es war, als wenn er aus einer großen Kälte in eine helle, strahlende Wärme gekommen wäre: längst elf vorüber. Sein Zug schon unterwegs.

»Wie heißt eigentlich die Frau, die eben hereinkommt?« fragte er seinen Nachbarn.

»Das ist Lydia, Lydia Markowna!«

»Lydia Markowna!« wiederholte Brandeis. Er stand auf und ging ihr entgegen. Sie war langsam und lächelnd eingetreten. Sie wählte, während sie sich den Freunden näherte, einen der Tische. Hart vor ihr und so, daß sie den Kopf zurücklegen mußte, um sein Gesicht zu sehn, blieb Nikolai Brandeis. Sie gab ihm die Hand. Er zog sie an den kleinen Tisch, der gerade leer vor ihnen stand.

»Sie sind Lydia Markowna!« sagte er, wie um sich zu vergewissern, daß sie so hieß, und als wäre ihm jeder andere Name nicht ebenso gleichgültig gewesen.

»Ja – Sie kannten mich nicht?«

»Doch. Ich kannte Sie. Aber ich frage nicht nach den Namen. Nur in ganz bestimmten Fällen. Sie sind zum Beispiel ein ganz bestimmter Fall.«

Er wartete. Sie sagte nur: »Warum?«

»Weil ich möchte –«, sagte Brandeis, »das heißt, weil ich Sie bitten möchte, morgen nicht mit den anderen zu fahren, sondern mit mir, zu mir nach Hause.«

»Was fällt Ihnen ein? Ich soll das Theater verlassen?«

»Warum nicht?«

»Aber – Sie wissen nicht? Ich habe einen Freund. Ich kann doch meinen Mann nicht verlassen! Ich kenne Sie ja gar nicht!«

»Wer ist Ihr Freund?«

»Grigori – dort sitzt er!«

Brandeis sah sich um. Es war der Mann mit der Baßstimme, der in der Szene »Die weißen Reiter« den Ersten Kosaken spielte.

Grigori war in eine Kartenpartie verwickelt.

»Warten Sie hier!« sagte Nikolai.

Er schickte den Kellner zu Grigori mit einem Zettel, auf den er geschrieben hatte:

»Kommen Sie sofort herüber. Es handelt sich um Geld.«

Grigori kam. Er sah abwechselnd Lydia an, die er nicht begrüßte, und Brandeis, dem er unaufhörlich zulächelte. »Hören Sie!« sagte Brandeis leise. »Erlauben Sie, daß Lydia Markowna morgen zurückbleibt? Mit mir?«

»Warum stören Sie mich, mein Lieber?« antwortete Grigori. »Ich dachte, es handelt sich um Geld!«

»Das Geld bekommen Sie. Antworten Sie.«

Grigori machte die Augen klein und sah Lydia an.

Dann sagte Grigori: »Gewiß – wenn sie will!«

»Grischa!« schrie Lydia so laut, daß alle sich umwandten. Sie legte den Kopf auf den Tisch und weinte, die Stirn gegen den Marmor der Platte, als wüßte sie keine andern Vertrauten mehr als Stein und tote Dinge.

»Kommen Sie«, sagte Brandeis. Er hob sie vom Sessel. Der Direktor kam. Brandeis sagte: »Lydia Markowna verläßt euch. Zahlen Sie dem Herrn Grigori zwei Monatsgagen auf meine Rechnung. Gute Nacht!«

Es war ein neuer Nikolai Brandeis, der jetzt mit der Frau die Straße betrat. Er ging mit ihr zu dem Standplatz der Autos.


## 12.

Von Paul Bernheim kann man nichts anderes sagen, als daß er der alte geblieben war.

Er begann »abzubauen«, eine Tätigkeit, die zu jener Zeit in Deutschland den »Wiederaufbau« begleitete.

Er baute ab, Paul Bernheim. Er entließ seine beiden Stenotypistinnen und schließlich den Sekretär. Er gab das Büro über seiner Wohnung ab und zuletzt auch diese. Denn es schien ihm unmöglich, als ein durchschnittlicher Mieter in dem Haus zu verbleiben, in dem er ein außergewöhnlicher gewesen war. Verschiedene Gewohnheiten fielen selbst von ihm ab: Blätter von einem Baum im Herbst. Jener beinahe geheimnisvolle Mechanismus, der jeden Nachmittag um ein Uhr den Inhaber des Friseurladens zu Paul Bernheim hinaufgezogen hatte, mit Pinsel, Seife und Rasiermesser, schien jetzt auf eine ebenso geheimnisvolle Weise zu stocken. Das Gesetz, dem zufolge der Portier die Schritte Paul Bernheims noch vom zweiten Stock her vernommen hatte, um rechtzeitig die Haustür öffnen zu können, war außer Kraft gesetzt. Eines Tages verkaufte Paul Bernheim sein Auto und entließ den Chauffeur. Das Auto wanderte zu einem Taxi-Unternehmer. Nie mehr, so schien es Paul Bernheim, würde er wagen, auf der Straße ein Taxi zu nehmen, aus Angst, in seinen eigenen Wagen steigen zu müssen. Mit Hilfe eines Trinkgelds, das weit über seine Kräfte ging und nur einer Verpflichtung zur letzten Geste einer Noblesse entsprach, verabschiedete er sich vom Chauffeur. Auf einmal und als hätte sie eine Elementarkatastrophe hinweggerafft, verschwanden seine Freunde. Man konnte einen Spielklub nach dem andern absuchen, sie waren nicht da.

Die Einsamkeit schien sich stabilisieren zu wollen wie das Geld. Er mietete ein einziges Zimmer in der irrigen Hoffnung, daß der Umfang der Einsamkeit von dem der Wohnung abhänge. Er machte die Erfahrung, daß es zu den besonderen Eigenschaften der Einsamkeit gehört, in einem einzigen Raum größer zu sein als in dreien. Seine Rechnungen waren falsch gewesen wie die seiner Mutter. Sie besaß einen Koffer mit Geldscheinen, und er hatte Aktien, von denen man nicht leben konnte! Warum hatte er nicht das Stoffgeschäft mit Nikolai Brandeis gemacht? Er wäre heute ein reicher Mann gewesen. So nahe schien der Reichtum zu sein! Zweitausend Dollar waren ihm noch verblieben. Die zweitausend Dollar, die er Brandeis schuldete. Das war gerade genug, um einen Zigarrenhandel anzufangen. Der einzige Beruf, zu dem er Lust und Begabung gezeigt hätte, wäre die Diplomatie gewesen. Er konnte immerhin noch eine Anleihe auf das Haus nehmen. Da aber auf dem Teil des Hauses, der ihm testamentarisch vermacht worden war, drei Hypotheken lasteten, war eine neue Anleihe ohne die Zustimmung seiner Mutter unmöglich. Unmöglich würde seine Mutter zustimmen. Die Firma Bernheim und Compagnie mußte ohnehin bald aufgelöst werden. Frau Bernheim wußte noch nichts davon.

Manchmal zählte Paul Bernheim sein Vermögen nach, obwohl er es kannte. Aber es schien ihm, daß ein Irrtum möglich war und daß durch irgendein unerwartetes Wunder die wiederholte Addition eine neue Summe ergeben konnte. Wenn er jetzt noch seine Aktien nach dem heutigen Wert verkaufte, so hatte er mit den zweitausend Dollar zusammen kaum mehr als etwa fünfundzwanzigtausend Mark. Mit diesem Geld wäre ein anderer, Nikolai Brandeis, imstande gewesen, innerhalb zweier Jahre eine Million zu verdienen ... Paul Bernheim aber gehörte zu den ehrgeizigen Leuten, denen ein geringes Kapital nicht einmal gut genug erscheint, verzehrt zu werden.

Die Frühlingstage waren klar, der Himmel mit blauer Farbe nachgetüncht, die Straße weiß, mit doppelter Sorgfalt gereinigt, und die Wolken schienen endgültig aus dieser Welt verbannt. Hätte ich noch einen Wagen! dachte Paul. Er konnte sich nicht erinnern, jemals so schöne Tage erlebt zu haben, in der ganzen Zeit, in der er noch einen Wagen besessen hatte. Er kam sich degradiert vor, wenn er einen Autobus oder die Untergrundbahn bestieg. Er schlief aus Hartnäckigkeit und in einer vagen Hoffnung, daß glückliche Zufälle sich über dem Haupt eines Schläfers zusammenballen können wie Wolken, immer noch täglich bis zum Nachmittag, obwohl die Vernunft gebot, am frühen Vormittag aufzustehen. War er angezogen und in der Straße, so schien der Tag selbst, der sich seinem Ende zuneigte, die Vergeblichkeit jeder Anstrengung zu beweisen.

Ein paarmal entschloß er sich, am Vormittag Besuche zu machen. Er ging zu den Direktoren großer Verlage. Er hatte sich Vorschläge zurechtgelegt. Er war bereit, sein Vermögen zu übertreiben, von seinen Kreditmöglichkeiten zu sprechen, von seinen Verbindungen in England, an die er selbst allmählich zu glauben anfing. Er ging in eines der großen Häuser nach dem andern. Er saß in den Wartezimmern, in denen die Zeitungen und Zeitschriften des Hauses auflagen, den Wartenden gratis dargeboten wurden, damit sie mit der Gesinnung der Firma vertraut würden, ehe sie zu einer Unterredung mit ihr gelangten. Bequem waren die Wartezimmer, ein wenig überheizt und von Botenmeistern in Livreen auf erhöhten Sitzen überwacht. Die Direktoren befanden sich stets in Konferenzen. Es waren nicht mehr »wichtige« Konferenzen, wie sie früher in der Inflation Paul Bernheim selbst vorgetäuscht hatte, es waren schlichte Konferenzen ohne besondere Eigenschaften und also noch viel wichtiger – den großen Persönlichkeiten vergleichbar, die ihren Titel zwar besitzen, aber nicht führen. Er saß und wartete. So ähnlich hatte man einst auf ihn gewartet. Jetzt verstand er, daß die Institution der Wartezimmer das Fegefeuer der kapitalistischen Himmel war. Nichts Grausameres als der Zwang zu einer Geduld, die fortwährend unterbrochen wird von Glockensignalen für die Boten, von der Ankunft neuer Gäste, von der zerstreuten Betrachtung der Zeitschriften, deren Absicht es ist, Trost zu verbreiten, und die dennoch die tiefste Hoffnungslosigkeit erzeugen. Es kam vor, daß Bernheim das Wartezimmer verließ, noch ehe er seinen Besuch gemacht hatte. Und einer Unterredung entronnen zu sein, die ihren Sinn schon im Wartezimmer verloren hatte, verschaffte ihm ein Gefühl der Befreiung, als wäre er aus einem Irrenhaus entlassen worden. Sooft er das Tor verließ, sah er sich um, wie man sich nach einem Hindernis umsieht über das man gestolpert ist.

Nie mehr gehe ich in dieses Haus!

Er fuhr wieder zu seiner Mutter.

Die Frau Militär-Oberrechnungsrat hatte sich so gut eingelebt, als wenn sie im Haus Bernheim zur Welt gekommen wäre. Nun begrüßte sie Paul wie eine Tante. Immer noch ging Frau Bernheim ihrer Mieterin leise nach, um zu kontrollieren, ob ein überflüssiges Licht vergessen worden war, ob ein Schlüssel vom Schrank nicht so lose im Schloß steckte, daß Gefahr für seinen Verlust bestand, ob ein Fenster in der Abendstunde nicht offenblieb, das alle Motten einladen konnte, sich vom Teppich zu nähren, und ob das Waschbecken im Zimmer der Frau Oberrechnungsrat nicht endlich den Sprung bekommen hatte, den Frau Bernheim schon zitternd seit Jahr und Tag erwartete.

»Wir sind jetzt übereingekommen«, erzählte sie Paul, »das Abonnement für die Zeitung übernimmt die Frau Oberrechnungsrat. Genau heut vor einem Monat hat es in ihr Zimmer geregnet, das Dach war beschädigt. Sie hat behauptet, ich müsse es richten. Aber ich habe ihr klargemacht, daß die Wirtin nicht verantwortlich sein kann für Löcher im Dach. Sie hat es auch eingesehen, das Dach wurde verlötet, aber seit damals regnet es nicht mehr, und ich weiß nicht, ob der Klempner uns nicht beschwindelt hat. Möchtest du nachsehen?«

Paul stieg aufs Dach, um nachzusehn.

Von der Höhe übersah er den Garten, der jetzt, da der Frühling begann, noch trauriger war als im Herbst – wie ein ärmlich Gekleideter trauriger ist in der Sonne als im Nebel. Paul sah den leeren Schuppen, in dem keine Wagen mehr standen, die Ställe, in denen die fremden Pferde wieherten, und den alten Hund, der jetzt schmutzig vor seinem Häuschen lag, träge, als wüßte auch er, daß es nichts mehr zu bewachen galt außer dem Koffer mit dem ungültigen Papiergeld der Frau Bernheim. Eines Abends legte die Mutter die Zeitung weg – seitdem die Mieterin das Abonnement bezahlte, fühlte sich Frau Bernheim frei von der Verpflichtung, alle Inserate zu lesen – und sagte unvermittelt:

»Weißt du, Paul, ich lese jetzt in der Zeitung so viele Heiratsanzeigen!«

»Ja«, sagte Paul gleichgültig, »eine Folge des Krieges.«

»Die jungen Leute sind gescheit«, fuhr Frau Bernheim fort, »sie heiraten schnell, das ist gesund und garantiert ein langes Leben.«

Sie schwieg und erwartete eine Äußerung von ihrem Sohn. Aber Paul schien nachzudenken, er hörte die Uhr ticken, die einzige, die noch in diesem Hause ging, und den zarten Wind, der in dem vorjährigen, liegengebliebenen Laub des Gartens raschelte. Frau Bernheim ergriff das Lorgnon, und erst das Geräusch, mit dem es aufklappte, rief Paul wieder in diese Stunde.

Frau Bernheim sah ein paar Minuten lang durch das Lorgnon auf Paul. Er wußte, daß es die Vorbereitung seiner Mutter zu einem »ernsten Thema« war, und wartete.

»Nun bist du dreißig Jahre alt, Paul«, sagte Frau Bernheim. Die Erwähnung seiner dreißig Jahre berührte ihn schmerzlich, als wären sie ein körperliches Gebrechen. Da waren nun freilich diese dreißig Jahre, und er hatte es zu nichts gebracht. Es war, als wenn sich die drei Jahrzehnte, Jahr für Jahr, Monat für Monat, Tag für Tag, neben ihm aufgehäuft hätten, ein Berg aus Zeit, und er selbst wäre tatenlos, klein und ohne Alter danebengestanden.

»Hast du nie ans Heiraten gedacht?« fragte die Mutter, etwas strenge, das Lorgnon immer noch vor den Augen.

»Wo gibt es Frauen?« sagte Paul.

»Es gibt genug Frauen, mein Kind – du sollst dich umsehn!«

Sie nahm das Lorgnon wieder ab und ließ es an die Hüfte gleiten, wie man ein Schwert in die Scheide steckt.

Es war keine Rede mehr vom Heiraten. Immerhin, im Zug nach Berlin dachte Paul an den Vorschlag seiner Mutter. Ja, es war vielleicht Zeit zu heiraten. Ja, es war ziemlich einfach zu heiraten. Vorsicht und schneller Entschluß waren die wichtigsten Vorbedingungen. Eine Heirat war ein Weg zur Größe. Er wollte anfangen, Gesellschaften aufzusuchen.

Er kannte aus seiner früheren Zeit, aus seiner Gönnerzeit, einen jungen Mann aus Temesvar, der sich für einen Budapester ausgab und Sandor Tekely hieß. Als Journalist und Zeichner war er nach Berlin gekommen. Er hätte ebensogut als Herrenreiter, Schwarzkünstler und politischer Agent kommen können: Das Schicksal, das mit einer gewissen Holdseligkeit über manchen jungen Leuten aus Temesvar wacht, führte Sandor Tekely zuerst in die Spielklubs, dann in die Kabaretts, hierauf in die Theater, nach zwei Jahren zum Film und schließlich wieder zurück zur Zeitung. Einmal hatte er als Mitglied der Presse- und Propaganda-Abteilung die Rote Armee des ungarischen Diktators Béla Kun auf ihrem Feldzug gegen die Rumänen begleitet. Er hatte diese Zeit und seine Tätigkeit längst vergessen. Er wäre imstande gewesen, einen Mord zu vergessen, jahrelanges Gefängnis und einen Typhus. Dieser seiner Fähigkeit entsprach seine Begabung, die Gegenwart auszunützen. Es war, als hinge die Hurtigkeit, mit der er jede günstige Gelegenheit aus jeder Situation herauszuklauben verstand, unmittelbar mit der Vergeßlichkeit zusammen, ähnlich wie die Eigenschaft einer gesunden Konstitution, sich an winterlichen Frösten wie an sommerlichen Hitzen zu stärken, mit ihrer andern Eigenschaft zusammenhängt, Krankheiten schnell und gründlich zu überstehen. Es wäre unrecht gewesen, Sandor Tekely etwa für »charakterlos« zu halten. Er war vergeßlich – genauso, wie er aufmerksam war. Und wie ein Schmetterling Süßigkeit aus jeder Blume saugt, so konnte Sandor Tekely aus jeder Gesellschaft, in die er geriet, eine Beziehung, eine Verbindung und eine Freundschaft mitnehmen. Er war einer der sichersten Beweise für den Wandel der Gesellschaften, die Unsicherheit der alten Klassen und ihrer neuen Angehörigen, der Schwankungen gesellschaftlicher Werte und die unbegrenzte Ratlosigkeit der neuen Häuser, in denen die Architektur moderne »Empfangsräume« geschaffen hatte. Sorglos und nur auf Beziehungen bedacht, flatterte Tekely von einer Hausfrau zur andern, ohne Unterschiede zu merken, besuchte er die Maskenbälle, die in jenem Jahr den Karneval noch lange überdauerten, stets in der gleichen Tracht eines Rokoko-Prinzen, sonstige Abende im Smoking, mit einer Weste, die ihre eigenen Rockklappen trug, immer mit einem Lächeln, das aus vollen, dunkelroten Lippen und tadellosen, blanken Zähnen gebildet wurde, immer mit der Bereitschaft, jedem zum erstenmal eine Freundlichkeit zu sagen und zum zweitenmal eine Vertraulichkeit.

Nicht mit Unrecht dachte Paul Bernheim jetzt an Sandor Tekely. Bernheim wußte von Tekelys Gewohnheit: zweimal in der Woche in einem ungarischen Restaurant zu essen, um den Zusammenhang mit dem mütterlichen Boden nicht zu verlieren. Er traf ihn einmal. Tekely war erfreut. Er liebte es, wenn ihn gutgekleidete Männer in diesem Restaurant aufsuchten, in dem er einmal lange auf Kredit gegessen hatte. In diesem Restaurant übertrieb er seine gewohnte Vertraulichkeit. Er vermengte sie mit einer herzlichen Freude, der zu entnehmen sein sollte, daß der Gast eine Persönlichkeit von außergewöhnlicher Bedeutung sei.

Wo Paul Bernheim (»lieber, lieber Freund«) so lange verborgen gewesen sei?

Und er selbst?

Oh, kein Geheimnis! Seine Beschäftigungen zahlreich. Erstens war er an jenem Inseratenunternehmen beteiligt, das die neue Reklameform der Poststempel am Kopf der Zeitungen verbreitet hatte. Zweitens half er in der Propaganda-Abteilung der großen amerikanischen Filmgesellschaft, die seit einem halben Jahr in Deutschland arbeitete. Drittens machte er mit einem Freund zusammen eine Weltkorrespondenz in allen europäischen Sprachen für Tagesneuigkeiten und feuilletonistische Mitteilungen. Viertens besorgte er die Übersetzungsrechte fremder Autoren für Deutschland und deutscher Autoren für das Ausland. Schließlich ließ er sich aktuelle Lustspielstoffe einfallen und verkaufte sie an bekannte Dramatiker. Es winkte außerdem etwas Neues, nämlich die Gründung, die ein Mann namens Nikolai Brandeis plane.

»Wer? – der Russe Brandeis?« wiederholte Paul.

»Sie kennen ihn?« rief Tekely und ergriff Bernheims Arm.

»Sie kennen Brandeis persönlich?«

»Ja«, sagte Paul, »warum ist das so merkwürdig?«

»Oh, nicht merkwürdig, aber eine glänzende Beziehung!«

Und Tekelys vorgetäuschte Wertschätzung verwandelte sich in eine echte Bewunderung. »Brandeis, Brandeis! –« wiederholte er in dem Ton, in dem ein Läufer in antiken Zeiten einen Sieg ausgerufen haben mochte. »Wissen Sie nicht? Brandeis ist der große Mann von morgen. Einer der Männer, die aus dem Osten kommen und hier ihr Glück machen. Seit einem halben Jahr gehören ihm hier zwölf Häuserblocks am Kurfürstendamm. Er fängt an, Stoffläden und Gemischtwarenhandlungen in der ganzen Provinz anzulegen. Man sagt, daß er das Land mit Warenhäusern zu überschwemmen gedenkt. In jeder kleinen Stadt ein Warenhaus. Sein Motto: Für den Mittelstand. Er verbreitet Aufrufe zur Rettung des Mittelstandes, hat eine Bank gegründet und soll eine außergewöhnlich reiche und schöne Frau aus Serbien mitgebracht haben. Sie könnte seine Tochter sein. Man sieht sie beide bei jeder Premiere. Sie soll eine russische Fürstin sein, die nach Belgrad geflüchtet war, mit einem sagenhaften Schmuck. Sie war schon bereit, ihn zu verkaufen, da traf sie Brandeis. Wie lang haben Sie ihn nicht gesehn? Rufen Sie ihn doch an, wenn Sie ihn kennen? Oder warten Sie: Vielleicht ist er morgen bei ›Schwarz und Weiß‹.«

»Was ist ›Schwarz und Weiß‹?«

»Der Maskenball des Neuen Hockeyklubs, wissen Sie nicht? Wollen Sie eine Einladung? Hier! Haben Sie eine Feder? Ich will gleich Ihren Namen ausfüllen. Doktor Paul Bernheim, nicht?«

Es war ein frischer, heiterer Abend, der Himmel hell wie am frühen Morgen und der Mond so nahe und irdisch, daß er wie ein Bruder der großen, silbernen Bogenlampen aussah. Paul segnete diesen Tekely. »So eine Begegnung sollte man ein paarmal in der Woche machen. Dieser Junge weiß alles und beschert Glück. Alles hängt von diesem ›Schwarz und Weiß‹ ab. Ich werde dort etwas Entscheidendes erleben oder nirgends mehr. Auf zu ›Schwarz und Weiß‹. Hockey ist ein sympathischer Sport!«

## 13.

Der große Saal des Kasinos, in dem das Fest stattfand, war in ein Labyrinth verwandelt. Unerwartete Winkel zwischen vorgetäuschten Mauern, Logen und Verstecke hatten den Zweck, die Gäste, die sich geheimen Genüssen hingeben wollten, nicht nur unsichtbar zu machen, sondern auch in der ständigen Furcht vor Überraschungen zu erhalten. Denn es gab keine Ecke, die nicht tückisch genug war, abgeschlossen zu scheinen und dennoch einen verborgenen Zugang zu besitzen. Es war die Innenarchitektur eines Sadisten. Paul Bernheim stellte sich endlich in der Nähe des Eingangs auf, um die Ankommenden sehen zu können. Aber Brandeis kam nicht. »Ich habe es mir denken können«, sagte Paul. »Als ob dieser Sandor Tekely mir nicht schon oft falsche Sachen erzählt hätte.« Traurig war er und bitter. In dieser Gesellschaft des Hockeyklubs kannte einer den andern auch in der Verkleidung. Ja, es war anzunehmen, daß jeder vom andern vorher gewußt hatte, in welchem Kostüm sein Bekannter kommen würde. Alle Anwesenden hatten so sehr das Gefühl, zu einer Familie zu gehören, daß sie die paar verlorenen Fremden, die wahrscheinlich alle nur der Tekely mitgebracht hatte, mit dem erstaunten, etwas erzürnten Blick ansahen, den man für Eindringlinge übrig hat. Auf zwei einander gegenüberliegenden Estraden lebten sich die Musiker aus. Sie ließen keine Pause aufkommen. Wenn eine schüchterne Stille aufzublühen begann, nachdem eine Kapelle einen Tango beendet hatte, fiel die andere Kapelle mit einem Jazz über die lautlose Minute her und zermalmte sie zwischen Trommel und Saxophon. Unermüdlich tanzten die Paare. Paul Bernheim sah keine Möglichkeit, in dieser geschlossenen, wenn auch sehr verkleideten Gesellschaft einem entscheidenden Schicksal zu begegnen, wie er es heute noch den ganzen Abend gehofft hatte. Er trug einen dunklen Domino, ein Kostüm, das, wie ihm schien, der Begegnung mit einem entscheidenden Schicksal entsprach. Aber es meldete sich kein Schicksal.

Sagen wir lieber: Es meldete sich scheinbar kein Schicksal. Denn ein Mädchen in einer Art Haremskostüm, mit goldenen Schuppenbrüsten und einem türkisblauen, breiten Band um die Stirn, in wehenden, weißen Pumphosen und blauen Sandalen mit goldenen Spangen zog Paul Bernheim in einen der Winkel, mit sanfter Gewalt, wie sie Frauen anwenden, die ein ehrsames Leben führen, und die den Eindruck erweckt, daß sie nichts anderes wollten als die Bewegung eines Freudenmädchens aus einer Hafenstadt nachahmen. Es war schon gegen zwei Uhr morgens, und Bernheim hatte nichts mehr Entscheidendes zu erwarten. Also ergab er sich dem wortkargen Genuß, den Körper des Mädchens an sich zu ziehen. Die Frau verlangte zu trinken, und er erhob sich, um ihr ein Glas Champagner zu bringen – denn man verteilte Champagner in Gläsern am Büfett. Er fühlte ihre Bemühungen, die leichte Erregung, in der sie sich bereits befand, noch zu verstärken.

Wozu war ein Kostümfest gut? Ich langweile mich, dachte sie. Alle kennen mich und wagen nicht einmal einen Scherz. Dieser junge Mann ist fremd. Er ist vielleicht nicht klüger als die anderen, aber er hat den Vorzug, mich nicht zu kennen.

Sie sagte ihm also kurz entschlossen, daß sie sich langweile. Sie klagte über die scheuen Männer, die sie alle beim Rufnamen und sogar beim Spitznamen kannte. Sie entfachte Pauls Ehrgeiz und erinnerte ihn an die glückliche Zeit seiner ersten Jugend, in der er sorglos und mit der Aussicht auf Oxford die Mädchen seiner Heimat gerade noch bis zu dem Grad verführt hatte, der ihre Heiratsfähigkeit nicht verminderte. Es war immerhin noch eine verhältnismäßig keusche Zeit gewesen, dachte er. Damals hätte mich kein Mädchen so aufrichtig behandelt, auch nicht auf Kostümbällen. Die stete Neigung, die er von seiner Mutter ererbt haben mochte, jeden Fremden ohne Unterschied des Geschlechts sofort in eine der sozialen Schichten einzureihen, ließ ihn aus dem Betragen des Mädchens den Schluß ziehen, daß es nicht zu jener Gesellschaft gehörte, die er die »allerbeste« zu nennen pflegte. Und nach der Art der Männer, welche die Widerstandsfähigkeit einer Frau nach den Einnahmen ihres Vaters berechnen, entschloß er sich, so weit, das heißt:

so nah zu gehn, wie es die Abgeschiedenheit und die Dunkelheit des Ortes erlaubten.

Er erfuhr einladende Zurückweisungen. Der Schuppenpanzer lockerte sich. Seine Versuche waren bereits so kühn geworden, daß er in das Stadium geriet, in dem er das Gesicht, also die Individualität der Frau vergaß und nur noch die Nähe des anderen Geschlechts kannte. Da er schrak er vor einem Geräusch. Ein Rokokoprinz war vorübergegangen und hatte halblaut seinen Namen gerufen. Er bat das Mädchen, auf ihn zu warten, und ging dem Prinzen nach. Es war Sandor Tekely.

»Ich gratuliere zu Ihrer Eroberung!« sagte Tekely.

»Mir scheint auch, daß sie hübsch ist«, meinte Bernheim. Er war ein wenig unfreundlich, der Störung wegen und weil Tekely ihm gestern ganz anderes und Wichtigeres versprochen zu haben schien.

»Hübsch ist sie natürlich auch«, sagte Tekely. »Aber das ist nicht die Hauptsache. Sie wissen doch, wer sie ist.«

»Keine Ahnung!«

»Es hat keinen Sinn zu leugnen, lieber, lieber Freund! Sie wissen ganz gut, daß es Fräulein Irmgard Enders ist.«

»Enders – chemische Werke?«

»Ja, kehren Sie schnell zurück.«

Paul Bernheim beeilte sich zurückzukehren. Fräulein Enders hatte ihn erwartet. Aber sie konnte die Veränderung nicht verstehen, die offenbar mit diesem Mann vorgegangen war. Denn es war Paul nun, da er den Namen seiner Partnerin kannte, unmöglich, eine Hand zu rühren. Und während ihm früher ihr Gesicht vollkommen gleichgültig gewesen war, glaubte er jetzt, es sei am wichtigsten zu wissen, wie sie aussehe.

»Ach, du bist langweilig geworden«, sagte Fräulein Enders mit Recht. Und sie wollte sich erheben.

Er hielt sie mit Anstrengung zurück. Noch einmal segnete er den Sandor Tekely. Er begann zu erzählen. Es war immer noch das beste, wenigstens die Zunge zu bewegen, da die Hände schon gelähmt waren. Er fühlte, daß sein Leben von diesem Fräulein abhing und daß er um keinen Preis langweilig erscheinen durfte. Mit dem Respekt vor der chemischen Industrie, der in den Männern vom Schlage Paul Bernheims alle Fähigkeiten der Achtung und der Schätzung ersetzt und alle Wertungen und Maßstäbe bestimmt, mit dem Respekt vor der Chemie, zauberhaft wie ihre Formeln, groß wie die Gläubigkeit der Frommen, die Ergebenheit treuer Monarchisten für Kaiser und Könige und die Verehrung mancher Völker für Tote: mit diesem Respekt begann jetzt Paul Bernheim, Fräulein Enders zu beobachten, zu unterhalten und zu umwerben. Er fürchtete unaufhörlich, die Aufgabe könnte mißlingen. Es war ihm unmöglich, seine frühere Unbefangenheit wiederzufinden. Er sehnte sie herbei. Sie hatte Fräulein Enders gefallen. Aber er bewegte sich zitternd zwischen der Angst, das Bild von der Majestät der Chemie, das er tief in seinem Herzen trug, zu beleidigen, und dem Wunsch, es so geringzuschätzen, daß er die notwendige Freiheit der Tochter großer Männer gegenüber wiederfände.

Er warf sich aufs Erzählen, wie es seine Art war (denn er besaß die literarische Fähigkeit zu lügen), und also berichtete er durcheinander fremde und eigene Erlebnisse, eigene und entlehnte Scherze und Anekdoten, und innerhalb einer Viertelstunde war der alte Paul Bernheim wiederauferstanden, der Charmeur, der Dilettant und der Kenner der Kunstgeschichte. Das Blau seines alten Augenaufschlags aus der Jünglingszeit, das sich mitten zwischen den Inflationsgeschäften ein wenig abgenützt zu haben schien, wurde wieder so leuchtend, daß Fräulein Enders es trotz der Dämmerung bemerken mußte. Er pointierte die Geschichten derart, daß sie wie die echten mythologischen Liebespfeile wenn nicht das Herz, so doch die Phantasie dieses Mädchens treffen mußten. Und er verstand es so gut, ganz zufällig der Held seiner Geschichten zu werden, daß sogar seine Prahlerei die Physiognomie der Bescheidenheit bekam. Er war im besten Zug. Er vergaß nicht, Geschichten, die seinen Mut bewiesen hatten, andere folgen zu lassen, in denen seine furchtsame Menschlichkeit zum Vorschein kam, so daß Fräulein Enders, die schon den unmittelbaren Mut der Tatkraft bewunderte, nun auch den der Aufrichtigkeit zu schätzen begann. Sie unterhielt sich gut in Pauls Gesellschaft. Da sie seinen Erzählungen entnahm, daß er in Oxford erzogen worden war, vermutete sie sofort und automatisch eine Verwandtschaft mit englischer Aristokratie – der einzigen, die noch gelegentlich den Rittern der Chemie imponiert. Als sie den simplen Namen Paul Bernheim erfuhr, denn er hielt darauf, ihn ihr zu sagen, wurde ihr der junge Mann ein wenig rätselhaft, was jungen Mädchen noch mehr gilt als englisch und aristokratisch. Sie sollte von einem guten Freund ihres Hauses abgeholt werden, aber sie zog es vor, Bernheims Begleitung anzunehmen. Ihr Wagen, der an der Straßenecke wartete, und der Chauffeur mit dem durch Technik verschärften Profil eines Lakaien aus alter Rasse versetzten Paul in ein Entzücken, das den Liebhabern vergangener Jahrhunderte nur der Anblick eines Strumpfbands zu entlocken vermocht hatte. Und er geriet in einen Taumel, als er einen englischen Windhund, in wollene Decken verpackt, im Wagen vorfand, einen Hund, der nach Oxford roch und englischem Rasen. Mit einer Anstrengung, die ihm den Atem nahm, überwand er noch im letzten Moment die Pietät für die Gesellschaftsklasse des Fräuleins, und er fand glücklicher weise noch Kraft und Geistesgegenwart genug, knapp drei Minuten vor dem Hotel Adlon den Arm um die Schulter des Mädchens zu legen. Er hatte rechtzeitig daran gedacht, daß körperliche Berührungen am wenigsten vergessen werden.

So war es in der Tat. Paul Bernheim war der erste Mann, der auf das Fräulein Irmgard Enders Eindruck machte. Zwei Hauslehrer, die einmal – sie war damals achtzehn Jahre alt im Garten ihres Hauses, an schwülen und erregenden Sommernachmittagen die Gewohnheit angenommen hatten, die Lektionen zu unterbrechen und Liebesbeziehungen zu ihr herzustellen, konnten überhaupt nicht zählen. Es waren Domestiken, deren Berührungen, losgelöst von ihren Persönlichkeiten, sich selbständig vollzogen hatten und eine entfernte Ähnlichkeit mit bezahlten Diensten aufwiesen. Sonst gab es nur harmlose Kameraden, Tennisspieler und Sommerschwimmer, Arosa-Rodler und Charlestontänzer. Dieser junge Paul Bernheim aber hatte die Welt gesehn, mußte Erlebnisse haben, einen merkwürdigen Beruf, nach dem sie zu fragen für unpassend gefunden hatte, kannte merkwürdige Leute und auch gute Gesellschaft, sprach über Pferde, auch über Automobile, und sein Gesicht war sympathisch – Irmgard fand es sympathisch.

Sie stellte sich noch einmal im Kostüm vor den Spiegel. Sie gefiel sich. Sie war gewohnt, sich zu gefallen. Ihre Beine waren keineswegs schlecht! Schlecht konnte man nicht sagen! Die Knöchel waren zu stark, wenn man sie mit dem Umfang der Waden verglich, und erschienen zart, weil sie jetzt Hosen trug. Sonst alles tadellos. Die Brust etwas zu hoch angesetzt. Aber dafür die Schultern stark genug, weiß und aufregend, so daß sie, enthüllt, im Abendkleid, die Brüste fast vergessen ließen. Von Bauch keine Spur. Die Hüften ausladend – kam vielleicht von zuviel Reiten? Die Hände stark vom Tennisrakett, aber lang und die Finger wohl proportioniert. Das blonde Gesicht unscheinbar, der Mund für ihren Geschmack zu klein, besonders da die Zähne zu groß waren. Eine verräterische Falte parallel unter dem Kinn – was war das? Doch erst einundzwanzig Jahre? Kam vielleicht von ihrer ekelhaften Gewohnheit, den

Kopf so tief zu senken, wenn sie las. Überhaupt brauchte man nicht zu lesen.

Sie wollte übermorgen – wenn Onkel Carl sie abholen kam – eine Andeutung machen. Vielleicht kannte er den Namen? Gott sei Dank hatte sie keine Eltern mehr. Ihre Kameradinnen Lisa, Inge und Hertha hatten viel weniger Freiheit. Derart konnten sie nicht über Auto, Chauffeur, Hund und Kostümfeste verfügen. Waren allerdings keine Persönlichkeiten. Während Irmgard – wie haßte sie diesen Namen, Geschmack einer Vorkriegsgeneration! –, sie, Irmgard, trotzdem Irmgard, eine Persönlichkeit war! Einen Mann konnte sie selbst finden. Sie hatte einen ausgezeichneten Geschmack. Sie konnte hart sein, verachtete Sentiments, und wenn sie auch die noch fast intakte Jungfernschaft ein wenig störte, so wußte Irmgard doch, daß dieser Fehler mehr die Feigheit der Männer bezeugte als ihre eigene.

Sie legte sich befriedigt schlafen und träumte einen der Träume ihrer Generation: in einem grauen, schmalen Sportwagen guter Rasse und so weiter. Knapp vor den ersten Häusern eines Dorfes verschwand der Traum, und ein Schlaf ohne Bilder und ohne Störung begann und dauerte bis elf Uhr vormittags.

## 14.

Statt am Donnerstag, wie es vorgesehen war, kam der Onkel Irmgards, Herr Carl Enders, erst am Sonntag. Wenn seine Frau einen Zweifel über Irmgards Sicherheit in Berlin äußerte, so sagte der Herr Enders: »Du kennst Irmgard nicht! Du lebst überhaupt noch in deiner Zeit! Du kennst die jungen Menschen von heute nicht!« Er verehrte den Fortschritt, die Jugend, alle neuen Erfindungen, das Tempo und den Sport. Er fühlte sich in der neuen Zeit wie zu Hause, und er konservierte seine Jugend und seine Gesundheit, nur um eine noch neuere zu erleben. Wenn er in einer der populärwissenschaftlichen Zeitschriften, die er abonnierte und die er mit einer verschwiegenen Geilheit las, als wären sie Pornographie, die Voraussage einer totalen Sonnenfinsternis in Mitteleuropa zu Ende des dritten Jahrtausends sah, so erschütterte ihn die Unmöglichkeit, tausend Jahre zu leben. Und es war in der Tat, wenn man ihn betrachtete, gar nicht einzusehen, aus welchem Grunde ein Mann wie er nicht unsterblich sein sollte. Seine Ingenieure und Beamten, seine Chemiker und seine Gehilfen, seine Werkmeister, seine Kassierer und seine Sekretäre arbeiteten für ihn, obwohl er selbst den ganzen Tag beschäftigt war, obwohl er selbst die Tätigkeit liebte und was er von ihr erzählen konnte. Er war zwecklos fleißig. Die Philosophen der Welt, die Dichter und Denker, die Erfinder und Entdecker dachten für ihn und lieferten seinem Gehirn die notwendige Nahrung. Um ihm eine Freude zu bereiten, überquerten Flieger den Ozean, umkreisten Rekordsammler die Erde auf Fahrrädern, Schlitten und Paddelbooten, gingen Forscher im Eismeer zugrunde, brachen Akrobaten das Genick beim dreimaligen Salto mortale. Er las mit Begeisterung am Ende eines jeden Jahres die Bilanz der Unglücksfälle und hielt alle überfahrenen Fußgänger für schuldig. Langsam sein und keine Geistesgegenwart haben hieß für ihn ein Verbrechen gegen das Tempo begehen, das er verehrte. Er selbst verspätete sich gerne, plauderte Überflüssiges, präsidierte zahllosen Konferenzen, fuhr von Stadt zu Stadt, hielt sich in Museen auf, sammelte Minerale, besuchte Konzerte, in denen moderne Musik gespielt wurde, finanzierte moderne Wohn- und Nutzbauten und Theater, in denen die Regie überraschende Experimente machte. Vor dem Kriege war er einer der eifrigsten Anhänger Kaiser Wilhelms des Zweiten gewesen ... Während des Krieges war er ein Annexionist, weniger aus politischer Überzeugung als aus Vorliebe für Katastrophen. Nach dem Umsturz wurde er einer jener demokratischen Konservativen, die es nur in Deutschland gibt: Sie können Patrioten sein und Kosmopoliten, sich in der Gesellschaft eines Prinzen geehrt fühlen und ihn mitleidig belächeln, den Sozialismus anerkennen und ihn für eine Utopie halten, Arbeiterkolonien bauen und die Arbeiter aussperren, gute jüdische Freunde haben und Ehrenämter in antisemitischen Vereinen, für eine konservative Partei stimmen, sogar als deren Mitglied gewählt werden und sich über einen Sieg der Linken freuen, den Bolschewismus ablehnen und die russischen Sowjets lieben.

Irmgard, die ihren Onkel kannte, hätte wissen müssen, daß ein Mann von so verschiedenen Veranlagungen und Geschäften nicht rechtzeitig kommen würde. Sie glaubte an die Notwendigkeit seiner Tätigkeiten, seiner Reisen, seiner Liebhabereien. Und sooft er sich auch verspätet hatte, sie nahm es immer für eine Folge unvorhergesehener Hindernisse. Darin glich sie ihrer Tante. Als Herr Enders am Sonntag kam, traf er eine in ihrer Art bereits verliebte Irmgard an. Inzwischen hatte sie sich schon dreimal mit Paul Bernheim getroffen. Einmal beim Fünfuhrtee, einmal auf einem ziellosen Ausflug im Auto, das drittemal waren sie spazierengegangen, langsam, beglückt, statt, wie es verabredet gewesen war, Tennis zu spielen. Morgen wollten sie reiten.

Um zu zeigen, daß er ein Kenner der Jugend sei und die zartesten Symptome an seiner Nichte bemerkte, sagte Herr Enders.

»Wir sind verliebt, nicht wahr?«

Irmgard, die ihren Onkel ebenso für altmodisch hielt wie er sich selbst für modern, war durch den Ausdruck »verliebt« gekränkt. Er bezeichnete einen Zustand, der für einen jungen Menschen von heute nicht ganz passend erschien. Sie wiederholte:

»Verliebt?!« Und nach einer Weile: »Vielleicht nur bereit zu heiraten!«

»Na also«, sagte Herr Enders. »Es freut mich, daß du modern genug bist, die Liebe nicht mit der Ehe zu verwechseln. Denn du weißt, daß du nicht jeden Beliebigen heiraten kannst. Aber du kannst dich in jeden Beliebigen verlieben.«

»Ich bin selbständig, Onkel!«

»Bis zu diesem Punkt!«

Er dachte an die vielen Männer, die sich bei ihm um Irmgard beworben hatten. Es waren Männer verschiedener Kategorien gewesen, Künstler, die er unterstützte und die er von vornherein für unfähig hielt, denn er verband mit der Vorstellung von Kunst eine von geschlechtlicher Impotenz. Er kam nicht zum Bewußtsein seiner Vorurteile, weil er sich unaufhörlich wiederholte und bewies oder zu beweisen glaubte, daß er keine Vorurteile habe. »Ich habe nichts gegen die Armen«, pflegte er zu sagen »weiß Gott, ich versuche, mit den Armen ebenso zu verkehren wie mit den Reichen, aber schließlich kann man sie nicht mir nichts, dir nichts in die Familie nehmen. Ja, wenn es ein Genie wäre, etwas Außergewöhnliches! Ein Eckener sagen wir, ein Einstein, meinetwegen sogar ein Lenin! Ein Kerl!« Und da ihm unter den Armen, die er kannte, kein »Kerl« in den Weg kam, blieben seine Beziehungen zu ihnen distanziert.

Eine Zeitlang hatte er daran gedacht, Irmgard mit einem der Abkömmlinge aus der hohen Aristokratie zusammenzutun, die er unermüdlich unterstützte, einlud, beherbergte und nährte. Er half Zeitschriften begründen, die eine Einigung Europas propagierten, und andere, die einen neuen Krieg vorbereiteten. Und er abonnierte die Zeitschriften auch. Aber ein Instinkt, mächtiger als jede Hilfsbereitschaft und Menschenfreundlichkeit, weil es der Instinkt der Besitzversicherung war, beschützte ihn vor jedem Gedanken an verwandtschaftliche Bande mit einem der armen Freunde. Irmgard sollte einen außerordentlich reichen Mann heiraten. Entweder einen Gutsbesitzer aus alter Familie oder einen jungen Industriellen. Herr Enders wußte nicht, daß es zwischen dem Reichtum und der Armut einen Zustand gibt, der immerhin materielle Nöte ausschließt. Männer, die weniger als eine halbe Million Einkommen jährlich hatten, zählte er zu den Armen. Und wenn er manchmal in die Lage kam, sich »die Armut« vorzustellen, so sah er schreckliche Gesichter: syphilitische Kinder, eine schwindsüchtige Frau, Matratzen ohne Überzug, versetztes Silber. »So lebt heutzutage der Mittelstand«, pflegte er zu sagen. Zum Mittelstand zählte er auch die Direktoren seiner Fabriken. Das Proletariat war seiner Meinung nach versorgt. Erstens hatte es den Sozialismus, zweitens keine Bedürfnisse und drittens die soziale Fürsorge.

»Nur keinen Mittelständler heiraten«, sagte er zu Irmgard. »Man kommt aus dem Elend gar nicht mehr heraus.« Er war ehrlich bekümmert. Sein roter Nacken, seine muskulösen Wangen, seine ganze untersetzte, gesunde Vierschrötigkeit stellte sich in den Dienst seines Kummers. Er sah komisch aus, wenn er besorgt war, fand Irmgard. Sie lachte.

Sie wußte wohl, daß dieser Onkel Schwierigkeiten machen würde, und ihre Sympathie veränderte sich für ihn in Verachtung, die sich auch auf seine körperlichen Eigenschaften bezog. Seine robuste Gesundheit erschien ihr unappetitlich, seine ständige Begeisterung für den Fortschritt nannte sie hypokritisch. Nachdem sie ihn schweigsam ein paar Sekunden lang angesehen hatte, fiel ihr das Wort »Geldsack« ein.

An jenem Nachmittag, an dem sie in der Hotelhalle mit Paul und dem Onkel Tee trank, war sie abwechselnd gereizt, zärtlich, gehässig und verlogen. Für die Dauer von Sekunden verlor sogar Bernheim ihre Sympathie, nur weil er mit ihrem Onkel gefällig sprach. Wenn sie noch geahnt hätte, daß Paul in dieser Stunde nur den Ehrgeiz hatte, ihrem Onkel zu gefallen! Aber sie kannte die Männer nicht.

Worüber sprechen zwei Männer, von denen der eine chemische Produkte erzeugt und der andere kein anderes Interesse hat, als »hinaufzukommen«? Von Kunst. Paul Bernheim glänzte wie gewöhnlich. Man konnte glauben, daß er selbst Bilder sammle. Daß er heute mit Carl Enders zusammen Tee trinken würde: Wer hätte ihm das noch vor einer Woche gesagt? Verändert war die Welt. Warum hatte er seine große Wohnung aufgegeben? Jetzt hätte er Gelegenheit gehabt, ein kleines Diner zu Hause zu geben. Das macht gleich einen ganz andern Eindruck.

»Sie sammeln wohl selbst«, fragte Herr Enders, nicht ohne die Nebenabsicht, auf diesem Wege etwas über die Verhältnisse des jungen Mannes zu erfahren.

»Mein Vater hat viel gesammelt«, log Paul. Und der Sohn hat die Bilder verkaufen müssen, dachte Herr Enders. Aber er sagte etwas anderes:

»Ist Ihr Herr Vater schon lange tot?«

»Vor dem Krieg gestorben.«

»Sie waren natürlich eingerückt.«

»Elfer-Dragoner!« triumphierte Paul.

Also verarmte Familie, replizierte in Gedanken der Onkel. Und laut bemerkte er: »Die Inflation und der Krieg haben doch eine Menge Familien ruiniert. Es ist so manche auf einmal Mittelstand geworden. Unsereins hat oft Gelegenheit zu sehen, wie traurig es mit der Intelligenz bestellt ist.«

»Viele sind auch reich geworden«, sagte Paul.

»Ja, die Neureichen.« Der Onkel sprach dieses Wort mehr mit den Mundwinkeln als mit der Zunge. Es genügte, von den neuen Reichen etwas zu erwähnen, und sofort geriet Herr Enders in schlechte Laune. Nach der Art aller Menschen, deren Großväter schon »neue Reiche« gewesen waren, schätzte er alle gering, die erst heute reich wurden. Von seinem Großvater, dem Begründer der chemischen Dynastie Enders, sprach er als von dem »Manne, der mit den zehn Fingern anfing«. Jene, die heute ähnliches vollbrachten, nannte Carl Enders »die mit den Ellenbogen«. Als wäre ein Ellenbogen ein verächtlicher Körperteil und die Finger aristokratisch. Um der Meinung des Industriellen würdig zu sein, begann Paul, eine von den Anekdoten vorzutragen, deren Held in jener Zeit der populäre Raffke war und die immer mit dem Satz begannen: Herr Raffke kommt zur Neunten Symphonie oder zu »Wallenstein« ins Staatstheater oder sonst zu irgendeiner der Kultureinrichtungen, in denen die alten Reichen sich so gut auskennen. Herr Enders liebte Anekdoten wie die meisten gesunden Männer. Er konnte bei jedem Witz ehrlich lachen, weil er vergeßlich war und es ihm gar nichts ausmachte, ihn zehnmal zu hören.

Irmgard schwieg beleidigt. Um ihre Sympathie für Paul nicht zu verlieren, die jetzt ein Bestandteil ihrer Selbstliebe geworden war, verwandelte sie die Geringschätzung für die Billigkeit seiner Witze in eine Bewunderung für seine Fähigkeit, sich mit dem Onkel zu unterhalten. Herr

Enders schied mit dem Verdacht, daß Paul Bernheim zu der armen Intelligenz gehöre. Immerhin lud er den amüsanten jungen Mann nach D. ein, einer Stadt im Rheingebiet, in das Stammhaus Enders. Paul sollte nach einer Woche nach D. kommen. Es war ihm klar, daß er innerhalb dieser Woche eine Stellung haben müßte und keine beliebige. An Brandeis hätte er sich halten sollen!

Es war Paul Bernheim vollkommen klar, daß er jetzt vor dem Ziel stand. Er konnte freilich zu Brandeis gehn. Zu Brandeis gehn und was sonst? Die zweitausend Dollar zurückzahlen und von einem Gespräch alles erhoffen. Vielleicht machte ihm Brandeis einen Vorschlag.

Zum erstenmal nach langer Zeit stand Paul Bernheim wieder am frühen Vormittag auf. Es war ein Donnerstag, sein »guter Tag«. Er glaubte sich zu erinnern, daß ihm der Donnerstag immer Glück gebracht hatte. In der Schule schon. Die Gegenstände, die ihm am liebsten waren, fielen auf den Donnerstag. Die Reifeprüfung hatte er an einem Donnerstag bestanden, und nach Oxford war er am Donnerstag gefahren. Und heute war Donnerstag.

Auch die Sonne schien. Kein Wölkchen am Himmel. Kein Staub. Kein Wind. Die Taxis an der Haltestelle alle offen. Er wollte ein Taxi nehmen, um nicht im Gedränge der Untergrundbahn die notwendige Energie zu verlieren. Er stieg ein wie zu einer Fahrt ins Glück.

Aber in der Köpenicker Straße, vor dem massiven Häuserblock, in dem sich seit einigen Monaten Brandeis' Firma befand, ergriff Paul Bernheim Angst, Angst, wie er sie noch nie gespürt hatte. Wenn er jetzt nichts erreichte, so wollte er nicht einmal nach D. fahren. Er überlegte die Ausrede, die er Irmgard mitteilen würde. Diesen Brief jetzt schon zu stilisieren bereitete ihm eine Erleichterung. Es lenkte ihn von dem Gedanken an die nächste Viertelstunde ab. Er versenkte sich in die Vorstellung von seinem vollständigen Zusammenbruch, um den Zustand der weniger erträglichen Angst vor dem Zusammenbruch leichter zu ertragen.

Er lehnte es ab, in den Lift zu steigen, in den ihn der Portier einlud. Er ging langsam die Stufen hinauf und zählte sie. Sie sollten eine gerade Zahl ergeben, dann wäre alles gut. Als er im ersten Stock stand, hatten sie eine ungerade. Seine Füße stockten. Zum Glück besagte eine Tafel, daß sich die Direktion im zweiten Stock befand. Aus Furcht, daß die Zahl der Stufen noch einmal eine ungerade sein könnte, gab er das Zählen auf.

Er mußte durch einen großen, unheimlich sonnigen Saal, in dem an etwa hundert Schreibtischen gearbeitet wurde. Ein Arbeitssaal nach amerikanischem Muster. An allen vier Wänden riesige elektrische Wanduhren wie in Bahnhöfen. Ein regelmäßiges Rascheln von Papier. Ein halblautes Klappern moderner, schweigsamer Schreibmaschinen. Ein Flüstern, das vom Rechnen der gebeugten jungen Männer herrührte, die unaufhörlich Zahlen hinschrieben und mit Linealen hantierten. Die Wände kahl, die Fenster groß, nackt, ohne Vorhänge. Brandeis liebte es, seine Besucher durch dieses Zimmer führen zu lassen.

Paul Bernheim machte sich auf eine der »wichtigen Konferenzen« gefaßt. Hier gilt es, eine Stunde oder zwei zu warten. Um so besser. Ich habe Zeit, mich zu beruhigen.

Aber schon ein paar Minuten später holte man ihn zu Brandeis.

Brandeis saß in einem kleinen, verdunkelten Raum. Die Besucher, die aus der schmerzlichen Helligkeit kamen, sahen im ersten Augenblick gar nichts. Er holte aus dem Wandschrank Kognak und zwei Gläser, Zigarren, Zigaretten, Streichhölzer. Er stellte alles mit behutsamen Bewegungen vor Bernheim hin, lautlos, als wären seine großen, kräftigen und behaarten Hände, die Tischplatte, die Flasche, die Gläser und die Schachteln aus Samt.

Er goß zwei Gläser voll.

Bernheim trank mit einem Schluck. Er ärgerte sich, daß Brandeis nur nippte.

»Ich trinke sehr langsam«, sagte Brandeis.

»Ich habe eine alte Schuld«, begann Paul.

»Die Summe ist so gering«, unterbrach Brandeis, »daß es eine Verschwendung wäre, von ihr zu sprechen. Ich muß Sie um Entschuldigung bitten. Ich hätte Sie besuchen sollen. Sie könnten geglaubt haben, daß ich absichtlich eine Begegnung mit Ihnen vermeiden will. Durchaus nicht! Es ist inzwischen die Notwendigkeit eingetreten, den Umfang meiner Geschäfte zu regeln und zu erweitern. Ich war besetzt. Ich freue mich über Ihren Besuch. Aber ich hoffe, daß Sie ihn nicht jener Summe wegen gemacht haben.«

»Nein, Herr Brandeis. Offen gestanden: Ich bin mit einer Bitte gekommen.«

»Das ehrt mich.«

Eine lange Pause folgte. Keiner von beiden rührte sich. Man hörte aus der Ferne einen Vogel zwitschern. Pauls Augen hatten sich an den

Dämmer dieses Zimmers gewöhnt. Er unterschied die dunkelrote Farbe der Teppiche und die rostbraune Täfelung der Tür zu seiner Linken. Es war nicht jene, durch die er gekommen war. Die Dämmerung kam von den dunklen Rolläden hinter den Fenstern, die dennoch offenstanden. Ein zarter Wind wehte durchs Zimmer.

Es schien unmöglich, jetzt wieder anzufangen. Brandeis griff nach der Flasche, um einzuschenken.

»Ich habe den größten Teil meines, unseres Vermögens verloren«, begann Paul wieder. »Ich muß mich nach einer Beschäftigung umsehn. Ich besitze nicht mehr als fünfundzwanzigtausend Mark.«

»Die Summe ist nicht klein –«, sagte Brandeis. »Aber schließlich, wie man es betrachtet. Sie kann groß und klein sein. Für Sie ist sie wahrscheinlich klein. Ich könnte Ihnen vielleicht den Rat geben, einen Rat geben –«

»Nein, Herr Brandeis, es ist zu spät. Ich muß in dieser Woche auf eine Stellung, auf einen Namen, eine Position rechnen können.«

Brandeis nippte noch einmal. Dann sah er in das Gläschen. Und als hätte er daraus die Zukunft gelesen, fragte er langsam:

»Sie wollen wahrscheinlich heiraten?« Er sprach dieses Wort sehr weich aus, mit einem h, das wie ein voller Konsonant klang.

Paul nickte.

»Gut, Herr Bernheim, ich will mich umsehn.«

Paul erhob sich. Brandeis begleitete ihn zur Tür. Er streckte die Hand aus.

»Kann ich den Namen der Dame wissen?«

»Ich bin noch nicht verlobt«, sagte Paul zögernd. Er fürchtete, die Hand aus der weichen, warmen Umklammerung Brandeis' zu befreien.

»Aber ich bitte Sie um Diskretion. Ich möchte mich um Fräulein Enders bemühen.«

»Enders, Chemie?«

»Ganz richtig.«

»Ich werde Ihnen schreiben.«

Paul ging. Brandeis schrieb auf einen der Zettel, die sauber geschnitten, viereckig und schimmernd auf seinem Schreibtisch lagen und an Oblatenplättchen erinnerten, folgendes: »Enders-Bernheim«.

# 15.

Paul ging in ein Restaurant. Er konnte nicht essen. Der Zustand, in dem er sich vor dem Besuch bei Brandeis befunden hatte, sollte also jetzt beständig werden. Wer weiß, wie lange die Antwort Brandeis' brauchen konnte! Die nächsten Tage und Nächte würden vergiftet sein. Er hätte in diesen Stunden einen guten Freund gebraucht, einen Bruder, eine Mutter. Unmöglich, nach Hause zu gehn. In den Straßen bleiben. Es war das beste. Wie ein Obdachloser herumgehn.

Zum erstenmal sah Paul Bernheim die Grenzen seines Vermögens. Er sah sich ohne Aufenthalt und sicher den gefährlichen Ufern der Armut entgegentreiben. Bis jetzt hatte ihn der endlose Ozean des Reichtums umgeben. Es genügte ihm, den genauen Umfang seines Vermögens zu kennen, um schon dessen Ende zu sehen. Für einige kurze Stunden wurde ihm klar, daß seine Hoffnungen, seine außergewöhnliche Begabung, sein Charme, seine Sicherheit, daß sie alle Folgen seiner materiellen Geborgenheit waren, Früchte des Reichtums wie die Pflanzen im Garten seines väterlichen Hauses. Es war, als ob durch die Begegnung mit Irmgard und ihrem Onkel und durch die Aussicht auf die Vermählung mit der chemischen Industrie Paul Bernheim erst das ganze Ausmaß der Bitterkeit erkannt hätte, die der Besitz einer kleinen Summe in dieser Welt bedeutet. Seine fünfundzwanzigtausend Mark schienen tatsächlich an Wert zu verlieren, nur weil sie auf einmal die riesigen Summen des Hauses Enders in der Nähe fühlten. Der Besuch bei Brandeis hatte ihn gedemütigt. Denn Paul Bernheim gehörte selbstverständlich zu den Menschen, die sich nichts zu vergeben glauben, wenn sie zum Beispiel um Liebe und Freundschaft bitten, die aber einen baren Verlust an ihrer Würde erleiden, wenn sie sich eine materielle Unterstützung gefallen lassen müssen. Unter den Werten, die sie ein für allemal in ihrer frühen Jugend klassifiziert haben, bewahrt das Geld einen höheren Rang als das Herz und das Leben. Sie wären imstande, das Blut, das ihnen jemand schenkt, um sie am Leben zu erhalten, leichter entgegenzunehmen als eine geliehene oder geschenkte Summe. Ja, Paul begann Brandeis langsam zu hassen, mit dem Haß, der die Dankbarkeit ersetzt und ihren Namen und ihr Gesicht annimmt.

Paul Bernheim sah sein eigenes Antlitz unter den Gesichtern der namenlosen Toten in der Vitrine der Polizei. Er erinnerte sich an jenen Abend, an dem er aus Übermut sich hatte verhaften und auf ein Lastauto verladen lassen. Es war seine einzige Begegnung mit der andern Welt gewesen, mit der gesetzlosen, heimatlosen, nächtlichen. Seine eigene Zukunft nahm die verwüsteten Angesichter der unbekannten Toten in der Vitrine an. Als Knabe hatte er manchmal mit dem freiwilligen Tod gespielt, eine scharfe Messerspitze gegen die nackte Brust gehalten, aus Eitelkeit und in der Hoffnung, daß sein Ende einen allgemeinen Aufruhr zu Hause, in der Stadt und in der Welt vielleicht verursachen würde. Schon hörte er seine Eltern klagen, den Nachruf des Lehrers, die ehrfürchtigen und scheuen Gespräche der Kameraden.

Das überwältigende Mitleid, das er damals für sich gefühlt hatte, überfiel ihn heute wieder. Er wollte sich beweinen und beweint wissen. Ein zärtliches Gefühl der Kameradschaft trieb ihn in die Nähe der Bettler an den Straßenecken und der Männer, denen man die Verlorenheit ansah, den Hunger, die Obdachlosigkeit, die Verwüstung. Es kam ihm nicht einen Augenblick in den Sinn, daß er jeden von seinen neuen und so plötzlich erworbenen Freunden mit einem Zehntel seines Vermögens reich und sorglos gemacht hätte. Paul Bernheim sah keinen Unterschied zwischen dem Bettler, der die Hand um Almosen ausstreckte, und einem Mann, der, um eine Millionärin zu heiraten, eine »gesellschaftliche Stellung« bei Brandeis gesucht hatte.

Er wollte nach Hause mit dem vagen Entschluß, irgendwelche Vorbereitungen für irgendein Ende zu treffen. Er stellte sich vor, daß es angenehm war, den Revolver aus der Schublade zu ziehen, die Korrespondenz zu ordnen, vielleicht einen Brief zu schreiben und alle traditionellen Handlungen und Griffe eines Selbstmordkandidaten auszuführen. Er freute sich mit der Aussicht auf die Heimlichkeit einer Stunde, in der man nach überlieferter Weise vor dem Schreibtisch sitzt und Abschied vom Leben nimmt. Eine Stunde, deren dämmernde Zartheit und deren wehmütiger Widerschein nur an einen Winterabend vor dem Kaminfeuer erinnert, wenn noch kein anderes Licht entzündet ist.

Er stand wieder vor seiner Wohnung und sah durch die Gitter seines Briefkastens einen hellen Brief schimmern. Er zögerte, den Briefkasten aufzumachen. Noch, schien es ihm, war sein ganzer Tribut an Wehmut nicht entrichtet. Noch hatte er die Wollust der freiwilligen Agonie nicht bis zum Grunde ausgekostet. Zwar glaubte er nicht ehrlich an einen endgültigen Tod. Aber Menschen seiner Art fühlen für einige Stunden die Notwendigkeit, ihr Unglück zu übertreiben, sie wollen nicht gestört, nicht getröstet sein. Es ist, als zwänge sie irgendeine Gerechtigkeit, für das sorglose Leben, das sie führen dürfen, zu büßen; als bescherte auch ihnen das Schicksal ihre »Krisen«, damit sie wenigstens eine Not kennenlernen, die sich in ihrer Phantasie zuträgt. Paul Bernheim hätte gerne gewünscht, noch erheblich länger zu leiden, dem endgültigen Tod so nahe zu kommen, daß eine Rettung nur noch ein Werk des Himmels sein konnte oder wie ein Werk des Himmels erscheinen mußte. Dieser Brief, von dem er befürchtete, daß er eine Rettung war, kam zu früh, zu einfach und zu billig. Dieser Brief machte der Krise ein zu schnelles Ende. Dies war ihm klar: daß er sich etwas vergeben hatte, indem er zu Brandeis gegangen war. Seine Heirat, sein Leben und die ganze Zukunft, von der er nicht zweifelte, daß sie groß und leuchtend sein würde, hätte er nun diesem Brandeis zu verdanken. Und vielleicht nur deshalb, das heißt: aus Scham, verletztem Hochmut, gekränkter Eitelkeit, flüchtete er sich in den Gedanken an den Tod. Aber so hochmütig und eitel er auch war, diese Eigenschaften reichten nicht aus, um Paul Bernheim einen freiwilligen Tod einem abhängigen Leben vorziehn zu lassen! Nein! Sie reichten gerade für die Wehmut einer Selbstmordstimmung.

Aber es scheint, daß es den Leuten seines Schlages nicht einmal vergönnt ist, ein eingebildetes Unglück ganz zu tragen. Es scheint, daß die Schutzengel, von denen die Bernheims zu jeder Zeit umgeben sind, darüber wachen, daß ihren Pfleglingen die große Not fernbleibe wie die große Lust und daß ihr Leben sich in den lauen Sphären abspiele, in denen die Winter milde sind und die Sommer kühl und in denen die Katastrophen das Aussehen leichter Trübungen annehmen. Niemals sollte Paul Bernheim der lächelnde Segen verlassen, der über seinem Vater, seinem Haus, seiner Kindheit, seiner Jugend, seinem Oxford, seinen Talenten geruht hatte. Ein friedliches Glück hielt ihn gefangen. Niemals sollte er jener Region entkommen können, in der man Genüsse hat, statt zu genießen, Freuden erlebt, statt sich zu freuen, Pech hat, statt unglücklich zu sein, und in der man so leicht lebt, weil man so leer ist.

Er öffnete den Briefkasten. Es war ein Brief von Brandeis. Eine Mitteilung, daß Brandeis froh sein würde, Herrn Paul Bernheim zu den Direktoren seines Hauses zu zählen. Er braucht mich, kombinierte Paul, weil er mit einer Beziehung zu Enders rechnet. Er hält nichts von mir und meiner Kraft, die er im Brief eine wertvolle nennt. Ich soll sein Instrument sein, ganz einfach. Ich will nicht!

Er trat nicht mehr in sein Zimmer, er kehrte um, den Brief in der Hand. Aber als er wieder in der Straße stand, begann der Brief geheimnisvoll zu wirken. Die Schatten des Todes, unter denen Paul Bernheim die ganzen Tage dahingeschlichen war, zerstreute und vertrieb der Brief. Gleichgültig wie sonst ging Paul an den Bettlern und Verzweifelten vorüber. Sie waren nicht mehr seine Schicksalsgenossen. Er ging, wie er es liebte, in die Halle eines großen Hotels. Er bildete sich ein, daß es der einzige Ort war, an dem man mit Würde unglücklich sein konnte. Noch während er in den breiten, knarrenden Ledersessel glitt, war er überzeugt, daß es jetzt galt zu überlegen, Brandeis abzusagen, einen neuen Ausweg zu suchen. Aber schon als der Kellner vor ihm stand, glaubte Bernheim, daß er anfing, das Schicksal zu meistern. Ja, während er bestellte – einen Whisky-Soda, das Getränk der Sicherheit, weltmännischer Lebenskunst, angelsächsischer Tatkraft –, hatte Paul Bernheim das Gefühl, gesiegt zu haben, als bewiese der Diensteifer des Kellners die Unterwürfigkeit der Welt. In dieser Halle, in der die Reisenden reich, geschäftig und die Taschen anscheinend mit unerschöpflichen Banknoten gefüllt, herumgingen, glaubte Paul, seine legitime Heimat zu erkennen. Noch trennte ihn keine halbe Stunde von seinen Vorbereitungen zum Selbstmord. Nun verstand er nicht mehr seine Verzweiflung. Ja, er hatte Brandeis besiegt. Er bewunderte seine eigene Schlauheit. Kein andrer, sagte er sich, hätte Brandeis überzeugt, einen der klügsten Männer der Welt. Es galt, die eigene Klugheit zu bewundern, und so zögerte Paul nicht, auch Brandeis' Verstand anzuerkennen. Er vergaß die Angst, mit der er zu Brandeis hinaufgestiegen war. Er vergaß, daß er die Stufen gezählt hatte. Er dachte nicht mehr daran, daß Brandeis ihn als Werkzeug brauchen könnte. Und als er den ersten Strohhalm in seinen Whisky tauchte, hatte Bernheim wieder sein altes, hochmütiges und gelangweiltes Gesicht, kokett, modern profiliert, die weichen Haare straff aus der Stirn gekämmt und die hübschen grünen Augen in die Luft und in eine siegreiche Zukunft gerichtet.

Er hatte sein eingebildetes Todesurteil wortlos ertragen. Aber den eingebildeten Sieg allein zu feiern, war er nicht imstande. Doktor König fehlte ihm. Doktor König war ein charmanter Gegner gewesen, das Ideal eines Zuhörers. Aber er war seit Monaten verschwunden, verschwunden, in diesem Berlin, das er sicherlich nicht verlassen hatte und in dem ein Mensch versinken konnte wie im Sand der Wüste. Paul Bernheim beschloß wieder, Sandor Tekely aufzusuchen. Schließlich war die Begegnung mit Tekely segensreich gewesen. Er ging in das ungarische Restaurant.

Tekelys ständiger Platz lag hinter einem Paravent, aber gegenüber dem Spiegel, der das Bild des Eingangs und des Büfetts gefangenhielt, ein aufmerksamer Spiegel. Tekely hatte aus Angst vor Gläubigern, die ihn auch im Restaurant aufzusuchen liebten, diesen Platz gewählt. Er behielt ihn aus Dankbarkeit, obwohl er keinen mehr zu fürchten hatte, und aus Pietät, wie sie ein amerikanischer Milliardär manchmal für die alten Plätze haben mag, auf denen er sich in seinen Anfängen als Zeitungshändler aufgehalten hat. So konnte Tekely den eintretenden Paul Bernheim sofort sehen. Tekely erhob sich und ging dem Gast entgegen, er hatte in diesem Restaurant die Freiheit eines Hausherrn. »Darf man gratulieren?« Als hätte er seit Tagen hier auf den Eintritt Bernheims gewartet, um diese Frage zu stellen.

»Noch nicht heute!«

»Ah, ich weiß, Sie wollen die Antwort Brandeis' abwarten.«

»Ich habe sie zwar schon –«, sagte Paul Bernheim, und es tat ihm leid, daß er zu Tekely gekommen war. Ja, es war frech von diesem Tekely, alles zu wissen. Er ließ Bernheim nicht das Vergnügen, langsam zu erzählen. Doktor König wäre anders gewesen. Und um bald vergessen zu dürfen, daß eigentlich Tekely ein gewisses Verdienst an den glücklichen Fügungen nicht abzusprechen war, sagte Bernheim schnell:

»Wenn ich Sie nicht damals zufällig getroffen hätte – ich bin Ihnen eigentlich dankbar!«

»Oh, das war kein Zufall«, antwortete Tekely, der Undankbarkeit vorausahnte, »Sie haben mich ja mit Absicht aufgesucht! Ich wollte Sie bitten, wenn Sie nächstens mit Herrn Brandeis zufällig von der Warenhauszeitung sprechen sollten – von der ich Ihnen zuletzt erzählt habe, so erwähnen Sie mich.«

»Ja, ja!« versprach Bernheim schnell und sah auf die Uhr, um einen frühen Abschied vorzubereiten.

»Sie müssen jetzt gehn«, sagte Tekely, der wußte, daß man einen eiligen Menschen nicht zurückhalten darf, wenn man seine Freundschaft nicht verlieren will. »Aber vergessen Sie bestimmt nicht!«

»Nein!« sagte Bernheim verwirrt und ging.

Er hatte wieder das peinliche Gefühl, einem Stärkeren erlegen zu sein, er begann, eine Abhängigkeit von diesem Tekely zu fürchten. Er war unzufrieden wie immer, wenn er ohnmächtig eine unangenehme, eine erniedrigende Szene mitzuspielen gezwungen wurde. Wie oft geschah es ihm eigentlich! Zum Glück vergaß er sie schnell. Er behielt nur die

Stunden in treuer Erinnerung, in denen er eine glänzende Rolle gespielt hatte, er besaß die Fähigkeit, über peinliche Situationen in einer so zauberhaften Weise nachzudenken, daß sie nach einigen Tagen eine etwas ungenaue, aber fröhliche Physiognomie aufwiesen. Das einzige schreckliche Erlebnis, das er nie vergessen konnte, war jenes mit dem Kosaken im Krieg, das immer wieder auftauchte, sobald er ein neues Zeugnis seiner Schwäche lieferte, wie eine alte Wunde immer wieder aufbrechen kann, wenn man sich weh tut. Auch jetzt, als er Tekely verließ, dachte er an Nikita. Einen Augenblick verlor er sich in der bangen Vorstellung, daß jener Nikita niemals aufhörte, daß er verschiedene Gestalten annahm, daß er identisch mit Tekely war, identisch mit Brandeis selbst und vielleicht auch mit Herrn Enders, dem Onkel Irmgards.

Paul suchte nach einem Rezept gegen diese Vorstellung. Er kannte aus Erfahrung verschiedene Mittel gegen bedrückende Gedanken, wie ein Kranker, der allerhand schon gegen schmerzliche Anfälle ausprobiert hat. Er stieg in ein Auto, fuhr nach Hause, packte flüchtig seinen Handkoffer und begab sich zur Bahn. Er gratulierte sich selbst zu diesem Einfall, der ihn vor einer schlaflosen Nacht rettete. Er wollte zur Mutter.

Frau Bernheim erschrak, als sie Paul zu früher Morgenstunde ankommen sah. Sie stand in der Küche und sah zu, wie das Mädchen Frühstück kochte. Paul erinnerte sich, daß sie früher, zu Lebzeiten des Vaters, das Frühstück im Bett genommen hatte. Sie saß aufgerichtet, vier Polster im Rücken, unter dem blaßblauen Baldachin und spielte ihre »königliche Haltung«. Ein breites Tablett reichte ihr bis zur Brust, die hinter einem Gewölk aus Spitzen verborgen war. In dem halbdunklen Zimmer, in das die Morgensonne durch die Gitter der Rouleaus in schmalen, starken Streifen einfiel, schwebte ein zarter Geruch von Kölnischem Wasser und Zitronen. Die Erinnerung an diese Morgenstunden war herzbrechend wie die an ein verlorenes Glück. Jetzt stand die Mutter in einem Schlafrock aus braunem Plüsch, der vorn offen war und über dem Frau Bernheim, um ihn geschlossen zu halten, die Arme verschränken mußte. Seit dem Kriege, seitdem sie angefangen hatte zu sparen, beaufsichtigte sie jeden Morgen das Dienstmädchen, damit es nicht zuviel Kaffee verbrauche.

»Nehmen Sie noch einen Löffel Kaffee, Anna, aber keinen Eßlöffel!« rief sie, als Paul kam. Sie freute sich immerhin mitten im Schrecken über die unerwartete Ankunft, daß ihr Sohn nicht eine halbe Stunde später gekommen war. Man hätte sonst noch einmal das Gas anzünden müssen.

Man sah zwei graue Haarsträhnen über ihren beiden Schläfen wie zwei Ströme von Sorgen und wie zwei Heerstraßen des Alters. Im weißen Licht der Küche, das von den schimmernden Kacheln einen erbarmungslosen harten und kalten Glanz bekam, war das Angesicht der Frau Bernheim fahl und zerfallen, als könnte man die einzelnen Partien auseinandernehmen, das starke, viereckige Kinn von den Lippen lösen, die Nase von den Wangen, die Stirn von dem übrigen Teil des Kopfes. Die ergrauenden Augenbrauen schienen älter zu sein als die Haare, als stammten sie aus einer früheren Zeit, und die Augen, in denen noch die alte Schönheit wohnte, ohne Zweck und nur ein geduldeter Mieter, lagen zwischen angeschwellten Wülstchen aus Tränen und Schlaf. Die Stimme seiner Mutter erschien Paul Bernheim um einige Grade zu hell, er hatte eine sanftere in der Erinnerung gehabt, als wäre der frühe Morgen eigentlich der Grund ihrer spröden Helligkeit und als käme diese von dem harten Schimmer der Kacheln. Kalt, wie hinter einer Glasscheibe, brannte bläulich die Flamme unter dem Topf auf dem Gasherd. Paul entsann sich nicht, jemals zu dieser Morgenstunde in der Küche gewesen zu sein. Es war eine kleine Enthüllung. Es war, als wäre er der Vergrämtheit des Hauses auf die Spur gekommen, als kenne er jetzt die Quelle des Kummers, die Küche.

Die Frau Militär-Oberrechnungsrat kam später, viel später. Sie stützte sich auf einen Stock am Morgen, sie gewöhnte sich langsam an das Gehen, an die Bewegung, die der Tag notwendig machte, nach der Bewegungslosigkeit der Nacht. Die ganze Last ihres alten Körpers trug der Stock, die Beine folgten ihm nur, unterstützten ihn. Sie erschien Paul als die Verkörperung der Trauer, die über sein väterliches Haus gefallen war. Er begann, sich vor ihr zu fürchten.

Er nahm sein Frühstück in großer Hast und ging in die Stadt. Er wollte erst am Nachmittag wiederkommen. Es erschien ihm unmöglich, dem ganzen Betrieb des Vormittags beizuwohnen. Während er gedankenlos, müde, überwach durch die noch leeren Straßen ging, fiel es ihm ein, daß seine Mutter an diesem Tag sterben könnte. Er stellte sich die tote Mutter vor und fühlte keine Trauer. Er versuchte, sich seine Gleichgültigkeit zu erklären, und ertappte sich bei dem Wunsch, seine Mutter tot zu wissen. Unmöglich, sie mit Irmgard zusammenzubringen. Unmöglich, Irmgard in dieses Haus zu führen.

Er kam spät am Nachmittag zurück. Er kündigte seiner Mutter die Verlobung an, seine bevorstehende Verlobung mit Irmgard Enders.

»Enders?« sagte die Mutter und hob das Lorgnon, als könnte sie in Pauls Angesicht die Herkunft der Familie Enders lesen. Nein, sie war nicht begeistert. Sie kannte keine Enders.

»Es sind die reichsten Leute im Land«, erklärte Paul. Er dachte dabei an den Geiz seiner Mutter. Er irrte sich. Was ihren Sohn betraf, gehörte in ein anderes Kapitel, berührte eine andere Leidenschaft. Zum erstenmal seit vielen Jahren konnte Frau Bernheim den Satz sagen: »Geld ist nicht alles, Paul!« – Er war überrascht.

»Es ist ein großes Glück, Mutter!« sagte Paul.

»Das kann man erst nach zehn Jahren sagen«, erwiderte sie mit einer Weisheit, die nicht aus ihr kam, der Mütterlichkeit überhaupt zu entströmen schien.

Paul versprach, seine Braut mitzubringen.

»Bring sie nur! Bring sie nur!« sagte Frau Bernheim.

Aber er brachte sie nicht, auch später nicht.

Es hatte sich inzwischen etwas Neues ereignet.


## 16.

Eine Amnestie erlaubte Theodor Bernheim und seinem Freunde Gustav die Heimkehr.

Sie kamen an einem trüben Vormittag nach Deutschland, aus einem sonnigen und klaren Ungarn, in dem der Frühling schon heimisch und vertraut geworden war. Die Natur selbst war bedacht, in den Heimkehrern die Sehnsucht nach einem angenehmen Exil wachzuhalten. Gustav hatte ein braunrotes Angesicht, gesunde, sichere und schnelle Bewegungen. Er gehorchte nur einem Gebot der Schicklichkeit, indem er nach Deutschland zurückkehrte. Theodor war blaß und hastig, seine Hände waren wirr und seine Brille zerbrochen. Er empfand sie nicht als ein verdorbenes Instrument, sondern als ein beschädigtes Organ. Auf seinen schwachen Schultern lastete das ganze grausame Gewicht der Wendung: Rückkehr in die verlorene Heimat. In solch einer Lage mußte ein Mann und ein Deutscher wehmütig sein und fröhlich, bitter und gereift, voller Hoffnung und Tatkraft. Welch eine Menge von Verpflichtungen! Von Zeit zu Zeit beobachtete Theodor seine Reisegenossen, um zu sehen, ob er einen Eindruck auf sie machte. »Von all diesen Volksgenossen«, sagte er zu Gustav, »hat niemand soviel mitgemacht wie wir. Sie gehen ihren

Geschäften nach, als wäre gar nichts geschehn, jeder denkt an seine Verdienste und niemand an Deutschland.«

»Quatsch nicht!« antwortete Gustav.

Theodor schwieg. Seit langem schon, seit dem Tag, an dem sie das Land verlassen hatten, haßte er seinen Kameraden Gustav. Gustav hatte ja eigentlich diese Flucht verschuldet, Gustav hatte ihn in das Verbrechen und in die Verbannung gebracht, Gustav hatte sich draußen wohl gefühlt, Gustav war gleichgültig gewesen, Gustav hatte keine Gedanken, Gustav las kein Buch, Gustav liebte kein Gespräch, Gustav lachte Theodor aus, Gustav hatte keinen Respekt vor Theodor. Wenn Theodor imstande gewesen wäre, seine Gefühle von seiner Weltanschauung zu lösen, so hätte er sich zugestehen müssen, daß ihm sein Gesinnungsgenosse mehr verhaßt war als jeder seiner politischen Feinde. Aber er mußte Begegnungen, Empfindungen, Ereignisse in einen Zusammenhang mit seiner Überzeugung bringen, mit Deutschland, mit den Juden, mit der Welt, mit inneren und äußeren Feinden, mit Europa. Infolgedessen hielt er sich in Gustavs Nähe. Aus diesem Grunde begann er immer wieder die Diskussionen, auf die Gustav die ewige Antwort »Quatsch nicht!« hatte. Wenn Gustav nicht ein Kerl wäre, sagte sich Theodor, würde ich ihn verachten. Aber da Gustav ein »Kerl« war, mußte er ihn anerkennen.

Auf dem Bahnhof verabschiedeten sie sich. Das Exil fand hier seine Grenze. Die Gemeinschaft der Gesinnung und eines Lebens in der Fremde war denn doch nicht so stark wie die Gedanken an das väterliche Heim, die plötzlich Gewalt über beide bekamen in dem Augenblick, in dem sie ihre Fahrkarten abgaben. Die Heimatstadt strömte ihnen entgegen. Sie bestand aus tausend unnennbaren, privaten Gerüchen, die nichts mit der Politik zu tun hatten, nichts mit der Nation, von der sie bewohnt war, nichts mit der Rasse ihrer Bürger. Sie bestand aus tausend unnennbaren, bestimmten Geräuschen, die, mit der Kindheit vermischt, in der Erinnerung bis zu dieser Stunde gelebt hatten, ohne sich bemerkbar zu machen, und erst jetzt auf einmal und mit Macht der Wiederholung der Gerüche, ihrer Geschwister, antworteten. Die Heimat schickte den Zurückgekehrten eine vertraute Straße nach der andern entgegen, in denen nichts Öffentliches, nichts Allgemeines vorhanden war, kein Ideal, keine Gesinnung, keine Leidenschaft, nichts als private Erinnerungen. Gustav, der Gesündere, ergab sich ihnen, vergaß, weshalb er die Heimat verlassen hatte und wieso er jetzt zurückkehrte. Theodor aber fand, daß es seiner unwürdig sei, sich im Privaten zu verlieren. Er kämpfte gegen die Erinnerungen, die Geräusche, die Gerüche. Und es gelang ihm selbst diesmal, sich als einen Faktor einer Öffentlichkeit zu fühlen, seine Rückkehr als ein nationales Gebot, seine Vaterstadt als einen blutgedüngten und versklavten Boden, und als er endlich in die Straße einbog, in der sein Haus sichtbar wurde, war er nur noch neugierig, seine Mutter zu sehn und den Kummer zu erkennen, den ihr seine lange Abwesenheit verursacht haben mochte; nur neugierig.

Sie stand an der Schwelle, um ihn zu erwarten. Sie hatte alle Szenen vergessen, alle Stunden, in denen ihre mütterliche Sorge um das mißratene Kind sich gewandelt hatte in einen feindlichen und trotzdem bekümmerten Hohn. Sie sah ihr Kind wiederkehren, nichts mehr. Die Stunde seiner Rückkehr klang sachte an die seiner Geburt an, rührte wieder an das längst entschlafene mütterliche Weh in Schoß und Herz. Sie hielt ihn umfangen, ohne ihn zu küssen. Theodors Kopf hing über die Schulter seiner Mutter. Tränen drangen ihm in die Augen, sein Herz klopfte und mit zusammengebissenen Zähnen, mit aufgerissenen Augen hinter den gesprungenen Brillengläsern bemühte er sich, »männlich« zu bleiben. Die Rührung kam ihm nicht gelegen und nicht die Liebe der Mutter. Es wäre ihm angenehmer gewesen, von seiner Mutter so kühl empfangen zu werden, wie sie ihn einmal hatte gehen lassen.

»Du bist so mager geworden«, sagte die Mutter.

»Das glaub' ich«, meinte er, nicht ohne einen verborgenen Vorwurf in der Stimme.

»Wir haben dir zu wenig Geld geschickt!« klagte die Mutter.

»Das ist es eben!« bestätigte er.

»Mein armes Kind!« rief sie.

»Nur keine Phrasen, Mutter! Laß mich ein Bad nehmen!«

»Sag mir ein Wort, Theodor, wie hast du gelebt?«

»Wie ein Hund, in einem blöden Land, wir hatten Wanzen, ekelhaft!«

»Wanzen?!« rief Frau Bernheim.

»Und Läuse«, ergänzte Theodor wollüstig.

»Daß Gott bewahre! Theodor, du mußt sofort die Kleider wechseln.« Sie ging in die Küche. »Anna, machen Sie ein Bad, zehn Scheite genügen, aber holen Sie noch die Kohle aus dem Keller, hier ist der Schlüssel.« Seit dem Krieg hatte Frau Bernheim den Schlüssel zum Kohlenkeller nicht den Dienstboten gegeben.

Sie begleitete ihren Sohn ins Badezimmer, sie wollte ihn nicht verlassen. Sie wartete, bis er seine Kleider abgelegt hatte, und lauerte auf eine

Gelegenheit, ihm zu helfen. Sie war glücklich, als sie sah, daß der Hemdsärmel Theodors zerrissen war und losgetrennt von der Schulter. »Ich will ihn dir sofort einsetzen –«, sagte sie. »Und wo sind die andern Hemden?« Mit einer Wollust wartete sie auf die Nacktheit ihres Sohnes. Es schien ihr, sie hoffte, daß sie einen körperlichen Mangel an ihm entdecken würde, der ebenso durch die Abwesenheit von zu Hause erklärt werden könnte wie der abgetrennte Hemdsärmel. Nun sah sie ihren Sohn nackt, zum erstenmal seit seiner Kindheit lag er wieder nackt vor ihr im Wasser und nur noch mit der Brille bekleidet, die er vor seiner Mutter nicht abzulegen wagte, als eine letzte Hülle.

»Wie mager bist du geworden!« sagte Frau Bernheim.

»Und krank!« ergänzte ihr Sohn.

»Wo fehlt es dir?«

»Die Lungen und das Herz!«

»Bist du wenigstens bequem gefahren?«

»Viele Juden unterwegs! Man ist nirgends allein in Deutschland!«

»Sei vernünftig, Theodor, laß die Juden in Ruh'! Deine Freunde haben dir das eingeredet.«

Nach dem Bad ging Theodor in sein Zimmer. Er machte die Tür auf. Er ahnte nicht, daß sein Zimmer vermietet war. Kurzsichtig, wie er war, bemerkte er die Frau Militär-Oberrechnungsrat nicht sofort, die klein, mager, in einen Schal gewickelt auf dem Diwan lag und einen leisen Schrei ausstieß. Er klang wie der Ruf eines Käuzchens. »Wer sind Sie?« fragte Theodor. »Verlassen Sie mein Zimmer!« schrie die Frau Oberrechnungsrat. Theodor zog sich zurück. Er hatte nur eine Pistole wiedersehen wollen, die aus Irrtum zurückgelassen worden war.

Er ging zur Frau Bernheim. »Ich muß mein Zimmer wiederhaben.«

»Wir haben kein Geld, Theodor. Es ist für ein Jahr vermietet!«

»Ich muß mein Zimmer wiederhaben!« wiederholte er.

»Sei gut, Theodor!« flehte die Mutter.

Auf einmal ließ sie sich in einen Sessel fallen, schlug die Hände vors Gesicht und begann, lautlos zu schluchzen. Theodor sah ihre Schultern zucken. Eine unbekannte Gewalt trieb ihn zu seiner Mutter. Er machte einen Schritt und hielt inne. Ich könnte schwach werden! sagte er sich – und: Alle Frauen weinen, wenn sie alt sind! Er machte wieder kehrt, ging zum Fenster und sah in den Garten hinaus.

Plötzlich wandte er sich um und fragte: »Wo werde ich schlafen?«

»Anna wird in der Küche schlafen und du im Zimmer, wo der Kutscher gewohnt hat!«

»Ah, so«, sagte Theodor. »Paul hättest du nie im Zimmer des Kutschers einquartiert. Es tut mir leid, daß ich nach Hause gekommen bin. Aber warte nur! Warte nur!«

Am Nachmittag ging er zu Gustav.

Gustav saß im Kreise seiner Familie, seiner verheirateten Schwestern, seiner drei Brüder, die alle Briefträger waren. Es roch nach festlichem Sauerkraut und frisch gebrannten Kaffeebohnen. Der Papierhändler hatte sich bereit erklärt, Gustav aufzunehmen. In einer Woche sollte Gustav angestellt werden, einen Beruf haben. »Er will nichts mehr von der Politik wissen«, sagte einer der drei Briefträger. Sie saßen alle mit aufgeknöpften Uniformröcken. Die Mützen hingen wie Drillinge an dem Kleiderrechen neben der Tür.

»Nach einem Jahr wird er an die Hochschule kommen können. Er wird sparen. Wir werden alle sparen«, sagte ein zweiter Briefträger.

»Unser Vater hat sich auch nie um die Politik gekümmert«, bemerkte der dritte.

»Wir wollen nichts von der Politik wissen«, sagte die Mutter Gustavs mit einem starren Blick gegen Theodor.

Theodor begriff, daß die Familie seines Freundes ihn nicht liebte. Jedes Wort, das man ihm sagte, hatte noch einen verborgenen gehässigen Sinn, den er nicht erriet, aber den er fürchtete. Diese kleinen Leute benahmen sich so, als hielten sie Theodor für den verantwortlichen politischen Ratgeber Gustavs. Dieser saß mitten unter seinen Brüdern und Schwestern, auf einmal unpolitisch und ihresgleichen. Der festliche Geruch aus der Küche umgab sie alle gleichmäßig und verlieh ihnen allen einen billigen, engen und sichtbaren Genuß. Theodor verstand, daß er auf einmal seinen Gesinnungsgenossen verloren hatte. Gustav hatte keine politische Gesinnung mehr. Er wollte einen ehrlichen, biederen, kleinbürgerlichen Weg machen.

Schlechte Rasse, dachte Theodor, während seine dünne und stumpfe Nase schnupperte. Er verabschiedete sich schnell. Und als er wieder draußen war, glaubte er zu fühlen, daß die Einsamkeit, die ihm immer so gewichtlos vorgekommen war, plötzlich schwer wurde, ein drückender Körper.

Ich werde fleißig sein, lernen, wissen, nahm er sich vor. Gustav kann meinetwegen Briefträger werden.

Zu Hause brachte ihm die Mutter einen kurzen Brief von Paul. In ein paar Sätzen, die wie eine amtliche Benachrichtigung klangen, schrieb Paul, daß er sich mit Irmgard Enders verlobt habe.

»Der Kerl hat Glück«, bemerkte Theodor.

»Hoffen wir!« sagte die Mutter.

»Ein Streber!« murmelte Theodor.

Frau Bernheim verließ das Zimmer. Seit der Ankunft Theodors waren kaum acht Stunden vergangen. Dennoch litt sie schon unter seiner Anwesenheit. Es war wie eine ganz alte Plage. Theodor war wiedergekommen wie ein rheumatischer Schmerz, den man für ein paar Monate verloren und vergessen hatte. Ach, sie erkannte ihn, ihren Sohn. So war er immer gewesen, so würde er immer bleiben.

Sie gab ihm einen Hausschlüssel und sagte ihm, daß er kommen und gehen könne, wann er wolle. Essen würde er in seinem Zimmer. Das Mittagessen könne man ihm zurücklassen und aufwärmen. Sie hob noch für einen Augenblick das Lorgnon. Ihre Augen besiegelten und beschlossen also, was sie verfügt hatte. Und von nun an sah sie Theodor nur, wenn er ihr zufällig in den Weg kam.

Erst Wochen später, ein paar Tage vor Pauls Trauung, die in Berlin stattfinden sollte, richtete Theodor wieder ein Wort an seine Mutter. Er fragte sie, wann sie fahren wolle. Sie antwortete: »Ich fahre nicht. Eine arme Mutter nimmt sich nicht gut aus.«

»Aber ich werde hinfahren«, meinte Theodor.

»Ich dachte, du liebst deinen Bruder nicht?«

»Aber es ist für mich eine Gelegenheit, Beziehungen anzuknüpfen.«

Frau Bernheim dachte einige Sekunden nach. Dann sagte sie mit einer unerwartet scharfen Stimme, mit jener, die sie im Verkehr mit dem Hausmeister zu verwenden pflegte: »Ich werde Paul schreiben. Er wird dir Geld schicken, du wirst nach Berlin fahren und dort bleiben. Ich kann dich nicht mehr erhalten. Du brauchst wirklich Beziehungen. Es ist Zeit, daß du dir dein Brot verdienst. Pack deine Koffer!«

Zum erstenmal hatte Theodor Respekt vor seiner Mutter. Sie stand vor ihm, fahl, alt, größer als er, die Linke an der Hüfte, die Rechte noch ausgestreckt in der Luft und immer noch in den Korridor weisend, wo die Koffer Theodors waren. Die Hand schien so den Befehl verewigen zu wollen. Sie verwies ihrem Sohn das Haus. Es war kein Zweifel.

Theodor fuhr nach Berlin. Er ging in Pauls Hotel und ließ sich anmelden. Paul bat ihn, in der Halle zu warten. Theodor betrachtete sich als beleidigt und wollte wieder weggehn. Gut, sagte er sich, ganz gut. Ich werde hungern, obdachlos sein, verkommen. Meinetwegen! Aber er hatte nicht die Kraft, die Halle zu verlassen. Es war ein reiches Hotel. Dieser Kerl, dachte er, läßt mich nicht zu sich, damit ich nicht sehe, daß er eine Flucht von Zimmern bewohnt. Nun gut! Jedes »Nun gut«, das er vor sich hinflüsterte, bereitete ihm einen Trost, als hatte es irgendeinen Sinn, als drückte es irgendeine Gegenmaßnahme aus.

Endlich kam Paul. »Tadellos elegant«, sagte Theodor statt eines Grußes. Sie reichten einander die Fingerspitzen. Dann setzten sie sich schweigsam. »Was trinkst du?« fragte Paul aus Verlegenheit. »Jedenfalls keinen Lindenblütentee!« – »Whisky?« – »Meinetwegen!«

»Höre, Theodor«, begann Paul. »Du darfst mich, wenn du Lust hat, sobald wir von unserer Hochzeitsreise zurück sind, einmal im Monat besuchen. Du wirst dir einen bestimmten Tag wählen. Im übrigen ist hier die Adresse meines Rechtsanwalts. Du beziehst ein halbes Jahr fünfhundert Mark im Monat. Von morgen in sechs Wochen mußt du eine Arbeit gefunden haben. Hier ist die Adresse meines Schneiders. Du kannst dir drei Anzüge machen lassen. Zu meiner Trauung kannst du kommen. Sie wird hier stattfinden, nicht in der Kirche.«

Dann trat eine lange Pause ein. Sie schlürften beide Whisky-Soda. Dann erhob sich Theodor, reichte seinem Bruder ein lockeres Bündel Finger und ging.

Er ging sofort zum Rechtsanwalt.

»Ihr Bruder läßt Sie bitten«, sagte man ihm, »Herrn Brandeis übermorgen früh zu besuchen. Herr Brandeis erwartet Sie.« Man zahlte ihm fünfhundert Mark.

Am nächsten Tag war Pauls Trauung. Sie vollzog sich schnell, lautlos und geölt. Theodor hatte kaum Zeit gehabt, Pauls Frau zu sehn. Er sah Brandeis unter den fünf männlichen Gästen.

»Dieser Kerl kauft jetzt ganz Deutschland auf.«

In der Halle sah Theodor, wie Brandeis sich sofort von der Gruppe der andern Gäste löste, davonging mit einem leichten Schritt, den man seiner großen und wuchtigen Gestalt nicht zugetraut hätte.

»Ich möchte nicht mit ihm heimisch werden«, sagte einer von den Gästen in Theodors Nähe zum andern.

»Ja, eben ein Inflationsgewinner«, erwiderte der Angesprochene.

Den einen kannte Theodor, es war Herr Enders. Der andere sah dem Herrn Enders wie ein Bruder ähnlich. Beide bestanden aus einer glatten, runden und harten Substanz und erinnerten an hölzerne, blankgehobelte und etwas mühelos angepinselte Kugeln. Sie sprachen so laut, daß man sie in der ganzen Halle hören konnte.

»Diese Leute«, sagte Herr Enders und blieb an einer Säule stehen, als müßte er sich einen Stützpunkt für einen längeren und ermüdenden Vortrag vorbereiten, »die Leute sind von unsereinem ebenso verschieden wie Seeräuber von ordentlichen Seeleuten. Das sind Piraten!«

»Vollkommen recht, Herr Enders. Während unsere Väter ihr Vermögen mit ehrlichem Schweiß erwarben, kamen diese Leute gewissenlos und durch günstige Zufälle zu Geld. Das ist ein Unterschied. Und es ist besonders dieser Osten, der uns die, wie Sie richtig sagen, Piraten des Geschäftslebens beschert. Moral insanity.«

»Ich bin froh, daß wenigstens Herr Bernheim zu seinen Direktoren gehört. Eine Gewähr wenigstens, eine einzige.«

»Ich möchte trotzdem kein Geschäft mit ihm machen«, sagte zu Herrn Enders sein Doppelgänger.

»Hören Sie«, meinte Herr Enders, der immer an alle Möglichkeiten dachte, »Geschäfte machen ist etwas anderes. Wenn wir den Leuten à la Brandeis zeigen, was ein anständiger Kaufmann und was ein biederer Industrieller ist, so erziehen wir sie zur Ehrlichkeit, und das ist ein gutes Werk!« Die beiden entfernten sich, Theodor blieb hinter der Säule. Dieses Gespräch hatte ihn mit Selbstbewußtsein erfüllt und mit einer großen Dankbarkeit für Herrn Enders. Es war ihm so schwergefallen, einen Dankbesuch bei Brandeis abzustatten! Nun, da er wußte, wie die gute Gesellschaft über den Mongolen dachte, schien Theodor das Auftreten gegenüber Brandeis leichter. Er ist keineswegs mein Wohltäter, dachte er, es ist Deutschland, das ihm Wohltaten erwiesen hat.

Also gerüstet begab sich Theodor am nächsten Tag zu Brandeis. Er ging nicht, wie es sein Bruder Paul einmal getan hatte, zu Fuß hinauf, er stieg in den Lift. Aber hatte Brandeis Paul Bernheim sofort zu sich gebeten, so ließ er Theodor lange warten. Das Wartezimmer war weiß und kahl, Fachzeitschriften, die Theodor nicht interessierten, lagen auf dem Tisch. Theodor begann hin und her zu rennen und wurde müde. Der Kerl versucht mich zu demütigen, dachte Theodor, aber ich werde es ihm heimzahlen! Immer noch ging er auf und ab in dem leeren Zimmer, immer matter wurden seine Schritte, seine schwachen Augen sahen nichts mehr als das verschwimmende und ölige Weiß der Wände. Er zog einen Spiegel aus der Tasche. Er betrachtete sein fahles, eingefal-

lenes Angesicht und war damit zufrieden. Er sah seiner Meinung nach
vornehm, entschlossen und weise aus. Er schob die Unterlippe etwas
vor, um dem Gesicht zu einem energischeren Profil zu verhelfen. Sein
dünner Hals blähte sich. Er fuhr mit den Fingerspitzen noch einmal
über den fahlblonden Haarscheitel. In diesem Augenblick rief man ihn
zu Brandeis.

Brandeis erhob sich so langsam, daß er erst stand, als Theodor hart
am Schreibtisch angekommen war. Etwas hastig, weil er dessen Tiefe
nicht richtig eingeschätzt hatte, fiel er in den weichen Sessel. Brandeis
ließ sich ebenso langsam niedersinken, wie er sich erhoben hatte. Er
wartete. Theodor brachte kein Wort hervor. Es war still. Eine unsichtbare
Uhr tickte. Brandeis hielt seine beiden schweren, behaarten Hände auf
der Tischplatte.

Schließlich erhob sich Theodor: »Ich muß Ihnen danken!« – »Sie
müssen gar nichts«, sagte Brandeis, der sitzen geblieben war. »Ihr Bruder
überbrachte mir Ihren Wunsch, mich zu besuchen. Ich begreife, daß es
gar nicht Ihr Wunsch war. Aber er selbst hatte einen. Er meinte, Sie
sollten bei mir eintreten!« – »Bei Ihnen?« sagte Theodor. »Ich halte nicht
genug davon, ich glaube nicht, daß Sie sich dazu eignen. Außerdem,
glaube ich, ist Ihre politische Gesinnung störend, äußerst störend.« –
»Ich bin konservativ und national.« – »Wie man es versteht«, sagte
Brandeis sehr leise, »meiner Ansicht nach bin ich konservativ und Sie
äußerst radikal. Es ist, glaube ich, nicht konservativ zu schreien, zu de-
monstrieren und Windjacken zu tragen. Es ist, sagen wir, nicht sehr sa-
lonfähig.« – »Sie haben kein Recht, darüber zu urteilen.« – »Ich habe
nur die Pflicht, Ihnen zu helfen!« sagte Brandeis leise.

Theodor setzte sich wieder. Er sah jetzt Brandeis ganz nahe, sein Blick
verlor sich in den breiten Gefilden des gelben Angesichts. Er mußte zugeben, daß er selbst über Demonstrationen und Windjacken ähnlich
dachte. Er erinnerte sich an Gustavs Familie. Es schoß ihm plötzlich
durch den Kopf, daß es besser sein könnte, mit Brandeis vertraut zu
werden. Das geht ohne weiteres! dachte er. Und er beugte sich vor und
sagte: »Ich habe zufällig gestern ein Gespräch über Sie gehört, Herr
Brandeis!« – »Und Sie wollen es mir berichten?« – »Ja!« – »Ich werde
Sie enttäuschen. Es interessiert mich nicht. Ich weiß, daß die Menschen,
die vor zwanzig Jahren reich geworden sind, mich, weil ich erst seit einem
Jahr reich bin, für einen Seeräuber halten. Und vielleicht«, Brandeis lä-

chelte, »halten sie mich auch für gefährlich – man fürchtet mich«, schloß er plötzlich laut.

Dann begann er wieder in seiner gewohnten Sanftheit: »Ich glaube, Sie interessieren sich genügend für Zeitungen, um ein Journalist werden zu können. Nun könnte ich Sie zwar einem politisch rechtsgerichteten Blatt empfehlen. Aber dort gibt es mehrere Ihresgleichen. Dagegen sind Sie vielleicht eine Akquisition für ein demokratisches Blatt, ein großes, von altem Ruf, dessen Verleger mir verpflichtet sind. Ein demokratisches Blatt kann einen jungen Mann von Ihrer rechtsradikalen Vergangenheit sehr gut brauchen. Um offen zu sein: Bei den Juden können Sie Karriere machen. Wollen Sie?« Theodor wollte ja sagen. Aber Brandeis wartete nicht. »Sie werden mir schreiben!« Er stand auf. Stumm, mit einer Verbeugung, die er sofort bereute, weil sie seiner Meinung nach zu tief ausgefallen war, verabschiedete sich Theodor.

# Dritter Teil

## 17.

Um sieben Uhr abends, zwei Stunden später als seine Angestellten, verließ Nikolai Brandeis sein massives Bürohaus. Um diese Stunde schlossen die drei Warenhäuser, die ihm gehörten, die Kaufläden in den dreiunddreißig Häusern, die ihm gehörten, die sechshundertundfünfzig Beamten und Angestellten zogen schwarze Anzüge an, suchten ihre Abonnements hervor, ihre kleinen Mädchen und ihre vergrämten Frauen und begaben sich in die Theater, die Kinos und Konzerte zu ermäßigten Preisen, die Bürodiener und die Lohnkutscher betraten die Bierkneipen und führten die schmalen Gläser, gefüllt mit schäumender, uringelber Flüssigkeit an die langhaarigen Schnurrbärte. Um diese Stunde strömten die fünftausend Arbeiter aus den Fabriken, deren Aktien Brandeis besaß, in die feuchten Säle voll von kaltem Pfeifenrauch, dumpfem Gestank der Bierfässer, säuerlichem Menschenschweiß, um Politik zu hören. Um diese Stunde gingen die Herren Sekretäre und Oberbeamten ins Kasino zum Spielchen, in die Vorstandssitzung des Stahlhelms, in das Komitee vom Weißen Kreuz, in die Bezirksorganisationen des Reichsbanners, in den Wochenabend der Kreiszahlstelle. Um diese Stunde legten die Chauffeure der hundertundzwanzig Last- und Warenautomobile, die in Brandeis' Namen durch Straßen und Städte fuhren, ihre Livreen ab, hängten sie an dünne Bügel in numerierte Wandschränke, zogen ein billiges, praktisches Zivil an und genossen die Freiheit, die knappe zwölf Stunden maß an Länge und an Breite. Das war die Stunde, in der die Redakteure des demokratischen Blattes, dessen heimliche Aktien Brandeis heimlich gehörten, den Abenddienst begannen, schmale, glänzende und ausgefranste Lüsterröckchen anzogen und auf die Glockenknöpfe aus weißem Kautschuk drückten. Die Boten kamen auf Fahrrädern mit Parlamentsberichten, mit Gerichtssaalberichten, mit Tagesneuigkeiten, lila kopiert auf billigem Holzpapier, mit politischen Korrespondenzen, und in den ledergefütterten und stickigen Telephonzellen begannen die Apparate zu klingeln, aus Amsterdam und Rotterdam, aus Bukarest und Budapest, aus Kalkutta und Leningrad, und der Leitartikler hatte sein Thema gefunden, wanderte auf und ab und predigte Sätze, denen eine Schreibmaschine das klappernde Echo gab. Alle diese Menschen glaubten, frei zu sein. Kaum kannten sie den Mann, der ihnen Brot gab und Margarine, Kunstbutter und prima

Tafelbutter. Sie hielten sich aufrecht und zitterten vor Kündigungen, sie demonstrierten am Sonntag und verbargen pornographische Ansichtskarten vor ihren Frauen, sie herrschten über ihre Kinder und bangten um eine Gehaltserhöhung, sie redeten Leitartikel und zogen die Hüte vor dem Bürochef.

Brandeis kannten sie nicht. Nikolai Brandeis, den Organisator, ja den Schöpfer eines neuen Mittelstandes, den Erhalter des alten, Nikolai Brandeis, der den Organisationen der Mittelständler Rabatte verlieh, der an der Billigkeit der Waren reich wurde, der die Menschen kleidete und nährte, der ihnen kleine Kredite gab und niedliche Häuschen an den Rändern der Städte, der ihnen die Blumentöpfe bescherte und die zwitschernden Kanarienvögel und die Freiheit, die Freiheit, die zwölf Stunden maß an Länge und Breite.

Nikolai Brandeis verließ mit seinem Ersten Sekretär, dem Oberst Meister, um sieben Uhr abends das Büro. Am Abend, vor dem Weggehen, hatte Brandeis plötzlich zu reden begonnen. Der Oberst verstand zuerst sehr wenig. Ähnliche Augenblicke erlebte er, wenn ihm zufällig irgendein Buch in die Hand geriet. Dann verschwammen die Worte zuerst. Hierauf bemühte sich der Oberst, sie einzeln herauszustrählen und noch einmal zu betrachten. Denn er wunderte sich, daß es möglich war, die Worte zu verstehen und nicht ihren Zusammenhang. Jetzt, da Brandeis sprach, überfiel ihn ein ganz unbestimmter Verdacht, daß es sich hier um das handelte, was er »Philosophie« zu nennen gewohnt war. Und erst spät begann er zu begreifen, aber nicht mit seinem alltäglichen Verstand, sondern mit der Hilfe von Nerven, von deren Existenz er früher niemals etwas geahnt hatte.

»Nun«, fuhr Brandeis fort, »bin ich sozusagen vor dem Ziel. Jeder andere an meiner Stelle würde so sprechen. Aber ich, ich habe nicht ein einziges Leben hinter mir, sondern zwei oder vielleicht mehr. Und ich fühle seit einiger Zeit, daß ich wieder ein neues beginnen muß.

Glauben Sie mir, daß ich müde bin? Müde, nicht weil ich zuviel gearbeitet habe, sondern weil ich ohne eine Gesinnung arbeite, ohne einen Ehrgeiz, ohne ein Ziel. Heute noch bin ich der selbständige Verwalter der Macht, die sich in meinem Hause angesammelt hat, aber morgen schon bin ich ihr Gefangener. Haben Sie einmal darüber nachgedacht, warum ich so reich geworden bin? Sie halten mich für einen großen Kaufmann? Nicht wahr? Sie irren sich, Herr Oberst! Ich verdanke alles der Widerstandslosigkeit und der Ohnmacht der Menschen und der

Einrichtungen. Nichts in dieser Zeit wehrt sich gegen Ihren Druck. Versuchen Sie, einen Thron zu erlangen, und es wird sich ein Land finden, das Sie zum König ausruft. Versuchen Sie, eine Revolution zu machen, und Sie werden das Proletariat finden, das sich erschießen läßt. Bemühen Sie sich, einen Krieg hervorzurufen, und Sie werden die Völker sehen, die gegeneinander ausziehn. In einigen Wochen, in einigen Monaten, in einem Jahr vielleicht könnte es mir gelingen, die Industrie dieses Landes zu erobern. Ich bin dahintergekommen, daß es nur die Namen sind, die noch ihren alten, mächtigen Klang haben und den und jenen erschrecken. Sie hören von einem Herrn Generaldirektor, Sie gehn zu ihm ins Zimmer – und auf einmal bedauern Sie alle Ihre Vorbereitungen und kommen sich lächerlich vor. Sein Titel steht nur auf der Tafel an der Tür. Sind Sie einmal in seinem Büro, dann sehn Sie, daß die ganze Macht des Generaldirektors nur von vier Nägeln, einer gläsernen Tafel an der Tür gehalten wird – und die Tür und die Tafel und die Nägel kommen Ihnen imposant vor im Vergleich mit der Persönlichkeit, zu der sie gehören. Glauben Sie mir, der Generaldirektor gehört seiner Tafel, seiner Visitkarte, seiner Rolle, seiner Stellung, der Furcht, die er verbreitet, den Gehältern, die er bewilligt, den Kündigungen, die er ausspricht, nicht umgekehrt! Von dieser Gefahr bin ich heute schon bedroht. Die Abzeichen meiner Macht werden anfangen, imposanter zu werden als ich. Ich werde nicht mehr den Launen folgen können, die meine einzige Freude sind. Ich kann den Herrn Bernheim anstellen, wenn es mir Freude macht, und zusehn, wie er wächst, mit der Chemie verschwägert wird, wie er ein großes Haus und einen Namen bekommt. Ich freue mich, wenn sein Bruder, ein Völkischer, in einer jüdischen Zeitung Artikel schreibt. Aber morgen schon könnte die Zeitung mächtiger werden, als mir lieb ist, und zum Beispiel meine Anonymität enthüllen. In der Stunde, in der man meinen Namen so ausspricht, wie man die Namen der populären Mächtigen nennt, bin ich ohnmächtig. Denn der Name schwillt an und bezieht Kraft von mir und braucht meine Kräfte, um zu tönen – nichts mehr, als um zu tönen …

Und dennoch – und deshalb spreche ich mit Ihnen, reizt mich die Chemie, das einzig Unheimliche in dieser Klarheit, in der ich lebe. Es ist Gefahr vorhanden, daß ich mich ihr ausliefere. Und zum erstenmal wäre ich einer Übermacht ausgeliefert. Alles andere war kleiner als ich: dieser lächerliche Mittelstand, der meine Devise ist, der meine Warenhäuser füllt, die Beamtenorganisationen, denen ich Brot und Anzüge liefere, diese Häuser, die Bank mit den kleinen, sicheren Krediten, meine Direktoren mit den 150.000-Mark-Gehältern. Aber die Chemie ist ein Element. Ich könnte genauso ohnmächtig werden wie ihre Aktionäre, ihre Chemiker, ihre Generaldirektoren. Seitdem ich mit der Imperial Chemical Industry in Verbindung stehe, erschrecken mich die wunderbaren Phänomene in der Welt der Chemie. Alles ist hier wunderbar. Ich habe sonst keinen Respekt vor Zahlen. Hier zum erstenmal erschrecken mich die 10.000 Arbeiter von Höchst am Main, die 11.000 der Badischen Anilin, die 95 Fabriken der I.G., die 108.000 Angestellten, die 143 000 der angegliederten Fabriken, die 600 Tonnen Phosgen, die jährlich erzeugt werden. Denken Sie, daß die Kunstseide, aus der die Strümpfe Ihrer Tochter gemacht sind, mit dem Giftgas verwandt ist, mit dem der Krieg geführt wurde. Nitroglyzerin ist beides! Welch ein Name! Nitroglyzerin!

Halten Sie mich für einen Schwärmer, Herr Oberst? Sie haben recht! Zum erstenmal könnte man mich dafür halten. Es hat sich etwas geändert, es ist etwas mit Nikolai Brandeis vorgegangen. Ich weiß nicht, ob wir noch viele Male unser Büro zusammen verlassen werden. Gute Nacht!«

Er hat mich nicht verstanden, dachte Brandeis. Ich habe ihm auch nicht alles gesagt. Ich könnte ganze Tage sprechen, und es wäre das Wichtigste nicht gesagt. Fremde Kräfte überwältigen mich. Seitdem –. Er dachte nicht weiter. Er kam oft bis zu dieser Grenze. Dann begann ein Reich, weit, unübersichtlich, unbekannt, keinem Gedanken erreichbar und keiner Vorstellung. Es war wie die Grenze der Welt, der Brandeis einmal entgegengewandert war.

Er ging immer langsamer, je näher er seinem Hause kam.

Ja. Je näher er seinem Hause kam, desto langsamer ging er. Wie viele Male im Laufe des Tages vergaß er es! Unter den vielen Häusern, die er zusammengekauft hatte, war es eines. Manchmal ging er in ein Hotel schlafen. Er liebte die fremden Hotelzimmer und ihre Gegenstände, die aller Welt gehörten, und die Tapeten, die der Zufall über die Wände geklebt hatte. Er brauchte nur ein Dach über dem Haupt. In seinem Haus umgab ihn der Reichtum wie eine Krankheit. Ein Gärtner, zwei Hunde, eine Garage, Dienstboten, eine knarrende Gittertür und knirschender Sand! Und das Fundament tief eingelassen in eine fremde Erde, ein verwurzelter Beton. Ein Zelt hätte er vielleicht gerne bewohnt. Vieles gehörte ihm, aber nichts besaß er. Viele gehorchten ihm, aber keinem befahl er. Vieles ergab sich ihm, und nichts wurde sein Eigentum. Ihm war, als bestünden seine Häuser nur aus den papiernen Plänen der Architekten, die Waren, die er kaufte und verkaufte, nur aus den Lieferscheinen und Handelsregistern, die Menschen, die für ihn arbeiteten, nur aus den Listen der Arbeitnehmer. Einmal hatte er drei Stückchen Feld besessen, ein kleines, weiß und blau getünchtes Häuschen, ein paar Kühe und zwei Pferde, zehn Bücher und eine Flinte und einen Stock mit metallenem Knauf. Dies alles war verloren! Als hätte er seit jener Zeit nichts anderes gewonnen, lebte Nikolai Brandeis wie ein Enteigneter, zufrieden mit seiner Armut und von ihr beflügelt. Ihm schien, daß es sein Schicksal war, eine Welt, die aus Besitz und Beton bestand, als ein Schatten zu durchstreifen, mit den unheimlichen Fähigkeiten eines Geistes Schätze zu häufen, mit den Händen achtlos Banknoten zu zählen, wie man mit den Füßen in herbstlichen Blättern raschelt, und überhaupt alles, Gegenstände, Waren und Menschen, in Papier zu verwandeln. Gar nichts festhalten und selbst nicht gehalten werden! Andere waren da, um zu gewinnen und liebzugewinnen, zu erben und zu halten, zu schätzen und zu genießen, zu kaufen und zu besitzen. Oder vielleicht war auch der Besitz der *andern* nicht wirklich? Sie gaben sich nur keine Rechenschaft darüber? Sie glaubten zu halten, und es zerrann? Sie glaubten zu genießen, und es verschwand? Ihr Genuß wie ihr Gefühl zu besitzen waren Funktionen ihrer Phantasie? Es ist wahr, dachte Brandeis, was ich dem Oberst gesagt habe. Alles ist widerstandslos und zerfällt nur nach meinem Willen zu Formen wie Asche und Sand. Nur die Namen sind noch geblieben. Eine einzige reale Macht besteht, wächst, bringt Leben und Tod: die Chemie. Soll ich mich ihr preisgeben?

Zu Hause erwartete ihn Lydia. Länger als ein Jahr wartete sie auf ihn vergeblich. Zwar nahm er sie in sein Bett, umfing sie mit seinen Armen, seinem Geruch und seinem Blick, der in der Finsternis leuchtete, wenn sie die Augen aufschlug, in der ständigen, stets enttäuschten Hoffnung, seine geschlossenen Lider zu sehn und endlich sein Angesicht, in der Wollust verloren. Niemals war es anders als am Tage. Ja, ihr schien, daß es klarer wurde in der Dunkelheit, daß sie vielleicht einmal in der Finsternis das Geheimnis dieses Mannes erraten würde, so wie man das Wesen der Geister nur um Mitternacht erkennt. Sie lauerte vergeblich.

Seine Augen schienen schon die Ferne zu sehen, in der er bald verschwinden wollte. So mächtig sein Körper war, so stark sein Schritt, der auch den Teppichen noch einen Widerhall entlockte und den sie hörte, wenn er anfing, den Kies im Garten zu mahlen, so unwirklich ferne und unerkannt blieb ihr Nikolai Brandeis. Manchmal verhüllte er mit dieser riesigen Hand ihre Brust. Eine große, starke Wärme floß von den Fingern in ihren Körper. Er sprach nicht. »Schweig doch nicht so«, bat sie – in einer unbestimmten Hoffnung, daß sie ihn bewegen könnte, auf eine andere Art zu schweigen. Denn daß er einmal reden würde, reden wie jeder andere Mensch, konnte sie niemals erwarten.

Er machte sie glücklich und unglücklich zu gleicher Zeit, als wären Glück und Unglück, Seligkeit und Verzweiflung untrennbare Zwillinge. Sie wußte nicht mehr, ob er grausam war oder zärtlich und ob ihre eigene Liebe nicht Furcht oder Neugier war. Minutenlang haßte sie seine Fremdheit, sehnte sie sich nach der einfachen, verständlichen menschlichen Roheit Grischas zurück. Immer wieder gab sie sich einen Aufschub, nachdem sie beschlossen hatte, Brandeis zu verlassen und den Grünen Schwan wieder aufzusuchen. Wenn er sich in zwei Wochen nicht ändert, dachte sie, werde ich fliehen. Er änderte sich nicht, und sie blieb. Ihre bescheidene Phantasie, gebildet an den bescheidenen Kenntnissen der Schriftsteller von den Seelen merkwürdiger Menschen, gebot ihr manchmal eines der kleinen Mittelchen, die in Romanen verschrieben werden. Sie begann, die lächerlichen Möglichkeiten zu erörtern. Vielleicht konnte sie ihn eifersüchtig machen? Aus den armseligen Erfahrungen ihres vergangenen Liebeslebens versuchte sie, Rezepte zusammenzustellen, Situationen zu komponieren, die kleinen Tricks einer jahrhundertealten literarischen Tradition wachzurufen, die das Leben so wunderbar fälscht. Aber sie sah in sein Gesicht und erkannte auf einmal, wie lächerlich ihre Bemühungen waren. Alle Gesetze wurden ungültig in seiner Nähe. Er schrie nicht einmal. Niemals erhob er seine Stimme so, daß man sie etwa hätte hören können, wenn man durch eine Tür von ihm getrennt war. Manchmal fühlte man seine Anwesenheit nicht, obwohl man ihn sah. Sein schwerer, großer Körper lastete auf ihr, ihre Zähne bissen seinen mächtigen Hals, ihre Finger zeichneten die steinernen Konturen seiner Schulterblätter nach, in ihren Haaren verlor sich der Atem seines Mundes. So lag sie eingehüllt in seiner Wucht und vergaß für Augenblicke, daß er kein Mann war wie andere. Aber plötzlich zwang sie die Sehnsucht, die Augen aufzuschlagen und verstohlen nach oben zu schielen. Und ihr Blick stahl erschrocken das Weiß seiner offenen Augen. Wohin blickte Brandeis? Was suchte er an der nächtlichen Wand über ihren Haaren? Konnte sein Auge die Wände durchbohren? Sah er den Horizont seiner Heimat? In diesen Minuten entbrannte in ihr ein kleiner, aber tödlicher Haß. Sie hätte ihn stechen mögen, um zu sehen, ob er sterblich war.

Sie lebte gefangen im Haus. Er schickte ihr Schneider und Kaufleute, aber nicht einen einzigen Gast. Er wollte keine Menschen sehn. Die Menschen waren wie Häuser und Waren. Er handelte mit ihnen, während des Tages, in seinem Büro. Sie war jung, sie zählte ihre Jahre. Zweiundzwanzig. Sie warf ihm diese geringe Zahl vor, als wäre ihre Jugend seine Schuld. Einmal sah er sie weinen. Er verstand. Aber er saß, ungeschickt und mächtig, vor dem kleinen Jammer einer kleinen Frau. Er fürchtete sich vor seinem eigenen Mitleid. Er haßte die Zärtlichkeiten, die der Trost befahl. Er war nicht imstande, ein Elend zu messen an dem Menschen, der es im Augenblick empfand. Er konnte niemals verstehn, daß die geringen Ursachen, die einen Schmerz erzeugen, weder den Umfang noch die Tiefe des Schmerzes bestimmen. Er maß das Unglück Lydias an dem absoluten Unglück der Welt. Er sah gleichgültig zu, wie sie weinte. Zum erstenmal weinte sie vor einem gleichgültigen Mann. Es war die erste Demütigung, die sie zu erleiden sich einbildete. Ihr kleines Gehirn sann auf Rache. Sie begann, Launen zu zeigen. Sie versuchte sich in der Ausübung einer engen Despotie. Sie überraschte Brandeis mit unerwarteten Wünschen. Sie wollte Menschen sehn. Er ging eines Abends mit ihr ins Theater. Schweigsam, nicht ohne Bitterkeit. Er haßte schon das Foyer. Er hatte Angst vor dem ersten Akt, er erwartete das Spiel wie eine Katastrophe. Die Experimente der Regisseure aus den ersten Jahren nach dem Krieg waren milder geworden, der Radikalismus der Dramaturgie begann, Konzessionen an die Nerven des Publikums zu machen. Brandeis vertauschte die Angst gegen eine weit gefährlichere Langeweile. Ein paarmal hatte er sich mit Lydia in den Logen der Theater gezeigt, auf einem Ball, in einem Konzert. Dann hatte er aufgehört, sich um die traditionellen gesellschaftlichen Veranstaltungen zu kümmern, die eine neue Zeit fortsetzte, ohne eine Gesellschaft. Es war ihm nur notwendig erschienen, sich in Abständen von einigen Monaten zu überzeugen, daß er für Vorgänge auf Podien und Bühnen jedes Interesse verloren hatte. An diesem Abend war seine Gleichgültigkeit so groß, daß er das Publikum zu betrachten anfing. Er stellte fest, daß ihn mehr Leute kannten, als er angenommen hatte. Seine Anonymität war gefährdet. Die Menschen halten es nicht aus, dachte er, ohne Heilige und Teufel zu leben. Sie haben gefunden, daß ich unheimlich bin. Ich habe es satt, diesen Dummköpfen als eine Art Dämon aus dem Osten zu erscheinen. Diese

Rolle mögen die reichen Juden aus Kischinew, Odessa und Riga spielen, die nichts anderes wünschen, als in Berlin geboren zu sein. Wie er sie so sah, Gesicht an Gesicht, Physiognomien, die aus Glatzen entstanden zu sein schienen, von Friseuren modelliert, als hätten diese nicht nur Haare, Bärte und Bartlosigkeit herzustellen, sondern auch Nasen, Stirnen und Münder – begann er zum erstenmal zu begreifen, daß ihn eine einzige Leidenschaft getrieben hatte, Geld zu machen, eine einzige Leidenschaft, die stärker sein kann als alle ihre Schwestern: die Verachtung. Man kann von ihr ergriffen werden wie von der Liebe, vom Spiel und vom Haß. Man kann eine »tödliche Verachtung« fühlen. Es hatte dieser belichteten Reihen dichtgesäter Gesichter bedurft, damit Brandeis sich seiner Leidenschaft bewußt werde, ebenso wie man sich beim Anblick eines Menschen seiner Liebe bewußt werden kann. So viele, die er nicht kannte, grüßten ihn. Sie wußten, daß er sie nicht kannte. Dennoch lächelten sie ihm zu, beschworen ihn, ihnen zu erwidern. Sie hatten die zudringliche Untertänigkeit der Leute, die für wohltätige und öffentliche Zwecke Geld sammeln. Sie strecken die Hände aus und haben Angst, man könnte sie mit Bettlern verwechseln. Da war die Pause. Sie gingen im Kreis in einem Wartezimmer auf glattgebohnertem Parkett und fürchteten auszugleiten. Zwischen der Unsicherheit ihrer Füße, die in den neuen Stiefeln mit allzu glatten Sohlen steckten, und dem Gefühl der Vornehmheit, das sie vom Namen des Staatstheaters, von der Livree der Platzanweiser und von ihren eigenen Smokings bezogen, bestand noch ein leerer Raum, den ihre Körper vergeblich auszufüllen suchten. Die Leiber verschwanden zwischen den festlichen Gesichtern und den gleitenden Füßen. Wie ein kreisender Rahmen schwankten sie um das leer gebliebene, spiegelnde Oval der Parkettmitte, das niemand zu betreten wagte aus Angst, allein zu sein. Brandeis erinnerte sich an jenen Sonntag, an dem er den politischen Umzug auf dem Kurfürstendamm betrachtet hatte. Auch damals hatten sie die Mitte frei gelassen. Mit denselben Gesichtern umschritten sie die Pause im Theater. Die Windjacken lagen in der Garderobe. Verwandelt waren nur die Arme. Sie schlenkerten nicht. Sie hingen wie schwarze Prothesen am Smoking. Von den Abendkleidern der Damen, welche die Schönheitspflege manifestierten, fiel sachte ein bunter Widerschein auf die weißen Gesichter der Männer, das Farbenspiel eines gesellschaftlich gehobenen Geschlechtsverkehrs. Jeder fühlte, daß er einer Premiere beiwohnte. Jeder war froh, daß ihr auch der andere beiwohnte. Denn erst zusammen ergaben sie das bunte Bild für den Vorbericht des Theaterreferenten.

Brandeis vermißte hier seinen jüngsten Direktor, Paul Bernheim, und dessen Bruder Theodor. Das ganze bunte Bild wäre von Paul und seiner jungen Frau nach Brandeis' Meinung noch heftiger belebt worden. Von anderen Bekannten war nur der Theaterkritiker des demokratischen Blattes zu sehn, das von Brandeis abhängig war. Aber der Kritiker kannte seinen Brotgeber kaum, nur Handelsredakteure wissen Bescheid. Die Beschäftigung mit der Kunst macht die Menschen harmlos. Bernheim ging vielleicht gar nicht zu Premieren, Bernheims gesellschaftliche Stellung erlaubte es vielleicht gar nicht mehr. Ich werde ihn einladen, dachte Brandeis. Ich werde ihn mit Lydia bekannt machen. Hoffentlich verliebt er sich.

Die junge Frau Bernheim war für zwei Wochen zu ihrem Onkel Enders gefahren. Eine kleine Familienfeier, nichts von Bedeutung, Paul Bernheim hatte sich mit einem eintägigen Besuch begnügt. Zum erstenmal betrat er Brandeis' Haus. Zum erstenmal sah er die Frau, mit der Brandeis lebte. Er kam, erfüllt von den Gerüchten, die von der kaukasischen Fürstin verbreitet wurden und an die er glaubte. Denn es ist in einer Zeit, in der die Wahrheiten selten werden, nichts so glaubhaft wie ein Gerücht; und je billiger und abenteuerlicher es klingt, desto bereitwilliger empfängt es die Phantasie der romansüchtigen Menschen.

Paul Bernheim gehörte zu den gläubigsten Empfängern romanhafter Gerüchte. Er sammelte sie, wie er Anekdoten sammelte, in einem ledergebundenen Büchlein mit Goldschnitt, in das er verborgen zu schauen pflegte, bevor er zu erzählen begann. Sauber geschieden waren in seinem Gehirn die sogenannten Geschichten von der sogenannten Wirklichkeit. Aber es machte ihn glücklich, wenn eine Geschichte in die Wirklichkeit seiner Umgebung hineinspielte. Nach der Art der Europäer, die geographische Begriffe literarisch werten, hielt er den Osten für rätselhaft, den Westen für gewöhnlich. Und der Osten begann gleich hinter Kattowitz und reichte bis zu Rabindranath Tagore. In diese Region placierte er Brandeis. Etwas östlicher lag Lydia. Sie war nämlich eine Frau und nach Tekelys Erzählungen aus dem Kaukasus und wahrscheinlich fürstlichen Geblüts. Der Kaukasus allein hätte schon genügt.

Man liebt nicht die Frauen, man liebt die Welten, die sie repräsentieren. Obwohl Lydia ein europäisches Gesicht hatte und ebensogut in Köln wie in Paris wie in London zur Welt gekommen sein konnte – in

Wirklichkeit war sie aus Kiew –, sah Paul Bernheim in ihr den »kaukasischen Typ«, und da er noch keine Ahnung von ihrer Vergangenheit im Grünen Schwan hatte, verlieh er ihr im stillen prompt die Marke: echte, distinguierte, köstlich fremde Dame. Seine Lust, sich selbst seine Welt- und Frauenkennerschaft zu bestätigen, trieb ihn zu frühen und flinken Formulierungen. Ja, während er die Frau für sich charakterisierte, hörte er sich schon laut von ihr erzählen, und zu der Bewunderung, die er für den Kaukasus und dessen Kinder empfand, addierte er noch jene, die ihm selbst von seinen fiktiven Zuhörern gespendet wurde. Er war so glücklich über den Eintritt einer Geschichte in seine Wirklichkeit, daß er jene noch erweiterte und diese vernachlässigte. Er gehörte selbstverständlich zu den Männern, die sich mit einem Schlag verändern, wenn sie in die Nähe einer Frau kommen, an deren Eroberung ihnen einmal gelegen sein könnte. Ein echtes Exemplar der Gattung Gesellschaftsmänner, das er war, holte er seine alten Charmeurtugenden hervor, und er begann, Geschichten aus jenem Oxford zu erzählen, das niemals seine Wirkung auf Männer und Frauen verfehlte. Er war seit mehr als einem Jahr der erste fremde Mann, mit dem Lydia sprach. Sie verglich den massiven, schweigsamen Nikolai Brandeis mit dem beredten und unaufhörlich bewegten Paul Bernheim. Es gab im Verlauf dieses Abends sogar ein paar Augenblicke, in denen zwischen ihr und Paul ein geheimes Einverständnis gegen Brandeis zu schweben schien. Als Paul fragte: »Sie haben selten Gäste?« antwortete sie sehr schnell: »Niemals!« so schnell, daß sie zu verstehen gab, daß sie diese Frage erwartet hatte. Brandeis sagte darauf leise: »Ich liebe keine Fremden.« – »Und Sie, gnädige Frau?« fragte Bernheim. Darauf gab sie keine Antwort. Nikolai Brandeis' Augen waren unbeweglich, mit offenen Lidern auf den Tisch gerichtet, aber sie umfingen auch die Wände, die im Schatten standen, und die beiden Menschen neben ihm, und ihr hartes, wachsames Licht durchströmte den ganzen Raum. Wie es seine Art war, hielt er beide Ecken des Tisches mit seinen großen Händen fest, so als wollte er sich auf sie stützen, um sich zu erheben. Aber manchmal schien es Paul, daß Brandeis im Begriffe war, den Tisch umzustoßen. Deutlich fühlte er auf einmal seinen Haß gegen Brandeis, als hätte es erst dieser Frau bedurft, um dem Verhältnis zwischen den beiden Männern eine Klarheit und einen Namen zu geben. Sein erstes Gefühl war Neid. Der fremde Mongole – sagte sich Paul, und er verwendete dabei, ohne es zu wissen, die Terminologie seines Bruders Theodor – besitzt diesen jungen Körper jede Nacht. Denn er betrachtete natürlich den Beischlaf als eine Bestätigung dafür, daß der Mann besaß und die Frau besessen wurde. Dieser Mann, dachte er weiter, den nichts anderes treibt als die Gier, Geld zu verdienen, behandelt die Frau nach östlichen Manieren und sperrt sie in einen Harem ein. Gewiß ist er eifersüchtig. Wie sollte er auch in meiner Anwesenheit nicht eifersüchtig sein? Bis jetzt war es Paul Bernheim gelungen, den hartnäckig immer wieder auftauchenden Gedanken, daß er seinen Aufstieg Brandeis zu verdanken habe, hurtig zu verscheuchen. Er bekam hundertfünfzigtausend Mark jährlich Gehalt, dafür arbeitete er drei Stunden im Tag und repräsentierte. Seine Konferenzen mit Krankenkassen, mit Betriebsräten und Versicherungsgesellschaften betrachtete er ohnehin als seiner unwürdig. Er hegte gegen Brandeis den Verdacht, daß er absichtlich einen so gefährlichen Mann wie Paul Bernheim vom sogenannten »Außendienst« fernhielt und besonders vom Verkehr mit Banken. Während doch gerade die Banken sozusagen Pauls richtiges Fach waren. Es ärgerte ihn, daß Brandeis so schnell und sicher Theodor geholfen hatte. Er beneidete seinen Bruder beinahe um diese Stellung in der Redaktion. Denn er selbst, Paul, hatte sich doch zu einer direkten, öffentlichen Wirkung berufen gefühlt. Und was hätte es Brandeis geschadet, Paul Bernheim zu einem der drei mächtigen Verlagsdirektoren zu machen? – Er fürchtet mich! tröstete sich Paul, während in ihm selbst die Furcht vor Brandeis wach wurde wie ein alter Schmerz. Sehr ferne und verschwommen tauchte die düstere Erinnerung an Nikita Bezborodko auf. Noch gestand er es sich nicht ein. Aber schon suchte er nach einem schwachen Punkt im Leben seines Feindes. Seiner eigenen Schlauheit glaubte er diese Einladung in das Haus zu verdanken, die er selbst einen »Einbruch« nannte. Natürlich hatte Brandeis einen »schwachen Punkt«. Diese Frau eben. Die Romane, in denen ein großer Geldmann vergeblich um die Liebe einer kleinen Frau wirbt, bis er sie schließlich an einen gewandten Kenner der Frauenseelen verliert, hatten die psychologischen Fähigkeiten Bernheims gebildet. Schon glaubte er die ganze Entwicklung der Dinge vorauszusehen. Auf diesem Gebiet, wenn auf keinem anderen, war er Brandeis gewachsen. Hier wollte er sich rächen. Da er aber sentimental genug war, sich ohne eine moralische Deckung nicht rächen zu können, hielt er es für notwendig, Lydia zu lieben. Und also liebte er sie.

Gleich am nächsten Tage wollte er mit beiden im Auto spazierenfahren. Er erwartete, daß Brandeis ablehnen werde. Aber Brandeis sagte zu.

Am nächsten Tag ließ er sich allerdings entschuldigen. Er bat Bernheim, Lydia allein auszuführen. Sie fuhren mit der Geschwindigkeit von siebzig Kilometern. Eine Schnelligkeit, die von allen modernen Schriftstellern, welche die Beziehungen zwischen den menschlichen Herzen und den Motoren studiert haben, für ähnliche Situationen vorgeschrieben ist. Paul, der seit seiner Heirat angefangen hatte, sich wieder mit der zeitgenössischen Literatur zu beschäftigen und sogar mit Schriftstellern zu verkehren, kannte sich vortrefflich in der Ausbeutung der Naturschönheiten mittels eines beschleunigten Tempos aus: »Jeden zweiten Tag rase ich so durch die Welt dahin«, sagte er zu Lydia. »Das Automobil hat uns die Natur erst richtig sehen gelehrt. Es ist herrlich, wie die Straße, die Bäume, die Häuser verschlungen werden. Mein Chauffeur ist ein Feigling. Über fünfundfünfzig, sechzig kommt er nicht hinaus. Ich aber denke: Wer so schnell arbeitet, muß auch schnell genießen. Gefährdet sind wir den ganzen Tag, auch wenn wir ruhig im Büro sitzen. Aber glauben Sie mir: Ich möchte die Gefahr gar nicht missen.« – »Sie waren sicher im Krieg?« – »Vier Jahre, Kavallerie.« – »Sie reiten leidenschaftlich?« – »Einmal, zweimal in der Woche. Wollen Sie mit mir ausreiten, gnädige Frau?« – »Ich fürchte mich etwas.« – »Doch nicht in meiner Gesellschaft? Wir geben Ihnen ein frommes Tier!« In Lydia Markownas Erinnerung erwachten die Photographien aus einer Serie »Die Dame zu Pferde«, die auf Glanzpapier und blaugrün schimmernd in einer »führenden« Modezeitschrift erschienen war, neben einer andern Serie, »Mutter und Kind«, und einer dritten, »Ehen in der Gesellschaft«. Sie sah die diskreten Texte unter den Bildern: »Frau Generaldirektor Blumenstein« und »Gräfin von Hanau-Lichtenstern zu Roß« oder »Beim Morgenritt« oder »Im Herrensattel«. Und alle Vorstellungen von Vornehmheit, die sich aus Mangel an lebendigem Material auf die Klischees der Photographen, in die Redaktionsstuben der illustrierten Zeitungen und in die Aufnahmeateliers der Filmgesellschaften gerettet zu haben schien, erwachten in dem Gehirn Lydia Markownas und entzündeten in ihr einen gesellschaftlichen Ehrgeiz. Wo gäbe es die Tochter eines Uhrmachers aus Kiew, die solchen Lockungen nicht erlegen wäre? Denn ihr Vater war ein Uhrmacher gewesen, sie selbst hatte sich schon in jungen Jahren berufen gefühlt, in eine höhere Klasse aufzusteigen, und Gedichte von Puschkin, verbunden mit einem normalen schauspielerischen Talent, sollten ihr dazu verhelfen. In dem Sommer, in dem Nikolai Brandeis aus der Roten Armee desertierte, starb der Vater Lydias. Sie flüchtete. Sie geriet als Kellnerin in ein russisches Restaurant, wo sie die Trinkgelder zurückwies und infolgedessen, und weil die Phantasie der Besucher auffallender Beispiele für die Grausamkeit der Revolution bedurfte, in den Ruf einer Fürstin geriet. Es war das Restaurant, in dem ein paar Emigranten, frühere Schauspieler, den Grünen Schwan gründeten. Sie nahmen Lydia mit. So erfüllte sich auf Umwegen ihr Wunsch. Es war zwar nicht das Moskauer Akademietheater, dessen Mitglied sie wurde, aber immerhin ein Theater. Da alle ihre Kameraden paarweise lebten, sie allein und Grigori, der Kosak, einzeln schliefen, legte sie sich nach einigem Zögern zu diesem. Die Truppe ersparte die Miete für ein Hotelzimmer. Als sie Brandeis folgte, ahnte sie einen phantastischen Aufstieg. Aber statt, wie sie gehofft hatte, mit Hilfe eines reichen und verliebten Mannes endlich in die erträumten Sphären einer »großen Welt« zu gelangen, wurde sie selbst das verliebte Mädchen eines schweigsamen und also gefährlichen, unverständlichen und ewig fernen Gebieters. Sie war eifersüchtig auf diese langen Tage, die Brandeis irgendwo verbrachte, sie wußte nicht, wo. Denn er hatte ihr verboten, ihn während des Tages aufzusuchen. Sie überlegte, ob sie es wagen dürfte, sich bei Paul zu erkundigen. Hatte Brandeis noch andere Frauen? Sie träumte manchmal, daß er mehrere Frauen in mehreren Häusern ebenso eingeschlossen hielt wie sie. Würde er nicht eifersüchtig werden? »Hoffentlich ist Herr Brandeis nicht eifersüchtig!« sagte Paul plötzlich mit dem leisen, zaghaft probierenden Spott, mit dem die beruflichen Verführer von den abwesenden Rivalen zu sprechen pflegen. »Nein!« sagte sie. »Ich wäre es an seiner Stelle!« Lydia war ihm dankbar. Die Frauen glauben einer Versicherung, die sie gerade brauchen. Seit Jahrhunderten verführt man sie mit Lügen und nicht mit Wahrheiten. Niemals hatte sie von Brandeis ein Kompliment gehört. Schnell fragte sie: »Und Ihre Frau?« und bereute es sofort. »Meine Frau?« wiederholte Paul verwundert, als hätte er sie vollkommen vergessen. »Sie müssen mit ihr zusammenkommen!« sagte er. Sie beschloß, Brandeis zu fragen, ob die Frau Bernheim hübsch, klein, zart, groß, blond oder schwarz sei. Sie war wie alle andern erst dann beruhigt, wenn sie neben dem Mann, den sie kannte, auch etwas von der Frau erfuhr, die zu dem Mann gehörte oder wenigstens scheinbar gehörte.

Sie fuhren langsam in die Stadt zurück, weil der Abend kühl wurde. »Tanzen Sie?« fragte Paul, denn er dachte an die auffälligste Möglichkeit, dem Körper dieser Frau nahe zu kommen. »Oh«, sagte sie harmlos und ohne die Folgen abzuschätzen, »seit dem Grünen Schwan nicht mehr!« – »Wieso Grüner Schwan?« – »Es ist ein Kabarett.« – »Und?« fragte Paul. »Ich habe dort gespielt!« Seine Überraschung war grenzenlos. Sie wäre kaum größer gewesen, wenn man ihm etwa gesagt hätte, daß seine Frau nicht eine geborene Enders sei. Nichts bekümmert einen Menschen wie Bernheim mehr als die Erfahrung, daß er nicht mit einer Fürstin, sondern mit einer Schauspielerin im Wagen sitzt. »Oh!« sagte er. Und wie er einmal auf dem Maskenball plötzlich die Fähigkeit verloren hatte, die intimen Berührungen an Fräulein Irmgard Enders fortzusetzen, so verlor er hier umgekehrt die andere Fähigkeit, distanziert zu bleiben. Mechanisch drängte sein Bein an das Knie seiner Begleiterin. Er vergaß zu sprechen. Er hielt an, und ohne ein Wort zu sagen, versuchte er, den Arm um Lydia zu legen.

Sie begriff, welchen Sinn seine Bewegung hatte, und eine Sekunde später auch, aus welchen Ursachen sie kam. Sie fühlte die gleiche stumme, verzweifelte Scham wie damals, als Grischa sie Brandeis verkauft hatte. Aber heute gelang ihr nicht einmal ein Schrei mehr. Es war, als hätte ihr Herz schon die Gewohnheit, Beschämungen leise zu dulden. Es war kein neuer, erstmaliger Schimpf mehr, den sie erlitt, sondern ein wiederholter, die Erinnerung an jenen ersten. Nicht aus Verzweiflung, sondern eher aus einem instinktiven Bedürfnis, sich zu verteidigen, brach sie in ein leises Schluchzen aus. Die Tränen sind die einzige Waffe der Wehrlosen.

Es dauerte ein paar lange Minuten, bevor Paul Bernheim begriff, daß er Lydia beleidigt hatte. Wie seine Mutter imstande war, in einem Staatsbeamten eine andere Qualität von Ehrgefühl zu vermuten als etwa in einem Hauslehrer, so gestattete ihr Sohn Paul einer Schauspielerin nicht, sich ebenso beleidigt zu fühlen wie eine Fürstin aus dem Kaukasus oder gar eine geborene Enders aus dem Rheinland. Aber konnte der Zufall seiner Mutter gelegentlich nicht recht geben, so zeugte seine Anschauung von seiner verschiedenen Klassenehre der Frauen von einer besonderen Ahnungslosigkeit, von jener, die er mit allen seinen Kollegen, den Verführern, teilen durfte. Denn nichts ist so unabhängig vom Stand, von der Klasse, von der Familie, von der Beschäftigung und von der Erziehung wie der Ehrbegriff der Frauen. Es sind die gleichen Gelegenheiten, bei denen sich Prinzessinnen wie Prostituierte beleidigt und geschmeichelt fühlen. In dem Augenblick, in dem Paul begriff, warum seine Begleiterin weinte, tat es ihm leid, denn er war gutmütig, und er beklagte außerdem eine »verpatzte Gelegenheit« – wie man im Jargon der Männer aus dem gehobenen Stand zu sagen pflegt. Er hielt an. Ohne ihn anzusehn, das Gesicht gesenkt, verließ Lydia den Wagen. Sie ging geradeaus, sie sah nicht auf den Weg. Er stieg ab und ging ihr nach. Er sagte etwas, aber sie hörte ihn nicht. Die Scham erfüllte sie mit einem betäubenden Brausen. Endlich sah er ein, daß nichts mehr zu retten war. Und seine Sorge wandte sich wieder seinem Packard zu, den er mitten auf der Landstraße stehengelassen hatte. Er kehrte um, lenkte langsam in einen Seitenweg und blieb mit dem erschütternden Gefühl zurück, eine Niederlage erlitten zu haben.

Die Sentimentalität ist eine Schwester der Grobheit. Und nichts ist selbstverständlicher als die Tatsache, daß Paul Bernheim auf dem ganzen Heimweg verliebt und wehmütig an Lydia dachte. Sie erschien ihm begehrenswerter als früher, kostbarer in dem Grade, in dem sie ihm endgültig verloren war.

Zu Hause fiel sein erster Blick auf die große Photographie seiner Frau. Er fand Irmgard langweilig, spröde, grobknochig. Der Sport hatte seiner Meinung nach ihre Muskeln männlich gemacht, ihre Schultern um zwei Zentimeter zuviel geweitet, ihre Hände waren stark, groß und trocken. Lydia war zart, schmiegsam, und ihre Haut mochte eine gelblich getönte Glätte haben, ihre Brüste dunkelbraune Monde. Ein Schauder lief ihm über den Rücken.

Lydia wartete lange auf Brandeis. Er kam spät, gegen Mitternacht. Er sah ihre roten Augen, fragte nicht und ging wieder fort.

Es war eine der Nächte, die er in einem gleichgültigen Hotelzimmer zu verschlafen gedachte.

## 18.

Alle Landstraßen der Welt sehen einander ähnlich. Alle Bürger der ganzen Welt sehen einander ähnlich. Die Söhne sehen ihren Vätern ähnlich. Und wer zu dieser Erkenntnis gelangt ist, könnte verzweifeln an der Aussichtslosigkeit, jemals irgendeine Veränderung zu erleben: Ja, sosehr sich die Moden ändern, die Staatsformen, der Stil und der Geschmack, so deutlich sind die alten, ewigen Gesetze in allen Formen zu erkennen, die Gesetze, nach denen die Reichen Häuser bauen und die Armen Hütten, die Reichen Kleider tragen und die Armen Lumpen, und auch jene Gesetze, nach denen die Reichen wie die Armen lieben, geboren werden, krank werden und sterben, beten und hoffen, verzweifeln und verdorren.

Wir gehen dazu über, das Haus des aufgestiegenen Paul Bernheim kennenzulernen, und es ist nicht unwichtig, sich an das Haus seines Vaters zu erinnern. Der alte Bernheim hatte die Bäume und die Mauer umlegen lassen, und der junge ließ eine Mauer errichten und in die jungfräuliche Erde seines Geländes alte, ausgewachsene Bäume einpflanzen. In seinem Garten standen keine Zwerge mehr. Aber die Fabrik, Grützer und Compagnie erzeugte auch keine Zwerge mehr, sondern, aus dünnem, milchigem und hohlem Porzellan weibliche Figuren von einem gewissen stachligen Charakter. Ihre Gliedmaßen erinnerten an die Form von Fichtennadeln. Ihre Brüste waren kleine Pyramiden, ihre Bäuchlein Parallelogramme, ihre Ellbogen Lanzenschäfte und ihre dreimal geknickten Knie gemahnten an die medizinischen Modelle, welche die Folgen der Rachitis anschaulich machen.

Dieser Figuren ein halbes Dutzend sah man in Bernheims Vorzimmer. Sie gehörten zu den Geschenken des Herrn Carl Enders und zeugten von seinem modernen Geschmack, oder genauer: von der Mühe, die er sich gab, einen modernen Geschmack zu beweisen. Ohne Zweifel hätten ihm jene Zwerge aus Ton besser gefallen, die im Garten des alten Bernheimschen Hauses standen. Aber er wäre bereit gewesen, sie mitleidig zu verachten. Wenn Carl Enders in die Lage geriet, ein Bild zu kaufen, so achtete er darauf, daß es seinem Verstand und seinen Sinnen widerspreche. Dann war er sicher, ein modernes und wertvolles Kunstwerk gekauft zu haben. Eine lange Übung hatte ihn dazu gebracht, daß seine Wertschätzung automatisch anfing, wo ein Gegenstand sein Mißfallen erregte, und daß er ein empörtes Mißtrauen allem entgegenbrachte, was ihm gefiel. Dieser Methode verdankte er den Ruf, einen »unfehlbaren Geschmack« zu besitzen, und also fuhr er fort, seinem echten Geschmack zuwiderzuhandeln. Ihm verdankte Paul die Anlage seiner Villa, die Einrichtung und die Kunstgegenstände. Das Haus sah einem Schiff ohne Kiel ähnlich. Nur die Fenster, die lang waren und bis zum Boden reichten, so daß man sie als Türen hätte benutzen können, erinnerten den Betrachter, daß es ein Wohnhaus war. Im übrigen war es weiß gestrichen und segelte im Stehen dahin. Ein halbrunder Vorsprung, in dessen Innerem man im Sommer das Frühstück einnehmen konnte, sogar sollte, schien, von außen besehn, Luxuskabinen zu enthalten. Über dem Vorsprung das Dach erinnerte an eine geräumige Kommandobrücke.

Im ersten Stock waren die Wände tiefer und die Fenster zierlicher. Weite, steinerne, flache Ränder des Daches überschatteten sie. Darüber war nur noch der Dachboden, ein breites, niedrig gemauertes Rund mit vielen breiten und kurzen Fenstern, die keinen andern Zweck hatten, als unter Umständen hinausgesteckte Fahnen zu tragen. Der Park war weit. Die paar übersiedelten Bäume hielten sich in der Nähe des Hauses auf, wie aus Angst vor der kahlen Weite des Gartens. An »Licht, Luft und Sonne«, drei Elementen, die dem Herrn Enders wie der modernen Architektur heilig waren, schien das Haus Bernheims mehr zu enthalten als die Welt selbst, und man hatte oft den Eindruck, daß die Zimmer von einer Privatsonne erfüllt waren, wenn draußen der Himmel bewölkt und die Luft ein dichter Nebel war. Am liebsten hielt Paul sich vor dem Kamin auf. Dieser Ort, der einmal der natürliche Hauptbestandteil aller menschlichen Wohnungen war, der Höhlen wie der Hütten, ist heutzutage nur noch ein Symbol in den Behausungen der Wohlhabenden und eine Ablagerungsstätte der ganzen im Lauf des Tages angehäuften Sentimentalität. Paul Bernheims Kamin war von einer steinernen Pyramide überdeckt, auf deren breitem Rand ein Glas Wasser, ein Zigarettenetui, buntköpfige Streichhölzer und eine blaue Vase mit Geranien standen. Ein blankes Gitter aus Messing umgab das Feuer, ein Schachbrett aus weißen und schwarzen Steinen, mitten in die hölzerne Diele eingebaut, erstreckte sich vom Kamin fast bis in die Mitte des Zimmers. Ein buntgeblümter Lehnstuhl hielt sich an der rechten Seite auf, ein gepolstertes Stühlchen ohne Lehne links. Ein stählernes Gestell, das einen Photographenapparat ebenso tragen konnte wie Hüte, Regenschirme und Kleidungsstücke, ging überraschenderweise in einen grünen Lampenschirm über, in dessen dichtgefüttertem Innerem eine elektrische Birne blühte. Paul machte die Tür zum Speisezimmer auf. Er liebte es, vom Feuer weg in das milde Licht des Speisezimmers zu schauen, wo weiße, breite Stühle mit leise federnden Sitzflächen aus geflochtenem Stroh einen runden, bräutlich verhüllten Tisch umgaben, der in der Mitte eine weiße Schüssel voll gelber Blümchen trug. Ein Gong in einem Rahmen aus Nickel konnte von jedem Unbefangenen für einen Rasierspiegel gehalten werden. Ein rechtzeitiger Blick nur auf den Klöppel mit dem dicken Knopf aus grauem Gummi, beschützte vor Verwechslungen. Das ganze Haus war unheimlich neu und sauber. Paul Bernheim sah zuerst auf jeden Stuhl, bevor er sich setzte, aus einer unbestimmten Angst vor der noch nicht getrockneten Politur. Es roch nach Lack, Öl und Terpentin – ein

Geruch, den Irmgard jeden Morgen mit Fichtennadelduft zu bekämpfen befahl. Doch hüllte man zuerst die Bilder ein, damit sie von den Zerstäubern nicht getroffen würden. Nur im Schlafzimmer Irmgards roch es nach Coldcreme, Lippenstift und Brennschere. Ihrem breiten Bett gegenüber, das von Theatervorhängen umgeben war, hing das exklusive Bild des exklusiven Malers Hartmann, der es Herrn Enders für fünfzigtausend Mark verkauft hatte. Herr Enders, der Maler, Schneider und Friseure nicht gerne bezahlte, weil er sie für öffentliche Einrichtungen hielt, für die man Gemeindesteuern zahlt, wie Straßenpflaster und Laternen, hatte dem Maler Hartmann vorläufig einen Scheck auf zehntausend gegeben in der vagen Hoffnung, daß die Zeit den Rest des schuldigen Geldes vermindern würde. Nichts hielt seiner Ansicht nach der Zeit stand. Sie verzehrte Menschen, Gegenstände und Schulden. Den Maler Hartmann gefährdete sie besonders. Denn er war, je älter er wurde, eine immer leichtere Beute der Frauen, die ihn an den Rand des Grabes zu bringen pflegten, um ihn dort zu verlassen. Herr Enders prophezeite dem Maler immer wieder einen Selbstmord, besonders, seitdem er ihm vierzigtausend Mark schuldete. Die Aussicht auf den Selbstmord machte das Bild nur noch wertvoller. Irmgard konnte es vom Bett aus genau betrachten. Tagsüber hing es günstig den Fenstern gegenüber. Für die Nacht hatte Herr Enders eine besondere Vorrichtung getroffen. Ein schmaler, leuchtender Rahmen aus mattem Glas entzündete sich auf einen Druck an dem Taster, der über dem Bett hing. So konnte Irmgard das Bild in den Schlaf hinübernehmen, einen vorgeträumten Traum.

Paul Bernheim setzte sich vor den Kamin. Aber heute beruhigte ihn das Feuer nicht. Er war allein in seinem neuen, knisternden, lackierten Haus, in dem er nicht heimisch wurde, weil er unaufhörlich die Übermacht des Herrn Enders fühlte und die der chemischen Industrie. Wo fühlte er sich denn wohl? Im Geschäft bedrohte ihn Brandeis und zu Hause Enders. Ach! Er hatte es sich zu leicht vorgestellt. Er hatte gedacht, daß er nach fünf Monaten ein angesehenes Mitglied der großen Industrie werden könnte. Aber ein Industrieller Enders war noch vorsichtiger und tückischer als ein Finanzmann Brandeis. Paul hatte das sichere Gefühl, daß er vorläufig ein aufgespartes Werkzeug zwischen beiden war. Man sagte ihm nichts. Man ließ ihn in der Schublade liegen, einen Hammer, mit dem man gelegentlich ein paar Nägel einzuschlagen gedenkt. Das bittere Erlebnis mit Lydia war nicht der einzige Grund seiner Aufregung. Er, Direktor in Brandeis' Geschäft, hatte erst auf Umwegen erfahren müssen, daß Brandeis im geheimen die Aktien der Transleithanischen Aktiengesellschaft aufzukaufen begonnen hatte. Ferner, und auch das hatte er erlauscht, daß in Albanien sich eine Holzverwertungsgesellschaft unter der Ägide Brandeis' gebildet hatte. Was wollte Brandeis in Albanien? Man sprach davon, daß er im Verein mit der italienischen Regierung die Eisenbahnstrecken in Albanien auszubauen gedenke und daß er das Material in Rom zu bestellen sich weigere. Die italienische Regierung aber wollte nur unter dieser Bedingung die Konzession für den Eisenbahnbau vermitteln. Allmählich erfuhr Paul Bernheim den Sinn der Reisen, die Brandeis jeden zweiten Monat unternahm. Er fuhr immer wieder nach dem Balkan, aber die Post wurde ihm nach Wien geschickt. Er ist langsam gefährlich geworden, dachte Bernheim. Als er seine stillen Aufkäufe begann, kannte ihn niemand. Man ließ ihn gewähren. Und wollüstig sagte er halblaut in das köstliche Kaminfeuer: »Aber er wird nicht durchkommen, sie werden ihn nicht lassen.« In diesem Augenblick knurrte das Telephon. Irmgard rief an wie jeden Abend. »Wie geht es?« – »Wie geht es!« – »Alles in Ordnung?« – »Alles in Ordnung!« – »Sag ein liebes Wort!« – »Irmchen«, brachte er mühsam hervor. Er konnte unmöglich Zärtlichkeiten telephonieren. Irmgard verlangte sie regelmäßig, aber in der gleichen Art, in der sie sich nach Dienstboten, Chauffeuren und Wäsche zu erkundigen liebte. »Weißt du?« – »Ja!« – »Onkel kauft mir ein Pferd!« – »Bravo!« rief Paul mit einem Jubel, den er wie ein Würgen fühlte. »Er will dich sprechen.« Herr Enders begann. Seine Stimme klang sehr fern, weil er niemals in die Muschel sprach, sondern in die Luft. Wenn er das Haus verließ, konnte ein Diener telephonieren und Bakterien in der Muschel hinterlassen. Jeden Monat ließ er die Apparate im ganzen Haus auswechseln. »Lieber Junge«, sagte die ferne Stimme, »hast du was Neues von Brandeis?« – »Was soll es denn sein?« – »Trans- und Cis-AG. Schlägt in unser Fach. Kunstseide in den Sukzessionsstaaten.« – »Möglich!« sagte Paul. »Erkundige dich! Irmgard kommt übermorgen! Pupille!« Das war ein Wort, das Enders vertraulichen Telephongesprächen anzuhängen liebte, eine Art Telephonsiegel.

Paul kehrte zum Kamin zurück. Er wußte genau, daß der Herr Enders jetzt zu Irmgard sagte: »Sei mir nicht bös! Aber dein Mann ist ein reiner Tor!« Diese erahnten Worte vernahm Paul deutlicher als früher die telephonierten. Sollte er jetzt Brandeis aufsuchen? Wozu? Was würde er erfahren? Wenn Lydia aber erzählte? Wie blamabel! Der Ruf eines Gentlemans!

148

Dieses Wort leitete eine neue Kette von Assoziationen ein. Erinnerungen an die Träume vor der Heirat. Selbständigkeit, Chemie, Beherrschung des Marktes, der Börsen, Geschäfte mit Amerika, Aeroplanfahrten, in zwei Tagen London, Paris, am dritten New York, ein Netz von Macht, gespannt über die ganze Welt, alle Aktien aller deutschen Zeitungen. Zu Hause Gesellschaft, Tennis, Reiten, Boxen. Nicht diese langweiligen Leute, die jetzt kamen. Nicht diese Turnstunden des Morgens nach den Anweisungen des Radios, die Irmgard so liebte, Nein, er war nicht mächtig geworden. Niemand hatte Respekt. Da war sein Junggesellenleben schon vornehmer und freier gewesen. Relativ war Theodor schneller gewachsen.

Paul ging zum Grammophonkasten – auch ein Geschenk des Herrn Enders – und legte die Platte von den fünf Brüdern King aus Wilmington ein. Der Gesang der weichen und tiefen Stimmen vertiefte die Traurigkeit Bernheims bis zu dem gewünschten Grade, in dem sie sich schon in Trost verwandelte. Er setzte sich an den Apparat, um die Kurbel immer wieder aufziehn zu können. Er konnte die Stille des Hauses nicht mehr ertragen. Die Neger mußten singen. Sie sangen die Verlorenheit einer ganzen Rasse und bezogen den fremden, verlorenen Mann in ihre eigene wüste, heiße und schmerzliche Vergangenheit. Mit einem dankbaren und treuen Blick umfaßte Paul das Grammophon. Das einzige von den Geschenken Enders', das er liebte. Wie gut war ein Grammophon. Zwanzig Jahre früher hatte man sich an ein Klavier setzen müssen. Jetzt brauchte man nur eine Kurbel zu drehen. Auch die Mittel des Trostes machten Fortschritte, und die Technik verbannte durchaus nicht die Sentimentalität.

Er ließ sich die Zeitungen bringen und schlug sie an den Stellen auf, wo die vermischten Nachrichten standen. Nicht ohne ein Schuldbewußtsein. Er sagte sich, daß es eines Kaufmannes unwürdig sei, nicht zuerst nach dem Börsenteil zu sehn, aber es war stärker als er, es zwang ihn, nach Kunstbesprechungen zu suchen, nach Theaterreferaten, nach Familientragödien. Der Tag brachte lauter Unglück, also stand auch ein Aufsatz seines Bruders Theodor in der Zeitung, ein Aufsatz über eine Ausstellung von Büchereinbänden, aber auch über Deutschland, Europa, die gelbe Gefahr und Indien. Denn Theodor konnte keine Gelegenheit versäumen. Er mußte immer eine Meinung äußern, und eine Menge sinnloser, aber schlagender Formulierungen standen ihm zur Verfügung. Er hatte sie erlauscht, ihre akustischen Bestandteile aneinandergefügt, zerhackt, umgelegt und mit Tendenzen gefüttert, die aus dem völkischen Gedanken, aus dem Marxismus und von Stirner kamen. Paul machte sich die Mühe aufzustehn, wieder an den Kamin zu gehn und die Zeitung ins Feuer zu werfen. Er gehörte zu den empfindlichen Menschen, die etwas aus der Welt zu schaffen glauben, wenn sie es aus ihrem Blickfeld raumen.

Immer noch sangen die Neger. Das Feuer im Kamin erlosch langsam. Paul Bernheim zündete kein Licht an. Er schlief im bunten Lehnstuhl ein, dessen große, gelbe Blumen giftig die Finsternis durchbrachen.

## 19.

Theodor legte den Smoking an. Sein Angesicht strahlte ihm in festlicher Fahlheit aus dem Spiegel entgegen. Mit einer Taschenschere versuchte er nach einigen Härchen zu schnappen, die an verschiedenen Stellen seiner Ohrmuscheln wuchsen. Alle Sanftmut und Geduld, die ihm zur Verfügung standen, konnte er aufbringen, wenn es sich um sein Aussehn handelte. Noch einmal warf er einen Blick auf seine langen Hände, auf die er stolz war und aus deren Form er auf sein aristokratisches Wesen schloß. Jetzt schlüpfte er in den Rock, zog an den Klappen und drehte alle Lichter auf. Probebeleuchtung. Er suchte nach dem Spiegelbild seines Profils, indem er die Spiegeltür des Kleiderkastens so drehte, daß sie in einem schiefen Winkel zum großen Wandspiegel stand. Dann nahm er die Brille ab und dachte einen Augenblick an gar nichts mehr, als wären seine Gedanken abgestorben, aus Mangel an visueller Nahrung. Durch die geschlossene Tür des Nebenzimmers klang das Klappern einer Schreibmaschine. Eine Sekretärin war beschäftigt, einen Artikel Theodors abzuschreiben. Er lauschte dem hastigen Rhythmus der Tasten wie einer angenehmen Musik. »Jetzt ist sie auf der dritten Seite, dort, wo ich von der Ohnmacht der Nächte in deutschen Großstädten spreche. Ohnmacht der Nächte ist gut, tadellos, großartig.« Dann hatte die Sekretärin noch Briefe zu erledigen. »Die Korrespondenz«, sagte Theodor. Wenn die Post ihm viele Briefe brachte, fühlte er sich dem Mittelpunkt der Welt näher rücken. Wenn er eine Zuschrift auf einen seiner Artikel bekam, übergab er sie sofort der Redaktion, damit sie die Wirksamkeit ihres Mitarbeiters richtig einschätzen lerne. Außerdem zeigte er sie seinen Freunden und besonders jenen, die sich darüber ärgern konnten. Er beantwortete alles. Er bewarb sich um Einladungen zu Festen, Ausstellungen, Konferenzen, in die Salonimitationen der Bankdirektoren, eines Generals, eines Ministers. Am nächsten Tag erzählte er von seinen Diskussionen. Er beabsichtige, den »Kerlen« einen neuen Typus eines »jungen Deutschen« zu zeigen, einen nüchternen, trotzdem patriotischen, aristokratisch erzogenen, trotzdem revolutionären, einen diplomatisch denkenden und dennoch freimütig redenden. Dabei zitterte er unaufhörlich aus Angst, zuviel gesagt zu haben. Mit ganz bestimmten »Kerlen« wollte er es sich nicht verderben, obwohl sie ihm nicht gefielen. Zu ihnen gehörten seine Verleger, die Herausgeber von Zeitschriften, ein Redakteur, der Theodors Artikel zu behandeln hatte. Schrieb dieser Redakteur einmal selbst einen Artikel, so bekam er prompt einen telephonischen Anruf von Theodor: »Gratuliere! Ausgezeichnet!« Seinen Freunden sagt er dann: »Habt ihr den Artikel gelesen? Der schreibt ja ganz gut, der Kerl, aber naiv, naiv. Er sieht eben die Welt nicht!«

Jetzt erstarb das Klappern. Die Sekretärin klopfte. Obwohl Theodor es nicht für vornehm hielt, private Beziehungen zu einer Sekretärin herzustellen, und er in ihr nur »Personal« sah, aber keine Frau, warf er doch noch zwei glättende Finger auf seine gescheitelten Haare, bevor er »Herein!« rief. Er setzte sich an den Tisch, um das Manuskript zu lesen. Die Sekretärin stand neben ihm. Er kam an die Stelle von der Ohnmacht der Nächte, warf schnell seinen Kopf zu ihr herum und sagte: »Gut! Was?« Gleich darauf ärgerte er sich. Er konnte niemals die richtige Mitte finden zwischen dem Verlangen, eine Anerkennung zu hören, und der Notwendigkeit, Personal in respektvoller Entfernung zu halten. Manchmal vergaß er sich so weit, der Sekretärin einen Artikel vorzulesen, der sehr aktuell war und den auf der Maschine abzuschreiben sie keine Zeit mehr fand. Das arme Mädchen, das jeden Tag von acht bis vier Geschäftsbriefe schrieb, fühlte ihre Tätigkeit bei Theodor wie ein tägliches Bad in Witz und Esprit. Sie bewunderte ihn. Sie las die Bücher, die er zur Besprechung bekam, nach den Hinweisen, die seine Referate enthielten. Wenn Theodor ihre Bewunderung sah, verringerte er die Respektsdistanz um einige Zentimeter durch die Frage: »Sie sind schon müde? Gut! Dann arbeiten wir heute weniger!« Er steckte das Manuskript in einen Umschlag und schrieb »Eilt« darauf, obwohl es gar nicht eilte. Er liebte, den langsamen Dingen einen Stoß zu geben, damit sie sich hasteten. Was nicht eilte, war nicht wichtig. Tempo, Tempo. Aus Geringschätzung für den normalen Lauf der Stunden hielt er die Zeiger seiner Taschenuhr vorgeschoben. Er warf jetzt einen Blick auf sie. Und obwohl er noch eine Stunde Zeit hatte, sagte er: »So, jetzt hab' ich keine Zeit mehr. Sie können gehen!« Die Sekretärin ging. Er setzte sich, drehte die Kurbel des Grammophons und ergab sich dem Gesang der Platte von den Brüdern King aus Wilmington. Die Musik der Neger brachte ihn in Stimmung. Er ging heute in Gesellschaft, und er gedachte, es den »Kerlen« zu zeigen. Er ging heute zu keinem andern als zu seinem Bruder Paul.

Ja, im Hause Paul Bernheims erwartete man einen Gast aus Frankreich. Es war einer von den Schriftstellern, die nach dem Kriege anfingen, die Beziehungen zwischen den Völkern herzustellen, literarische Friedenstauben. Die Steuern, die sie von ihren Honoraren dem Vaterland zahlten, verwendete der Kriegsminister für einen zukünftigen Krieg. Der Unterrichtsminister hingegen rüstete gleichzeitig die Schriftsteller mit Empfehlungen für die deutsche Botschaft in Paris aus. Verschiedene Verständigungs-, Kultur- und Versöhnungsvereine luden die Autoren übersetzter Bücher ein, Vorträge zu halten. Die Schriftsteller kamen, hielten einen Vortrag, wurden in die Häuser eingeladen, bekamen Trüffeln und studierten mit Wohlwollen die Sitten und Gebräuche der früheren Feinde. Sie machten Notizen für spätere Artikelserien über deutsche Dichter, deutsche Generaldirektoren, deutsche Revolutionäre. Von deutschen Professoren der Romanistik wie von Schutzengeln begleitet, gelangten sie in die Häuser der Wohlhabenden und der Reichen, der Gebildeten und europäisch Denkenden, der Industriellen, die in der Fabrik Giftgase erzeugten und zu Hause Keyserling lasen.

Der Gast war noch nicht vorhanden. Der Professor Hamerling war früher gekommen und glaubte die lautlosen Vorwürfe zu vernehmen, die sich im Innern Paul Bernheims vorbereiteten. Die Frage der Frau Irmgard: »Kennt er sich auch aus in Berlin, Herr Professor? Haben Sie ihm auch die Adresse richtig gesagt, Herr Professor? Hat er nicht zufällig die Einladungen verwechselt, Herr Professor?« empfand der Professor Hamerling bereits als Anklagen. Einer nach dem andern kamen die Gäste. Die Beleuchtung der Zimmer schien immer stärker zu werden von dem friedlichen Licht, das jeder vor sich her trug wie eine Laterne. Sie nickten mit den Köpfen, überhörten die Namen der Vorgestellten und sahen geradeaus in deren Gesichter – nicht mit den Augen, sondern mit entblößten Zähnen. Man fühlte sich gehoben im Hause Paul Bernheims, das zu den modernsten der Stadt gehörte. »Alles comme il faut«, sagten die Leute, die für gesellschaftliche Dinge technische Ausdrücke in französischer Sprache gebrauchen, so wie man bei ärztlichen Konsilien Latein redet. Paul Bernheim lud »comme il faut«-Leute aus allen Lagern ein. Es kam Herr von Marlow mit junkerlichem Einschlag samt Gattin, ein Mann, der von den Deutschnationalen zur Volkspartei übergegangen war, seitdem er in Berlin wohnte und seine schlesischen Güter verpachtet hatte. Der städtische Asphalt schien ihn immer liberaler zu machen. Das Ideal der Vornehmheit, das früher darin bestanden hatte, möglichst national zu sein, erforderte heute eine möglichst europäische Gesinnung. Auf Umwegen – und so, daß es nur seine nächsten Angehörigen wußten – schickte Herr von Marlow jedes Jahr zum Geburtstag des Kaisers seine untertänigsten Wünsche nach Doorn. Aber es waren nicht die Manifestationen einer Gesinnung, sondern eher die Gewohnheit an einen Ritus, eine religiöse Privatangelegenheit, so wie die Juden in Berlin, die längst von ihrem Glauben abgefallen sind, in einer verschämten Heimlichkeit den heiligsten ihrer Feiertage immer noch feiern, Weihnachten dagegen öffentlich und aller Nachbarschaft sichtbar.

Es kam der Herausgeber einer demokratischen Zeitung, der mit einem Radikalismus vor sieben Jahren angefangen hatte und nun ähnlich dem Herrn von Marlow, nur vom entgegengesetzten Ende her, der Mitte zustrebte, seitdem er durch eine große Mitgift in die Lage gekommen war, ein kleineres Gut in der Mark Brandenburg zu kaufen und dank der Berührung mit dem märkischen Boden immer konservativere Ansichten zu gewinnen. Zwar sah man seiner Frau, die jeden dritten Monat Kleider aus Paris mitbrachte und Empfehlungen für die Modenschau bei Molineux austeilte, immer noch das gehobene, kommerzielle Milieu an, aus dem sie kam. Aber man verzieh es ihr und hoffte, daß sie sich zu einer recht feudalen Gutsherrin entwickeln würde in Anbetracht ihrer regelmäßigen Reitstunden im Tiergarten. Sie trug ein dunkelgrünes Kleid und braune Schminke, wegen der olivenfarbenen Haut. Frau Irmgard hatte fast das gleiche Modell in Blau, eine ähnliche Situation, die von einer gleichzeitig unternommenen Reise nach Paris kam. Das nächste Kleid lasse ich mir in Wien machen, dachte die Frau des Herausgebers. Sie sah Frau Irmgard an und erriet erschrocken, daß diese das gleiche gedacht hatte. Sie hat aber doch zu dicke Arme, dachte die Frau des Herausgebers. Sie hat aber doch zu dünne Arme, dachte gleichzeitig Frau Irmgard. Es kam der bekannte Publizist Freytag mit seiner Frau, deren Kleider weit billiger waren als die Artikel ihres Mannes. Die Blicke der reicheren Damen trafen sich einträchtig in einer kurzen Sekunde, und Frau Freytag war verdammt. In der Tat stammte ihr Kleid aus einem jener Ausverkäufe, die von den großen Häusern am Ende der Saison veranstaltet werden und bei denen man die Roben verkauft, die von den Modellen ein paarmal getragen sind. Die Züge der Frau Freytag waren hart, Runzeln um die Augen verrieten, daß sie keine Massage kannte, sie war noch jung, kaum sechsunddreißig. Aber die ersten Jahre ihrer Ehe, in denen ihr Mann noch das gewesen war, was man einen »kleinen Journalisten« nennt, schienen erst jetzt ihre Andenken in das Gesicht einzeichnen zu wollen. Früher waren diese Jahre unschädlich gewesen. Aber die Spuren des Kummers kamen allmählich, spät nach diesem, so wie eine Schwäche lange nach einer verrauschten Aufregung kommt. Immer noch mußte Frau Freytag unsicher die Hand reichen. Sie hielt dabei den Ellbogen an die Hüfte, und ihre Hand hatte etwas Verschämtes und rief sofort das Bild von einer andern, in der Küche gereichten, eben an einer blauen Schürze abgetrockneten Hand wach. Es kam ein Major aus dem Reichswehrministerium in einem Zivil, das von Fischbeinstäbchen gehalten zu sein schien, und mit dem harten Gesicht eines Vogels, aber mit unbeweglichen Augen, die an schwarze, kleine Schuhknöpfe erinnerten. Von links nach rechts trafen sich die Leute in der Mitte, bildeten Gruppen aus Verlegenheit. Aus den Gruppen lösten sich einzelne, die plötzlich wie verloren in einer Wüste waren und das Bedürfnis empfanden, sich irgendwo anzulehnen. Schüchtern prüften ihre Arme die Solidität der Einrichtungsgegenstände. Eine große, festlich illuminierte, traurige Leblosigkeit schwebte in den Zimmern. Frau Irmgard nahm einen Gast nach dem andern vor, comme il faut und wie es geschrieben steht. Sie war froh, wenn einer im letzten Moment die Abwesenheit seiner Frau entschuldigen mußte, weil sich dann eine kleine Abwechslung des Themas ergab. »Ach, das ist aber doch schade, daß ihre Gattin …« Dieser Anfang erforderte keine Überlegung und war immer zutreffend.

Der französische Pazifist kam schließlich, etwas geblendet von der tragischen Festlichkeit und immer noch nicht gewöhnt an die fremden Sitten eines fremden Volkes. Es hätte ihm keineswegs so fremd sein müssen, wäre er nicht mit der festen Absicht gekommen, darüber zu schreiben. Diese Absicht forderte wieder von ihm, Interessantes zu finden, auch wo nur Gewöhnliches vorhanden war. Als der Angehörige einer Nation, die alles, wessen sie bedarf, im eigenen Lande findet und es infolgedessen nicht verläßt, liebte Herr Antoine Charronoux, in fremden Ländern das Außergewöhnliche zu suchen. Seine Reise hatte nun einmal einen literarischen Zweck, und sie mußte Material abwerfen, ob sie wollte oder nicht. Er hastete von einem Eindruck zum andern und klassifizierte alle ebenso hastig. Sein Entschluß, über das fremde Land zu schreiben, erzeugte von selbst und gleichsam bereits im Auftrag zukünftiger Leser einen romantischen Schleier um die Menschen und Gegenstände, die Herrn Charronoux entgegenkamen, und heftete an die Brust eines jeden die Marke einer bestimmten repräsentativen Kategorie. Herr Charronoux war selig, daß der Herr Professor Hamerling sich einen Freund Frankreichs genannt hatte. Für Herrn Charronoux sahen nun die Freunde Frankreichs genauso aus wie der Professor Hamerling, der jetzt in einer entfernten Ecke den Herrschaften von Marlow und Freytag einen Vortrag über Frankreich hielt. »Sie haben«, meinte er von den Franzosen, »den nüchternen, kleinen, praktischen Verstand, der uns so fehlt, uns, den Germanen mit der Seele im ewigen Nebel. Ich liebe über alles den guten, fröhlichen Lebensgeschmack dieser heiteren Franzosen und wie sie essen, trinken und lieben. Paris bleibt der Mittelpunkt der Vernunft und des Vergnügens. Wir bleiben immerdar die Kinder des Nordens, und unsere Heimat sind die sanften Schattierungen der Dämmerung.« – »Sie brauchen uns, nicht wir sie«, sagte Theodor, der eben eingetreten war. Mit einem Instinkt für ernste und problematische Diskussionen hatte er sich mechanisch und sogleich der Gruppe um Hamerling genähert. Alle sahen ihn an. Er fühlte mit Wonne seine eigene, forsche Jugendlichkeit diesem würdigen Hamerling gegenüber. Er glaubte, die Zuhörer ringsum vor lauter Bewunderung tief atmen zu hören. »Paris«, so fuhr Theodor fort, »hört auf, hat längst aufgehört, ein Mittelpunkt zu sein. Berlin wird es, ist es schon.« – »Wir haben nicht davon gesprochen«, sagte Hamerling ungehalten und gewichtig. »Die Leichtigkeit der Franzosen ist eben in Paris zu Hause. In Berlin arbeitet man, in Deutschland arbeitet man.« Der Herr Charronoux war inzwischen der Gruppe nahe gekommen. Er hatte die letzten Worte gehört und beschloß, sie genau wiederzugeben. So verständliche, eindringliche Mitteilungen gingen ihm ein, ihm, der seit Tagen, ohne es zu wissen, das Auge und das Ohr seiner zukünftigen Leser geworden war. »In Paris ist die Leichtigkeit zu Hause, in Deutschland die Arbeit.« Welch eine glückliche Lösung. Jeder Krieg in Zukunft ausgeschlossen!

Er saß bei Tisch neben Frau Irmgard. Alles comme il faut. Längst hatte sie sich vorgenommen, ihm das Haus und die Bilder zu zeigen. Sie überlegte, ob es schicklich sei, ihn in das Schlafzimmer zu führen, vor das große Gemälde von Hartmann. Sie begann zaghaft, davon zu sprechen. »Es ist leider in meinem Schlafzimmer«, sagte sie. Herr Charronoux maß sie mit einem Seitenblick, einem neuen Blick, der plötzlich über seinen Augen lag, wie man eine Brille anzieht. Er hatte sofort die Vorstellung von diesem Schlafzimmer, ganz genau – und es war vielleicht interessant zu wissen, wie man in dieser Gesellschaftsklasse schläft. Ein Herr von der französischen Botschaft hatte ihm gesagt, daß es nirgends so viel getrennte Schlafzimmer gäbe wie in Deutschland. Sollte man vielleicht ein Kapitel über Erotik einschalten?

Mitten unter seinen Gästen war Paul Bernheim der fremdeste Gast. Er sah eine Frau nach der andern an. Warum war Lydia nicht hier? Er liebte sie nicht. Er bestätigte es sich. Nein, er liebte sie nicht. »Begehren« fiel ihm ein. Es war das richtige Wort. Er begehrte sie. An ihr hatte er gelernt, daß er keineswegs unwiderstehlich war. Ungeschickt war er, plump. Ein kindisches Verlangen diktierte ihm, sich auf den Boden zu werfen und mit den Füßen zu strampeln wie dereinst als Knabe, wenn er gerufen hatte: Ich will aber doch, ich will aber doch. Ich will Lydia, ich will Lydia, sagte er sich zehnmal, ohne den mechanischen und mächtigen Ablauf dieser kurzen Sätze aufhalten zu können. Jeder tat ihm weh. Er konnte genau den Weg eines jeden Wortes verfolgen. Es schien dem Herzen zu entspringen, dem Kreislauf des Blutes zu folgen, in das Gehirn zu steigen, hier eine Weile zu verharren und wieder zurück ins Herz zu kehren. Ich – will – Lydia – haben! – – – Welch eine Qual!

Er wartete auf das Ende der Mahlzeit, als müßte sich dann etwas Entscheidendes ereignen. Etwas Unmögliches. Man mußte die endlose Zeit, die noch vor ihm lag, ein ganzes Leben, durchklungen von einem unerfüllten Wunsch, zerhacken, einteilen und am Ende eines jeden Teilchens irgendeine Entscheidung erwarten. Die also eingeteilte Trostlosigkeit war leichter zu ertragen als eine riesengroße, ungeteilte, umfassende. Und viele Enttäuschungen am Ende eines jeden Abschnitts waren besser als eine einzige Enttäuschung.

Man erhob sich. In einer Sekunde faßte er den Entschluß hinauszugehen. Um die zweite Ecke links war die Villa Brandeis. Es war, als hätte er ihre geographische Lage erst in diesem Augenblick erfahren und als käme ihm die wunderbare Nähe Lydias jetzt als eine letzte Rettung in den Sinn. Es war doch nicht möglich, einander so nahe zu sein und nicht zueinander zu gelangen. Er lief in die Straße. Er bog um zwei Ecken links.

Vor der Villa Brandeis leuchteten die zwei sonnenhellen Augen eines Autos. Die Gartentür und die Haustür standen offen. Zwei Männer in Livreen, der Chauffeur und der Portier offenbar, trugen zwei große Koffer und verluden sie in den Wagen.

Paul stand im Schatten. Er hörte Stimmen. Es wurde ihm heiß. Seine Hände wurden schwach. Er suchte nach einem der Gitterstäbe in seinem Rücken. Er hörte Lydias Stimme wie einen fernen Gesang. Aber er verstand nicht, was sie sprach.

Ein paar Sekunden später trat Lydia aus dem Haus. Der Motor knatterte. Das Geräusch empfand Paul Bernheim als eine Beruhigung. Solange der Motor knattert, hab' ich noch Zeit! fiel ihm ein. Das Geräusch milderte die unerträgliche Helligkeit der Scheinwerfer. Paul maß die kurze Entfernung zum Wagen. Er brauchte eine Sekunde, nicht mehr als eine Sekunde, um die Klinke der Wagentür zu fassen. Ein zweiter Paul Bernheim, ein beweglicher, löste sich aus dem stehenden, sprang zum Auto, stieg ein, fuhr weg. Das ereignete sich eben und war doch schon vor langen, langen Jahren vollbracht. Auf einmal war alles abgetan und erlebt. Weit hinter Paul Bernheim lagen die Abenteuer, der Ehrgeiz, der gesellschaftliche Glanz, die Macht, die Liebe, die Welt. Es war, als täte, dächte, fühlte er alles jetzt nur noch einmal und zum Schein. Jemand hatte ihm diese Rolle zu spielen übertragen, weil er ihren Inhalt schon erlebt hatte und mit ihm so gut vertraut war. Plötzlich hörte das Knattern auf, und gleichzeitig machte der Scheinwerfer eine Wendung und überflutete den stehenden Mann. Paul Bernheim senkte den Kopf. Es dauerte einen Augenblick. Lautlos glitt der Wagen davon.

Paul ließ das Gitter los, das er bis jetzt gehalten hatte. Er wollte gehen. Es schien ihm, daß er hier zwanzig Jahre verlebt hatte. Die Tür der Villa war noch offen. Tröstliches, goldenes Licht drang zart aus dem Flur. Brandeis trat aus der Tür.

Sein Blick fiel auf den Schatten am Gitter. »Wer ist dort?« fragte Brandeis.

»Ich«, erwiderte Paul.

Brandeis trat näher mit dem leichten, lautlosen Schritt, der seine schwere, große Körperlichkeit so unwahrscheinlich machte. Es war, als ginge er auf fremden Füßen.

»Sie wollten zu uns?«

»Nein«, sagte Paul, »ich wollte zu ihr.«

»Lydia Markowna ist für immer weggefahren. Sie ist zurück zu ihrem Theater. In Genf sind sie jetzt. Sie können hinfahren!«

»Nein!« sagte Paul. Und er dachte: Mein Vater wäre hingefahren, mein Vater wäre hingefahren.

»Wir können uns gleich verabschieden«, sagte Brandeis. »Ich werde Sie bis zu Ihrem Haus begleiten. Das genügt. Ich fahre morgen. Und komme nicht mehr so bald. Ich habe nicht die Fähigkeit, lange auf einem Fleck zu bleiben.

Ich bin eigentlich verpflichtet, mich bei Ihnen zu entschuldigen. Ich dachte ein paarmal daran, mich mit dem Element zu messen, in dessen Nähe Sie durch Ihre Heirat gekommen sind. Ich wollte Sie mir aufheben. Ich hatte niemals einen übermäßigen Respekt vor ihnen, vor den Menschen im allgemeinen nicht. Meine Meinung hat hier nichts zu tun, aber ich hätte es Ihnen geschrieben, auf jeden Fall. Nun, da ich Sie hier überrasche, sage ich es. Die Umstände sind für meinen Geschmack etwas zu romanhaft.«

»Ich nehme Ihnen nichts übel«, sagte Paul. »Soeben, vor fünf Minuten noch, wäre ich tief beleidigt gewesen. Inzwischen aber bin ich alt geworden. Sehen Sie nur, Herr Brandeis, sehen Sie meine Haare! Sind sie nicht schon weiß? Seit drei Minuten habe ich die Empfindung, daß ich mein Haus als junger Mann verlassen habe und daß ich als Greis zurückkomme. Ich bin, scheint mir, weise genug geworden, um Ihnen gestehen zu können, daß ich Sie immer bewundert habe. Bewundert und auch gefürchtet. Und dennoch bin ich noch immer nicht weise genug, um auf die Frage verzichten zu können, die ich Ihnen jetzt stellen will: Warum haben Sie mich verachtet?«

»Ich weiß nicht«, erwiderte Brandeis. »Sie waren ein Schwächling. Sie wären zum Beispiel nicht imstande gewesen, einen Tag oder eine Stunde vor der endgültigen, wirklichen Macht vielleicht, alles zu verlassen, wie ich es jetzt mache. Denn es gehört keine Stärke dazu, etwas zu erobern. Alles ist morsch und ergibt sich Ihnen. Aber verlassen, verlassen, darauf kommt es an. Dennoch habe ich nicht das Gefühl, etwas Außerordentliches zu tun. Es treibt mich fort von hier. So wie es mich einst hierhergetrieben hat. Es treibt mich fort, und ich folge. Lassen Sie es sich gutgehen, Herr Paul Bernheim. Versuchen Sie, jetzt wird es ihnen vielleicht gelingen.«

Sie standen vor dem neuen Hause Bernheims. Alle Fenster erleuchtet. Paul glaubte die Stimmen seiner Gäste zu hören. Er griff in die Tasche nach dem Schlüssel. Und während er ihn hervorholte, sagte er gleichgültig, als sagte er etwas, was sich auf die Tür beziehen sollte: »Sagen Sie, Herr Brandeis, haben Sie Lydia weggeschickt?«

»Nein, sie ist gegangen. Ich schicke niemanden weg. Sie ist gegangen, und vielleicht gehe ich deshalb auch. Ich weiß nicht, was mich aufhält, ich weiß nicht, was mich davontreibt.«

Eine Sekunde blieb es still. Dann sagte Brandeis laut: »Gute Nacht!« Und ohne eine Antwort abzuwarten, verschwand er im Schatten der Bäume, die den Straßenrand säumten.

## 20.

Ein paar Tage später verließ Nikolai Brandeis den Zug an einer jener Grenzstationen, die er oft passiert hatte, ohne mehr von ihnen gesehen zu haben als die öde, grenzenlose Traurigkeit ihrer Rangierbahnhöfe, den provisorischen, etappenmäßigen Aspekt ihrer hölzernen, braungeteerten Baracken und die kollegiale Eintracht der verschieden uniformierten Zollwächter zweier Länder. Er blieb in der kleinen Stadt, die er vom Bahnhof nach einer halben Stunde Wanderung erreicht hatte, als brächte ihm erst dieser Aufenthalt und die endliche Verwirklichung einer oft verspürten flüchtigen Laune den Beweis seiner wiedergewonnenen Freiheit. Die stillen Einwohner der kleinen Stadt sahen sich nach ihm um. Sein Gesicht schien aus demselben Stoff gemacht zu sein wie sein großer, rostbrauner Mantel, und obwohl sein Hut, sein Anzug, seine Schuhe einen europäischen Schnitt hatten, wirkten sie doch wie Kleidungsstücke, die von den Söhnen eines fremden Volkes in einem unbekannten, unerreichbar fernen Land getragen werden. Langsam ging Brandeis durch die kleinen und schmalen Gassen, die noch kleiner und schmaler wurden, wenn er in ihnen erschien. Hinter ihm und vor ihm wehte die Weite.

Noch wußte er nicht, wohin er gehen würde. Überall schien ihm die Erde gleich zu sein. In allen Städten aller Länder gebar sie mit unendlich geduldiger und schmerzlicher Güte die schwächlichen Paul Bernheims, die Gefangene ihrer törichten Wünsche wurden; die kläglich verworrenen Theodors, die im ewigen, dichten Schatten der öffentlichen Pathetik lebten; die Gewalthaber, denen die Macht zur Ohnmacht wurde und die im Giftgas erstickten, das sie erzeugten; die Allerweltsmenschen, die aus

Budapest kamen und hinter den Paravents saßen; die kleinen Mädchen, die geliebt sein wollten und ihre kleinen Herzchen verloren.

Ohne mich, dachte Brandeis, wird die Welt ihren ewigen, langweiligen Gang weitergehn. Paul Bernheim wird schließlich zur Chemie kommen. Herr Enders wird im nächsten Krieg das Vaterland retten, Theodor wird die Leitartikel des Blattes schreiben, dessen Aktien mir gehören. Ich werde fahren: wohin? Die Häfen der ganzen Welt warten auf mich.

Gegen sechs Uhr nachmittags stieg er wieder in den Zug. Um diese Stunde begannen die beinernen Stricknadeln der alten Frau Bernheim zu klappern und die Schreibmaschine im Hause ihres Sohnes Theodor. Frau Irmgard entließ den Hausarzt und bereitete sich vor, ihrem Mann das traditionelle süße Geheimnis mitzuteilen. Einen Erben trug sie im Schoß. Herr Sandor Tekely begab sich ins ungarische Restaurant in der Augsburger Straße. Die Chauffeure der Brandeisschen Automobile vertauschten ihre Livreen gegen billige Zivilanzüge. Die Beamten riefen ihre Mädchen an und holten die Theaterbillets aus den Brieftaschen, Billetts zu ermäßigten Preisen. Die Abendredaktion begann. Die Redakteure zogen die Lüsterröckchen an und spitzten die roten Bleistifte. Und die Nachrichten stürmten klingelnd in die ledergepolsterten Telephonzellen, aus Bukarest und Budapest, aus Amsterdam und Rotterdam, aus London und Bombay, aus Kairo und New York. Ihren alten, langweiligen Gang geht die Welt.

Es war das letztemal, daß man Brandeis sah. Seit jenem Tage wußte niemand mehr etwas von ihm zu berichten. Er stieg in den Zug, und es wurde wieder ein neuer Nikolai Brandeis geboren.

Und also beginnt hier ein neues Kapitel.

Lightning Source UK Ltd.
Milton Keynes UK
UKHW021214091120
373077UK00004B/451